Neu · Entwicklungstendenzen auf dem Arbeitsmarkt und ihre Auswirkungen auf die Jugendkriminalität

KRIMINOLOGISCHE SCHRIFTENREIHE
der Deutschen Kriminologischen Gesellschaft e.V.
Begründer Armand Mergen

Herausgeber:
Deutsche Kriminologische Gesellschaft e.V.
Der Vorstand:
Franz Petersohn, Hans-Kurt Weckert, Joachim Glöckner

Band 86

Entwicklungstendenzen auf dem Arbeitsmarkt und ihre Auswirkungen auf die Jugendkriminalität

von

Axel D. Neu

Kriminalistik Verlag
Heidelberg 1984

Axel D. Neu, Dr. rer. pol., Dipl.-Volkswirt, geb. 1942 in Berlin; Studium der Wirtschaftswissenschaften in Saarbrücken und Freiburg/Breisgau. Promotion 1970 über „Ökonomische Probleme des Strafvollzugs in der Bundesrepublik Deutschland". Von 1966 bis 1969 wissenschaftlicher Assistent am Institut für Sozial- und Wirtschaftspolitik an der Universität des Saarlandes; ab 1969 wissenschaftlicher Mitarbeiter am Institut für Weltwirtschaft in Kiel. Ab 1970 Leiter der Forschungsgruppe Internationaler Handel, seit 1980 Leiter der Forschungsgruppe Energiewirtschaft.

Satz: Lichtsatz Michael Glaese GmbH, 6944 Hemsbach
Druck: Gulde Druck, Tübingen

ISBN 3-7832-1084-4

Vorwort

In verschiedenen Gegenden der Bundesrepublik Deutschland erzählen heute noch die Bauern eine sogenannte Wandersage in verschiedenen Ausschmückungen. Sie erzählen, daß es den Rittern auf der jeweiligen dorfnahen Burg zu gut gegangen sei. Sie seien übermütig geworden und hätten schließlich mit Dampfnudeln gekegelt. Deshalb sei die Burg über Nacht im Erdboden versunken.

Diese im 13. Jahrhundert beim Niedergang des einfachen Landadels zu Beginn der Verstädterung entstandene Wandersage zeigt hinter allen Einkleidungen und Verstellungen durch die Fama einige Zusammenhänge zwischen wirtschaftlichen und politischen Entwicklungen, zwischen Sozialgeschichte und Wohlergehen und abweichendem, ja fast kriminellem Verhalten und den sich daraus ergebenden Konsequenzen auf. Diese strafenden Konsequenzen konnten — vor allem aus der zeitlichen Ferne betrachtet — nur transzendentalen Ursprungs sein: Gott griff ein und ahndete den Frevel. Die mündliche, sagenhaft gewordene Überlieferung sozioökonomischer Zusammenhänge mit kriminogenetischen Einsprengseln wird in den Köpfen der letztlich ahnungslosen Erzähler verdichtet und unkenntlich. Die Überlieferung kann es sich leicht machen. Sie setzt viel Farbe und wenig Form, für etwas, was sie schon vor 700 Jahren nicht verstand. Sie setzt märchenhaften Glauben anstelle analytischer Untersuchungen.

Die Kriminologen heute können es sich so leicht nicht machen, wenn es um die Beschreibung von Sachzusammenhängen wirtschaftlicher Art geht, von denen ein Einfluß auf das Verhalten des Menschen ausgeht. Die Kriminologen beobachten genauer und werden dabei beobachtet. Sie gehen noch Schritte weiter: sie bleiben nicht lamentierend und zitierend bei retrograden Deutungen stehen (die zudem oft wie nachgeschobenes Besserwissen wirken), sondern schauen nach vorn, auf jene Abläufe, die (heute schon im Keim angelegt) sich morgen ereignen werden. Die hohe, aber auch riskante Kunst der pragmatisch orientierten Kriminologen liegt in der Prognose der Kriminalitätsentwicklung. Hier stellen sich ganz besondere Schwierigkeiten ein, unter denen besonders die Kriminalisten leiden, die unter dem Druck des strategischen Denkens stehen und ihre eigenen, oft zum Scheitern verdammten Prognosen versuchen, wie ein laufendes, jüngstes Beispiel (Prognose-Gremium des Bundeskriminalamtes) zeigt.

Der Verfasser scheut das Risiko der Prognose nicht, wenn er den Einfluß der Wirtschaftslage und der Wirtschaftsentwicklung auf Jugendliche und insbesondere auf die jugendlichen Ausländer der zweiten Generation untersucht und die wahrscheinlichen weiteren Abläufe beschreibt.

In unseren Breitengraden ist nämlich die Wirtschaft — und nicht mehr der Krieg — der Vater aller Dinge. Wir tun daher gut daran, den mittel- und langfristigen Wirtschaftsentwicklungen unter sozialpolitischen, kriminologischen und kriminalistischen Gesichtspunkten mehr Aufmerksamkeit zu schenken. Die nachfolgenden Untersuchungen geben uns dazu eine Chance.

Bremen, im November 1984

Dr. Herbert Schäfer
Leitender Kriminaldirektor
Landeskriminalamt Bremen

Inhaltsverzeichnis

1. Einleitung

Die seit Beginn der achtziger Jahre anhaltende scharfe Rezession hat die strukturellen Probleme des deutschen Arbeitsmarktes bislang nur überlagert und dadurch teilweise überdeckt: auch bei wieder günstigerer Konjunkturentwicklung wird uns ein hoher Sockel von Arbeitslosen auf absehbare Zeit nicht erspart bleiben (Boss, Walter, 1983). Zu den ungünstigen konjunkturellen Rahmenbedingungen treten strukturelle Wandlungen hinzu, die einzelne Teilbereiche des Arbeitsmarktes besonders nachteilig beeinflussen werden.

Als ein Personenkreis, dessen Ausbildungs- und Beschäftigungschancen durch diese Entwicklung nachhaltig beeinträchtigt werden, treten zunehmend die Jugendlichen und die ausländische Wohnbevölkerung in Erscheinung. Dies wird auch für den Jugendstrafvollzug als letzte Instanz sozialer Kontrollen in mehrfacher Hinsicht eine verschärfte Problemlage bedeuten:

— Defizite bei Ausbildung, Arbeit und Beruf als den zentralen Sozialisationsfaktoren könnten den Kreis der dem Jugendstrafvollzug zugewiesenen Personen drastisch vergrößern;
— Ausbildungs- und Beschäftigungsmöglichkeiten während des Jugendstrafvollzugs könnten sich im Zuge einer derartigen Entwicklung deutlich vermindern;
— Eingliederungschancen der haftentlassenen Jugendlichen könnten sich spürbar verringern.

Im folgenden soll den wichtigsten Entwicklungstendenzen des Arbeitsmarktes auf mittlere Sicht nachgegangen werden, um jenes Umfeld aufzuzeigen, mit dem der Jugendstrafvollzug aktiv und passiv konfrontiert sein wird. Ob man sich hierbei abzeichnende „Zeitbomben“ noch entschärfen kann, ist freilich ungewiß. Gleichwohl ist es wohl nützlich, gewisse Entwicklungstendenzen zu erkennen, statt blindlings in sie hineinzugeraten.

2. Entwicklungstendenzen des Arbeitsmarktes in den achtziger und neunziger Jahren

Auf dem Arbeitsmarkt klafft zwischen Arbeitskräfteangebot in Form von Arbeitsplatzsuchenden und Arbeitsnachfrage in Form von vorhandenen Arbeitsplätzen eine Lücke von mindestens 2,5 Mill. registrierten Arbeitslosen, eine Zahl, die noch Mitte der siebziger Jahre für gänzlich ausgeschlossen gehalten wurde. Bereits die Ankündigung, man werde demnächst etwa eine Million Arbeitslose zu erwarten haben, wurde kurz vorher noch als unverantwortliche Schwarzmalerei bezeichnet. Dies könnte den Schluß nahelegen, daß Arbeitsmarktprojektionen mit besonders hohen Unsicherheitsmargen behaftet sind. Für die Entwicklungstendenzen des Arbeitsangebots ist aber die gegenteilige Schlußfolgerung eher zutreffend.

2.1. Arbeitsangebotsbestimmende Faktoren

2.2.1. Die demographische Basis

a) Bevölkerungsstruktur und Erwerbsquoten

Das Arbeitskräfteangebot oder Erwerbspersonenpotential umschließt jenen Teil der gesamten Wohnbevölkerung, die unter den gegebenen ökonomischen und sozialen Bedingungen fähig und willens sind, eine Erwerbstätigkeit auszuüben. Neben den in einem Arbeitsverhältnis stehenden Erwerbstätigen (Arbeitnehmer, mithelfende Familienangehörige und Selbständige) sind darüber hinaus die registrierten Arbeitslosen sowie die „stille Reserve“ enthalten. Letztere sind Erwerbspersonen, die zwar einen Arbeitsplatz suchen, bei den Arbeitsämtern aber nicht als Arbeitssuchende registriert sind (Mayer, Wollny, 1980, 162 – 171)

Die Wohnbevölkerung und das Erwerbsverhalten (differenziert nach Alter, Geschlecht, Familienstand und weiteren Merkmalen) bestimmen Umfang und Entwicklung des Erwerbspersonenpotentials. Die Fortentwicklung der bereits geborenen inländischen Wohnbevölkerung ist recht genau zu prognostizieren, da die in etwa 20 Jahren ins Erwerbsleben Tretenden bereits geboren wurden. Einen erheblichen Unsicherheitsfaktor bilden jedoch die künftigen Geburtenhäufigkeiten sowie Wanderungsbewegungen. Dabei erlangen die Fortzüge von Inländern (Deutschen) ins Ausland kein nennenswertes Gewicht, wohl aber die Zu- und Fortzüge von Ausländern. Da die Betrachtungen nicht über das Jahr 2000 hinausgeführt werden sollen, bildet die Bevölkerungspyramide des Jahres 1980 die demographische Basis (Schaubild 1) für die Erwerbspersonenpotentialschätzungen. Die Bevölkerungspyramide der deutschen Wohnbevölkerung zeigt einige charakteristische Einschnitte, die einen Reflex von historischen Ereignissen darstellen. Das Erwerbsverhalten bestimmt zusammen mit der demographischen Struktur das Erwerbspersonenpotential. Der Bevölkerungsaufbau der deutschen und der ausländischen Wohnbevölkerung zeigt recht deutliche Unterschiede (Schaubild 2): Während die deutsche Wohnbevölkerung mehr einem Sockel gleicht, zeigt der Altersaufbau der ausländischen Wohnbevölkerung das Bild einer Pyramide: es dominieren die Altersjahrgänge von 25 bis unter 40 Jahren. Trotz des sehr unterschiedlichen Altersaufbaus der deutschen und ausländischen Wohnbevölkerung differieren die alters- und geschlechtsspezifischen Erwerbsquoten nur unwesentlich: deutlich höher als bei den ausländischen Frauen ist die Erwerbsquote bei den deutschen Frauen zwischen 20 und 30 Jahren.

Die Entwicklung der Erwerbsquoten wird weitgehend auch durch das Ausbildungssystem bestimmt, was den Zeitpunkt des Eintritts ins Erwerbsleben anlangt, sowie die Ausgestaltung der Sozialversicherungsvorschriften, was den Austritt aus dem Erwerbsleben mitbestimmt. Neben vielen ökonomischen und sozialen Bedingungen hängt die Erwerbsbereitschaft auch wesentlich von den materiellen und immateriellen Vorteilen ab, die eine Erwerbstätigkeit mit sich bringt. Dies gilt insbesondere für die Erwerbsquoten der Frauen. Eine neuere Untersuchung am Institut für Weltwirtschaft legt den Schluß nahe, daß ein starker Zusammenhang zwischen Reallohnänderungen und Änderung der Erwerbsneigung verheirateter Frauen angenommen werden kann (Boss, 1983, 18 – 25).

Auch bei gewissen Bandbreiten der Fehlermargen bei der Projektion künftiger Erwerbsquoten war aufgrund der Struktur der deutschen Wohnbevölkerung klar abzusehen, daß sich das deutsche Erwerbspersonenpotential seit Anfang der sechziger Jahre bis Mitte der siebziger Jahre um gut zwei Millionen Erwerbspersonen vermindern würde (Schaubild 3): die überdurchschnittlich geburtenstarken Jahrgänge der heute 70 bis 80jährigen traten aus dem Erwerbsleben aus, die relativ geburtenstarken

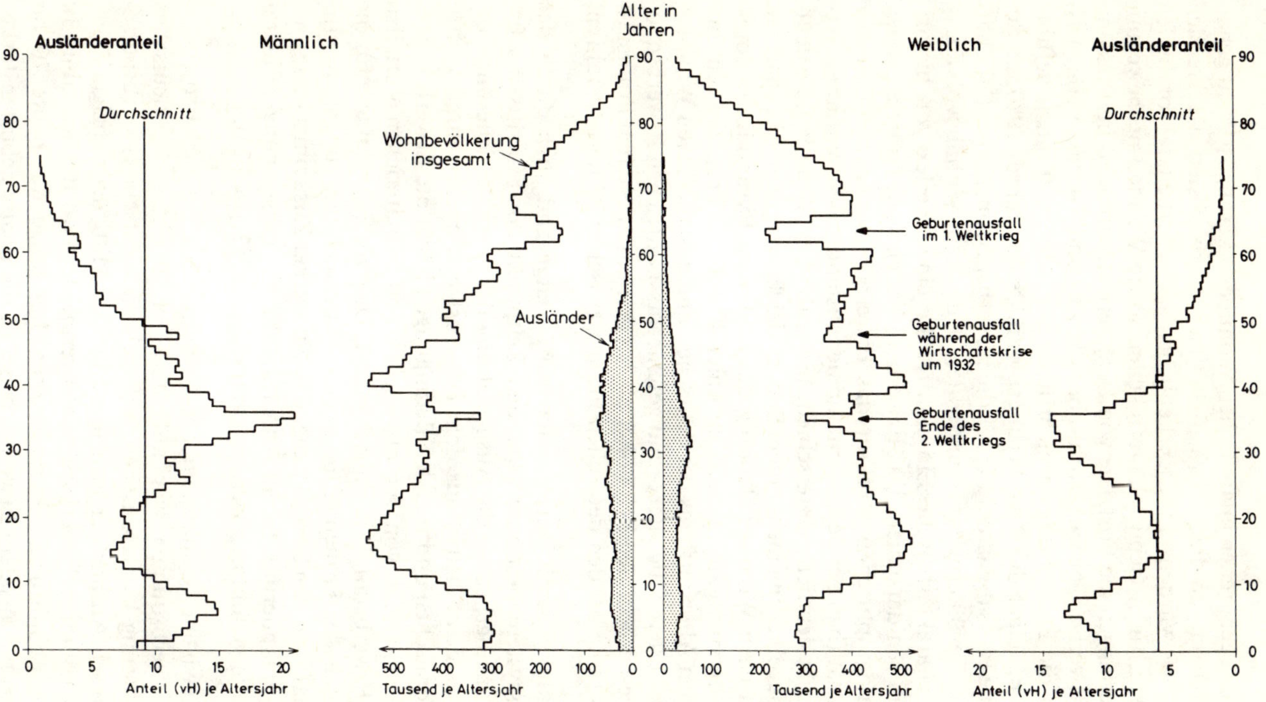

Schaubild 1: Altersaufbau der Wohnbevölkerung (Insgesamt und Ausländer) am Jahresende 1980 in der Bundesrepublik Deutschland

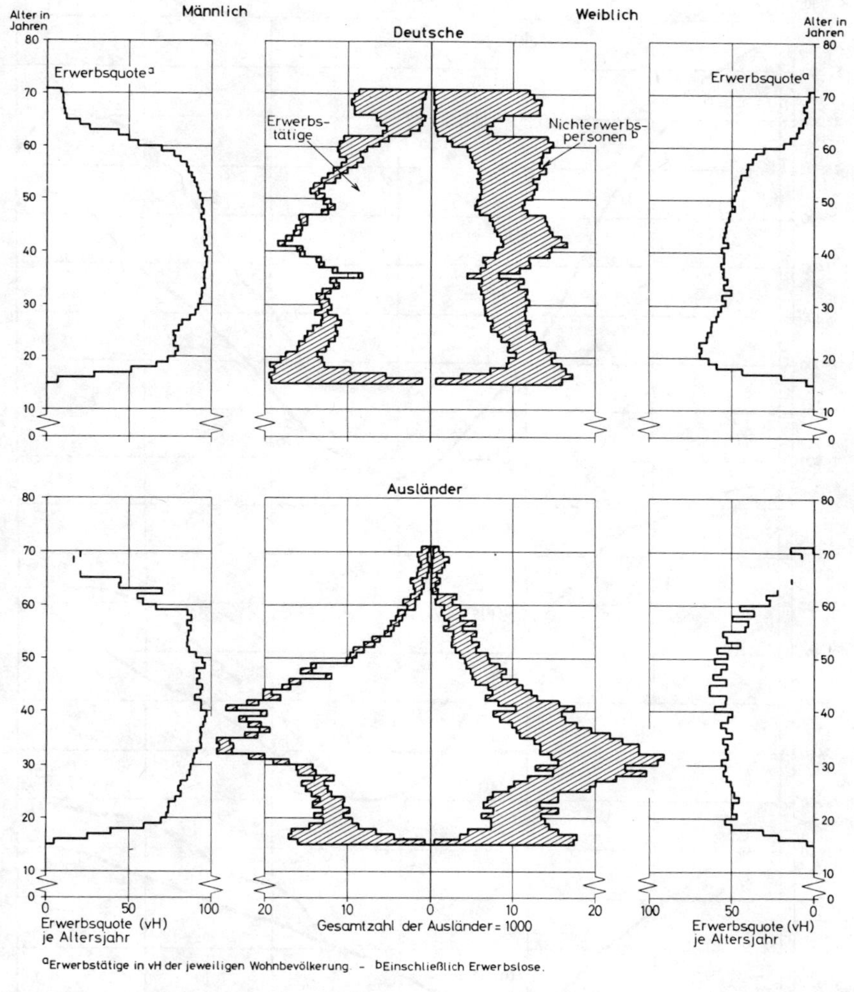

Quelle: Statistisches Bundesamt, Ergebnisse des Mikrozensus, unveröffentlichte Zahlen

Schaubild 2: Erwerbstätigkeit der deutschen und ausländischen Wohnbevölkerung nach Alter und Geschlecht im Mai 1981

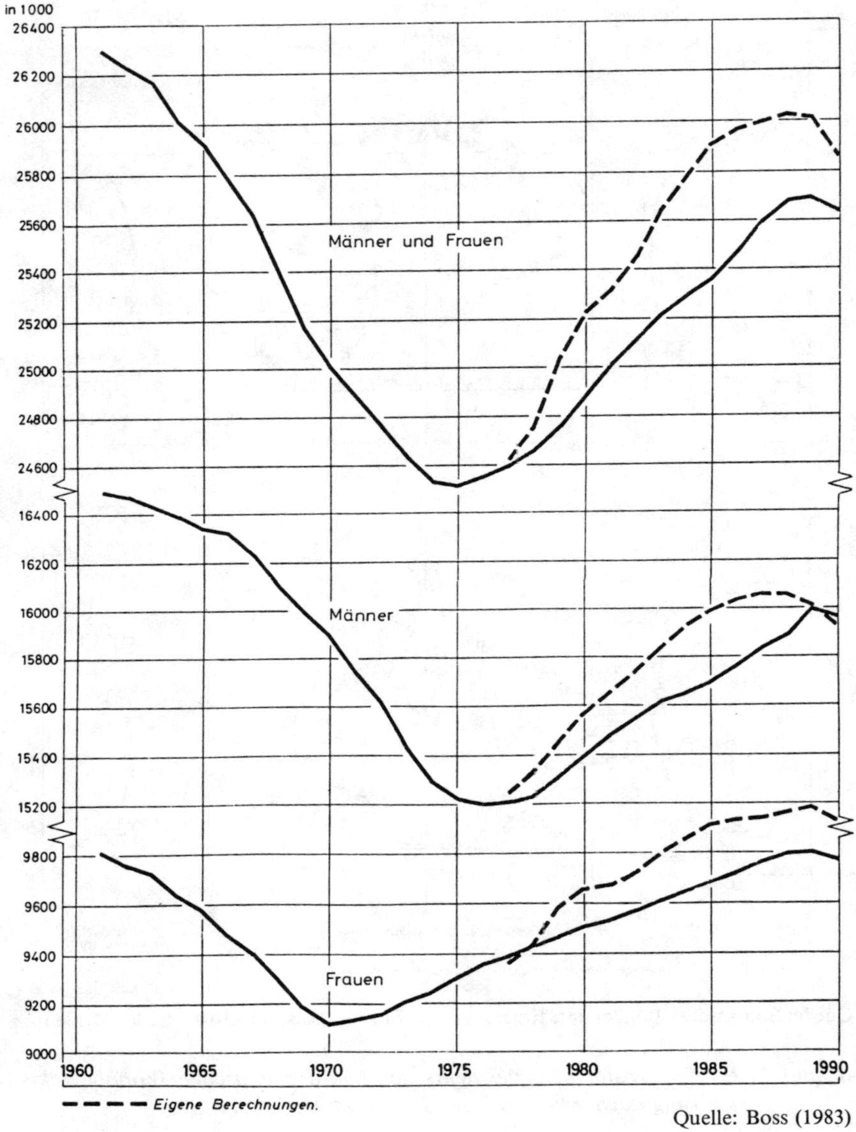

Quelle: Boss (1983)

Schaubild 3: *Erwerbspersonenpotential (ohne Ausländer) nach Berechnungen des Instituts für Arbeitsmarkt- und Berufsforschung (IAB) und nach eigenen Berechnungen — Angaben in 1000 Personen (Inländerkonzept) —*

Jahrgänge während des Dritten Reiches konnten diese Abgänge nicht kompensieren, zumal die Geburtenausfälle nach dem Ende des Zweiten Weltkrieges sich bald bemerkbar machten (Schaubild 1). Auch das Ende der demographischen Talfahrt und der Wiederanstieg des deutschen Erwerbspersonenpotentials ab Mitte der siebziger Jahre war deutlich vorauszusehen: die relativ geburtenschwachen Jahrgänge des Ersten Weltkrieges und der Folgezeit schieden aus dem Erwerbsleben aus, die geburtenstarken Jahrgänge des „Babybooms" der fünfziger und sechziger Jahre drängten auf den Arbeitsmarkt. Das Erwerbspersonenpotential der deutschen Wohnbevölkerung wird sich von 1975 bis 1990 um 1,2 Millionen (Schätzung IAB) bis 1,5 Millionen (Schätzung IfW) erhöhen. Auch ohne die nachhaltige Rezession zu Beginn der achtziger Jahre hätte es erheblicher Anstrengungen bedurft, das Arbeitsplatzangebot auszuweiten. Dies war aufgrund der Entwicklung der ausländischen Wohnbevölkerung und ihres Erwerbsverhaltens auch voraussehbar gewesen.

b) Wanderungen von Arbeitskräften

Dem Rückgang des deutschen Erwerbspersonenpotentials seit Beginn der sechziger Jahre begegnete die Bundesanstalt für Arbeit auf Wunsch der Arbeitgeberverbände und mit Billigung der Gewerkschaftsverbände und der Bundesregierung mit der Vermittlung ausländischer Arbeitskräfte. Mit sechs Mittelmeerländern wurden Anwerbeabkommen geschlossen (Spanien und Griechenland 1960, Türkei 1961, Portugal 1964 und Jugoslawien 1968) und in zwei weiteren Anwerbestellen errichtet (Marokko 1963 und Tunesien 1965). Ein Anwerbevertrag mit Italien war bereits 1955 geschlossen worden; er wurde durch die Freizügigkeitsvereinbarungen der EWG obsolet.

Die Vermittlung von ausländischen Arbeitskräften erfolgte auf der Basis von zeitlich begrenzten, aber verlängerbaren Arbeitsgenehmigungen, und die Anwerbestaaten hatten sich verpflichtet, ihren Staatsangehörigen jederzeit die Wiedereinreise zu gestatten[1].

Nach einem Beschluß der Ständigen Konferenz der Innenminister der Länder aus dem Jahr 1965 wurde ein Familiennachzug der ausländischen Arbeitskräfte gestattet, dieser aber auf den Ehegatten und Kinder von Arbeitnehmern begrenzt. Des weiteren wurde der Familiennachzug an die folgenden drei Voraussetzungen gebunden (Kommission 1983, 87):

---

1 So sah die erste mit der Türkei abgeschlossene Vereinbarung auf türkischen Wunsch vor, daß die Aufenthalts- und Arbeitserlaubnis nur einmal verlängert werden darf — auf maximal 2 Jahre. Vgl. Weber, 1982, 33.

— Mindestaufenthalt des Arbeitnehmers von einem Jahr (also Nachzug erst nach Verlängerung der erstmaligen Aufenthalts- und Arbeitserlaubnis);
— ungekündigtes Arbeitsverhältnis;
— Vorhandensein einer angemessenen Wohnung.

Die Vermittlung von ausländischen Arbeitskräften seit Beginn der sechziger Jahre verlief reibungslos und stetig und erreichte im Jahr 1966 einen ersten Höhepunkt von 1,3 Millionen ausländischen Arbeitskräften (Schaubild 4). In der darauf folgenden Rezession von 1967 verminderte sich die Zahl um 300000 auf knapp eine Million ausländischer Arbeitskräfte. Die Befürworter einer Öffnung des Arbeitsmarktes sahen darin eine Bestätigung, daß ausländische Arbeitskräfte als Konjunkturpuffer und Instrument der Arbeitsmarktflexibilität wirken können (Merx, 1972, 140 – 180). Nach Überwindung der Rezession von 1967 nahm die Zahl der ausländischen Arbeitnehmer wieder kontinuierlich zu und erreichte 1973 einen vorläufigen Höhepunkt mit 2,5 Millionen. 1973 verhängte die Bundesregierung im Gefolge der konjunkturellen Risiken einen Anwerbestopp, der bislang weder gelockert noch aufgehoben worden ist. Nach dem Beitritt Griechenlands zur Europäischen Gemeinschaft wird stufenweise (bis zum 1. 1. 1988) die Freizügigkeit hergestellt. Das Assoziierungsabkommen mit der Türkei sieht bislang die Herstellung der völligen Freizügigkeit einer Wanderung von Arbeitskräften für den Dezember 1986 vor, wobei allerdings fraglich ist, ob dieser — vor 20 Jahren getroffenen Vereinbarung — nicht zwischenzeitlich die „Geschäftsgrundlage“ entzogen ist (Philipp, 1983, 9).

Nach dem Anwerbestopp von Ende 1973 ist die Zahl der ausländischen Arbeitnehmer unmittelbar, die ausländische Wohnbevölkerung mit einjähriger Verzögerung bis 1976/77 kontinuierlich gesunken (Schaubild 4). Seitdem stieg die Zahl der ausländischen Arbeitnehmer langsam, die der ausländischen Wohnbevölkerung aber deutlich an. 1982 war die Zahl der beschäftigten ausländischen Arbeitnehmer leicht rückläufig, die Zuwachsrate bei der ausländischen Wohnbevölkerung hat sich leicht abgeflacht und war 1983 erstmalig seit 1977 rückläufig. Seit dem Anwerbestopp von 1973 hat eine bemerkenswerte Umschichtung in den Herkunftsländern stattgefunden: war damals nur jeder fünfte Ausländer in der Bundesrepublik Deutschland türkischer Nationalität, so ist es 1983 bei erheblich angestiegener ausländischer Wohnbevölkerung bereits jeder Dritte (Schaubild 4). Bevor eine Analyse der diese Bestandsänderungen begleitenden Wanderungsbewegungen vorgenommen wird, soll versucht werden aufzuzeigen, welchen ökonomischen und damit arbeitsmarktpolitischen Interpretationen die bislang dargestellte Entwicklung zugänglich ist.

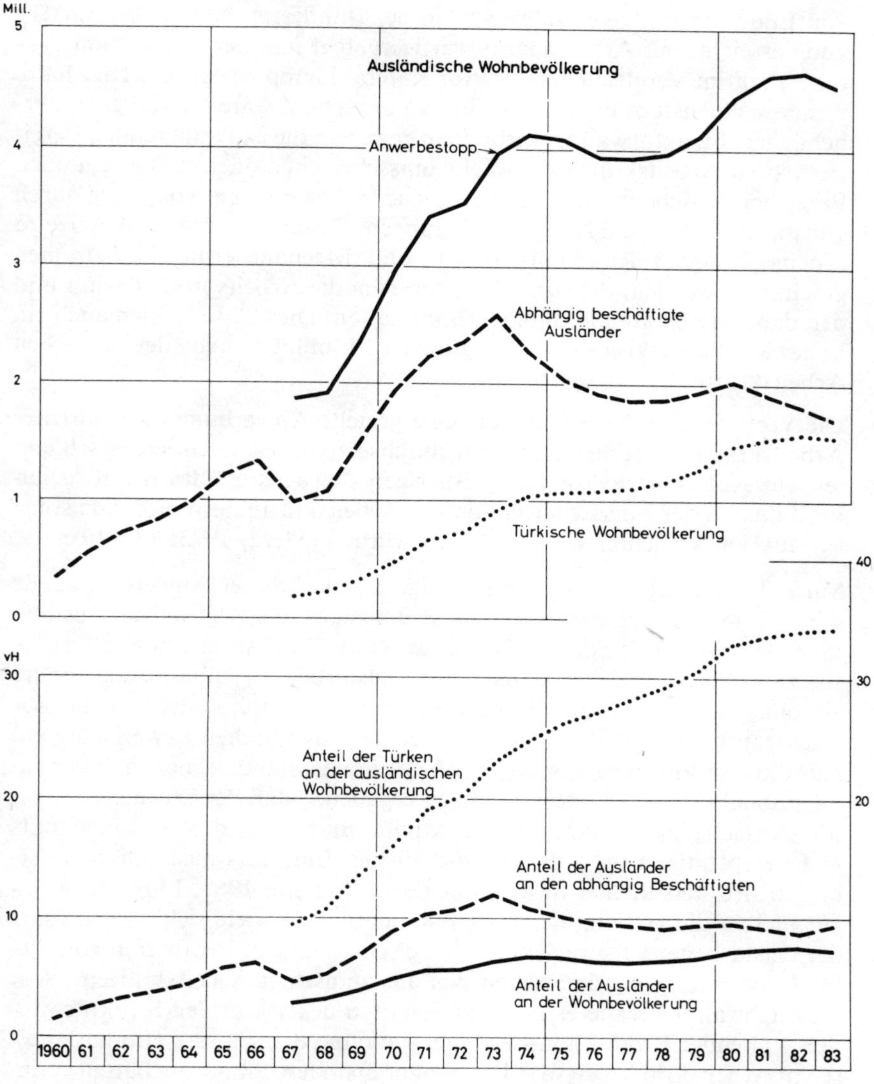

Schaubild 4: Entwicklung der ausländischen Wohnbevölkerung und ihrer Beteiligung am Erwerbsleben

i) Wanderungen von Arbeitskräften: die historische Entwicklung und ihr Interpretationsspielraum

Am Ende der fünfziger Jahre war in der Bundesrepublik Vollbeschäftigung erreicht, der Arbeitsmarkt war leergefegt und der Produktionsfaktor Arbeit im Vergleich zum Faktor Kapital knapp geworden. Dies hätte weiteres Wachstum nicht zu behindern brauchen, wäre allerdings mit erheblichem Strukturwandel verbunden gewesen: die expandierenden Bereiche hätten Arbeitskräfte aus wachstumsschwachen oder mäßig rentablen Bereichen abziehen und in neue Bereiche lenken müssen, vorrangig durch günstigere Löhne und Arbeitsbedingungen. Gleichzeitig wären Anreize zu arbeitssparenden Rationalisierungs- und Mechanisierungsinvestitionen geschaffen worden, die für sich genommen die Arbeitsproduktivität und den dabei erzielbaren Reallohn erhöht hätten. Dies hätte freilich auch ein hohes Maß an sektoraler und regionaler Mobilität seitens der deutschen Arbeitskräfte vorausgesetzt.

Die Vertreter der Wirtschaft, die eine gezielte Anwerbung ausländischer Arbeitskräfte forderten und auch durchsetzten, argumentierten schlichter: zur Aufrechterhaltung der bisherigen Zuwachsrate des Bruttosozialprodukts sei der Einsatz ausländischer Arbeitskräfte notwendig, da sonst Produktionskapazitäten brach liegen würden (Merx, 1972, 13 – 19).

Mitte der sechziger Jahre legten einige Kritiker dieser Anwerbestrategie dar, daß hier ein falsches Referenzsystem zugrundegelegt werde (Rüstow, 1965, Harms, 1966; Föhl, 1967). Zwar sei die Wachstumsrate des Bruttosozialprodukts durch den Einsatz von Gastarbeitern unbestreitbar höher als ohne diesen Einsatz. Worauf es aber allein ankomme, sei die Zuwachsrate pro Kopf der Inländer oder der inländischen Erwerbstätigen. Nur diese sei ein Indikator dafür, ob der Lebensstandard der Inländer zu- oder abnehme. Alle Untersuchungen ergaben, ,,daß der Zuwachs der gesamtwirtschaftlichen Arbeitsproduktivität und damit des Sozialprodukts je Erwerbstätigen im Fall des zusätzlichen Einsatzes ausländischer Arbeitskräfte stets kleiner ist als ohne diesen“ (Föhl, 1967, 130). Die Kritiker hielten die Hebung des Lebensstandards, die viele sich vom Einsatz der Gastarbeiter versprachen, für eine reine Fiktion. Profitieren von dieser Entwicklung würden neben den ausländischen Arbeitskräften selbst die Sachwalter veralteter oder im Schatten des sektoralen Strukturwandels stehender Produktionsbereiche, die ohne den Einsatz von ausländischen Arbeitskräften diese stillegen oder in andere Standorte hätten verlagern müssen (und, muß man aus heutiger Sicht wohl ergänzen, die Sachwalter marginalen Wohnraumbestandes).

Des weiteren wurde bereits Mitte der sechziger Jahre darauf hingewiesen, daß die sozialen Kosten der Beschäftigung ausländischer Arbeitskräfte deutlich höher sind als die privaten (vom Arbeitgeber getragenen). Als externe Kosten sind hier jene komplementären Infrastrukturanlagen (Wohnraum, Verkehrs- sowie Verwaltungseinrichtungen, Wasserversorgung und Kanalisation, Krankenhäuser und Schulen etc.) zu erfassen, deren Ausbau und Erweiterung durch den Zuzug von ausländischen Arbeitskräften notwendig werden und deren Finanzierung durch die öffentliche Hand erfolgt. Zwar wurde nicht übersehen, daß ausländische Arbeitskräfte auch Steuern zahlen, nur können diese nicht von den sonstigen Verwendungsbereichen „abgebucht" werden (Nulltarif der Staatsaktivität) und außerdem ist das Steueraufkommen der ausländischen Arbeitnehmer in aller Regel geringer (geringeres Entgelt und höhere Kinderzahl) als bei deutschen Erwerbstätigen. Für das Jahr 1973 wurden die bei einer angemessenen, gesellschaftspolitisch zufriedenstellenden Integration dann „relativ kurzfristig anfallenden Aufwendungen mit rd. 200000,— DM je zusätzlicher Arbeitskraft" beziffert (Kreuzaler, 1973, 359). Unter Zugrundelegung des allgemeinen Bruttosozialproduktinflators dürfte sich dieser Betrag mittlerweile auf 300000,— DM beziffern.

Als ein Vorteil der Beschäftigung ausländischer Arbeitskräfte wurde es auch nicht selten angesehen, daß den Beitragsleistungen zur Rentenversicherung zunächst keine Leistungsansprüche gegenüberstanden (Zöllner, 1966, 26). Dies stellt aber eine sehr kurzsichtige Form der Vorteilsabwägung dar, denn den geleisteten Rentenversicherungsbeiträgen stehen gegenwärtige und künftige Leistungsansprüche gegenüber (Gutachten, 1973, 4f.). Ein Vorteil wäre allenfalls dann auszuloten, wenn sich die Relation von Beiträgen und Leistungsansprüchen (Äquivalenz) für die ausländischen Arbeitskräfte ungünstiger darstellen würde als für den Rest der Versichertengemeinschaft. Genau das Gegenteil ist aber zutreffend: die mit den ehemaligen Anwerbeländern geschlossenen Sozialversicherungsabkommen sind für die deutschen Rentenversicherungsträger extrem ungünstig (Wirtschaftswoche, 1982, 30):

— Zum einen werden Zurechnungszeiten nicht nach dem Pro-rata-temporis-Verfahren, nach dem diese nur in dem Verhältnis berücksichtigt werden, das den in den beiden Staaten zurückgelegten Beitragszeiten entspricht, berechnet, sondern können voll allein gegenüber dem deutschen Sozialversicherungsträger geltend gemacht werden. Hierdurch wurde ein massiver Anreiz für einen möglichst frühen Rentenantrag auf Berufs- und Erwerbsunfähigkeitsrenten geschaffen.
— Zum anderen wurde teilweise vereinbart, daß die Rentenanwartschaftsbedingungen sich nach den — günstigeren — Bestimmungen des Herkunftslandes richten. So erhält ein jugoslawischer Arbeitnehmer schon mit zwölf Monatsbeiträgen (nach deutschem Recht: 60 Monatsbeiträge) ein Anrecht auf Erwerbs- und Berufsunfähigkeitsrenten.

Wird ein 30 bis 35jähriger jugoslawischer Arbeitnehmer nach einjähriger Rentenmitgliedschaft erwerbsunfähig, so erhält er eine Rente, die den Durchschnittsverdienst seines Herkunftslandes weit übersteigt. Des weiteren gelten bei griechischen Arbeitnehmern die sehr viel günstigeren Kriterien der Leistungsminderung auch gegenüber den deutschen Rentenversicherungsträgern (Wirtschaftswoche, 1982, 30).

Im übrigen kann nach derzeitiger Rechtslage ein ins Herkunftsland zurückgereister Arbeitnehmer seine Arbeitnehmeranteile nach einer Wartefrist von zwei Jahren zurückverlangen. Diese Wartefrist wurde vorübergehend bis zum 30. 6. 1984 erheblich abgekürzt. Hiervon haben ca. 140000 Antragsteller Gebrauch gemacht. Hierin könnte ein Vorteil für die Versichertengemeinschaft gesehen werden, sofern der Barwert künftiger Leistungsansprüche die Beitragserstattung übersteigen würde. In Hinblick auf die künftigen Kalamitäten der Rentenversicherungsträger ist diese Annahme aber keineswegs selbstverständlich (Krause-Brewer, 1980).

Auch auf eine andere Gefahr der Beschäftigung ausländischer Arbeitskräfte wurde seit Mitte der sechziger Jahre mehrmals hingewiesen: durch die Öffnung des Arbeitsmarktes wächst die Gefahr, daß verstärkt Erweiterungsinvestitionen vorgenommen werden, statt Rationalisierungsinvestitionen vorzunehmen und Prozeßinnovationen einzuführen. „Durch die Möglichkeit, ausländische Arbeitskräfte zu importieren, werden die wachstumsnotwendigen Wandlungen der Produktions-, Beschäftigten- und Lohnstruktur hinausgeschoben“ (Tuchtfeldt 1965, 647). Es erfolgt dann ein Wachstum in die Breite statt in die Tiefe, das Ausscheiden marginaler Betriebe und schrumpfender Branchen wird hinausgezögert. Dies war freilich im Falle der Bundesrepublik Deutschland nur für die Periode einer strukturellen Unterbewertung der D-Mark möglich, die für sich genommen wie eine Steuer auf die Einfuhren und eine Subvention auf die Ausfuhren wirkt. Diese Grundtendenz der sechziger Jahre endete aber 1973 mit der Einführung eines Systems flexibler Wechselkurse im März 1973 (Kriegsmann, Neu 1982, 41 – 43). Die seitdem virulenten Beschäftigungsprobleme sind auch eine Folge des lange aufgestauten Anpassungsbedarfs, wo mangelnde internationale Wettbewerbsfähigkeit durch die Hereinnahme ausländischer Arbeitskräfte — zumindest zeitweilig — unterlaufen werden konnte. Aber ein aufgestauter Anpassungsbedarf bricht sich in aller Regel nur eine umso virulentere Bahn. Ein Vorteil der Öffnung der Arbeitsmärkte ist auch in der Verlangsamung des Lohnanstiegs gesehen worden, der dadurch eintritt, daß durch den Zutritt ausländischer Arbeitskräfte der Produktionsfaktor Arbeit weniger knapp wird als ohne einen derartigen Zutritt. Dies gilt freilich nur für das gesamte Lohnniveau und hätte — für sich genomen — wohl kaum zu einer Zustimmung der Gewerkschaften geführt (Tuchtfeldt, 1965, 644). Hier wurde die These vertreten (und dies hat vermutlich die Gewerkschaften überzeugt), daß den Inländern durch die Beschäftigung ausländischer Arbeitskräfte eine höhere berufliche Qualifizierung und damit sozialer Aufstieg ermöglicht werden kann.

Was Kreuzaler 1973 (355) zu dieser These anmerkt, ist eine fast perfekte Beschreibug der Arbeitsmarktsituation der achtziger Jahre: ,,In diesem Zusammenhang ist noch anzumerken, daß bei zunehmender Ausländerbeschäftigung im Laufe der Zeit eine immer größere Anzahl beruflicher Tätigkeiten mit der oft als minderwertig eingestuften Ausländerarbeit identifiziert würde. Die entsprechenden Arbeitsplätze vermitteln nur ein geringes Sozialprestige und werden von den deutschen Arbeitnehmern praktisch nicht nachgefragt. Es könnte die Situation entstehen, daß ein verschärfter Wettbewerb um die als angemessen empfundenen Funktionen einsetzt, wodurch — u. U. bei zunehmender Ausländerbeschäftigung auf den unteren Qualifikationsebenen — Arbeitslosigkeit bei gut ausgebildeten Erwerbspersonen entstehen kann.‘‘

Nach Erlaß des Anwerbestopps vom November 1973 hat der Wissenschaftliche Beirat beim Bundesministerium für Wirtschaft noch einmal alle Argumente kritisch geprüft und abgewogen, die aus volkswirtschaftlicher Sicht für und gegen eine Beschäftigung ausländischer Arbeitnehmer vorgetragen wurden (Gutachten, 1974). Die in dem Gutachten vorgetragenen abwägenden Problemanalysen kommen zu folgender zusammenfassenden Wertung (Gutachten 1974, 13): ,,Aus allen diesen Gründen dürfte die Wohlfahrt der Bevölkerung in der Bundesrepublik bei einer Begrenzung der Ausländerbeschäftigung unter Berücksichtigung vor allem des privaten Sektors der Volkswirtschaft eher höher sein als bei Verzicht auf eine solche Begrenzung. Dazu kommen noch weitere Wohlfahrtsvorteile, wenn man in Betracht zieht, daß die Beschäftigung von zusätzlichen ausländischen Arbeitskräften nicht nur entsprechende Arbeitsplatzinvestitionen erfordert, sondern auch im öffentlichen Sektor zu zusätzlichen Belastungen führt.‘‘ Zu etwa dem gleichen Ergebnis gelangte zur gleichen Zeit eine Nutzen-Kosten-Analyse von Leuschner (1973, 702 – 713).

Nach alldem stellt sich die Frage, warum gesamtwirtschaftliche Aspekte dieses Fragenkomplexes keine nachhaltige Berücksichtigung gefunden haben. Die Anwort hat Hiß bereits 1965 (635) vorweggenommen, indem er — als Befürworter der Hereinnahme von ausländischen Arbeitskräften — konstatierte: ,,Ferner sollte man sich klarmachen, daß der Strom von Arbeitskräften nicht volkswirtschaftlichen, sondern einzelwirtschaftlichen Überlegungen entspringt."

Dem ist kaum noch etwas hinzuzufügen. Nachzutragen bleibt, daß in einer Dokumentation über Materialien zur Ausländerbeschäftigung (Peters, 1982, 83) sich folgender Passus findet: „Trotz der quantitativ so zahlreichen, inhaltlich oft auch ergiebigen Untersuchungen über ausländische Arbeitnehmer sind doch noch einige Bereiche aufzuzeigen, wo Informationsdefizite bestehen, oder widersprüchliche Ergebnisse vorliegen. So ist z. B. die Diskussion über die Zusammenhänge zwischen Ausländerbeschäftigung und verschiedenen ökonomischen und strukturellen Entwicklungen der Bundesrepublik nach anfänglich lebhaftem und kontroversem Verlauf in den letzten Jahren weitgehend zum Erliegen gekommen, ohne daß Ergebnisse zu verzeichnen wären, die allgemein als zufriedenstellend akzeptiert würden."

Anders gewendet: die Soziologen- und Politologenbranche hatte endlich ein zukunftsträchtiges Betätigungsfeld. Ob aus gesamt- oder einzelwirtschaftlicher Interessenslage, sei einmal dahingestellt. Volkswirtschaftlich betrachtet sind nur noch die längst und früh verflogenen Blütenträume aufzuarbeiten. Dies soll im folgenden zumindest versucht werden.

Dies alles ist sicherlich nicht denen anzulasten, die als ausländische Arbeitskräfte in unser Land gekommen sind. Nur sollten jene ihre Argumente sorgfältiger wägen, die da meinen, wir „verdanken unseren Wohlstand" dem Zuzug ausländischer Arbeitskräfte oder ohne ihre Mobilitätsbereitschaft wäre der erreichte oder erreichbare Wohlstand deutlich niedriger angesiedelt. Was folgt daraus?

ii) Wanderungen von Arbeitskräften: begründen eine historisch oder sonstwie legitimierte Anspruchsgrundlage?

Die Ausländerpolitik der Bundesregierung war seit den ersten Anwerbeabkommen vor allem von zwei Grundsätzen geprägt (Meier-Braun, 1980, 23):

— Die Ausländerbeschäftigung hängt ab von der Lage auf dem Arbeitsmarkt und in der Wirtschaft: Ausländerpolitik als Arbeitsmarktpolitik. Im Mittelpunkt der Ausländerpolitik standen die deutschen Arbeitsmarktinteressen, wie sie von den staatlichen Stellen gesehen wurden.
— Die Bundesrepublik ist kein Einwanderungsland.

Der Grundsatz, daß die Bundesrepublik Deutschland kein Einwanderungsland sein kann und sein will, ist bislang von jeder Bundesregierung wiederholt worden. Begründet wird dies meistens mit der bereits sehr hohen Besiedlungsdichte und der langfristigen Belastung des Wirtschafts- und Sozialgefüges in der Bundesrepublik Deutschland, das aus einer Einwanderung resultieren würde. Bei der Einreise arbeitswilliger Ausländer wurde daher auch auf wesentliche Vorbedingungen einer klassischen Einwanderungspolitik, nämlich die Integrationsfähigkeit und -bereitschaft der Ausländer vor der Einwanderung zu prüfen, verzichtet. Die Bundesrepublik Deutschland versteht sich daher als ein Aufenthaltsland für Ausländer, die in der Regel nach einem mehr oder weniger langen Aufenthalt aus eigenem Entschluß zurückkehren (Weber, 1982, 32). Auch die höchstrichterliche Rechtsprechung hat den Grundsatz sanktioniert, daß die Bundesrepublik Deutschland kein Einwanderungsland sei. Die ständige Niederlassung (sprich: Einwanderung) von Ausländern beeinträchtige in der Regel staatliche Belange (NJW, 1970, 1012). Einschränkend hat dann aber das Bundesverfassungsgericht in einem Grundsatzurteil von 1978 festgelegt, daß nach langjährigem Aufenthalt der Grundsatz des Vertrauensschutzes zu beachten sei, bei dem der alleinige Rückgriff auf die einwanderungspolitischen Interessen nicht ausreichend sei (BVerfG, Beschl. v. 26. 9. 1978, NJW 1978, 2446 – 2448, auch als „kalte Verfestigung“ bezeichnet).

Nun bildet die aufenthalts- und arbeitserlaubnisrechtliche Behandlung des unbestimmten Aufenthaltszeitraums

„von unbestimmter Dauer aber zeitlich nicht unbegrenzt“

in der Tat den Kern des Problems, insbesondere in Hinblick auf die folgenden Bereiche:

— Welche Rechtsfolgen soll der Arbeitsplatzverlust für einen angeworbenen ausländischen Arbeitnehmer haben, dessen Wiedereingliederungschancen in der Bundesrepublik äußerst gering sind?
— Welche Rechtsansprüche soll, kann oder will man den im Zuge des Familiennachzugs eingereisten Personen einräumen und kann hierbei die bisherige Nachzugspraxis beibehalten werden, oder, anders gewendet, kann sie geändert werden?

Der Gedanke, einwanderungspolitische Interessen könnten auf Dauer mit beschäftigungspolitischen Erfordernissen der ausländischen Arbeitnehmer harmonieren, ist — oder besser: war — eine Schönwetterphilosophie unter strahlend blauem Konjunkturhimmel. Bereits Mitte der sechziger Jahre wies Föhl (1967, 120) in Hinblick auf die Schweizer Erfahrungen darauf hin, „daß es auch hier trotz ausreichender rechtlicher Handhaben (!) nicht ganz so einfach war, die Geister los zu werden, die man zuvor gerufen hatte“ (Ausrufungszeichen d. Verf.). Um die gleiche Zeit hinterfragte Zöllner (1966, 30) immerhin folgendes: „Ob man sich auf dieses Rückfließen auch verlassen kann, wenn hier eine Krisenerscheinung in der Wirtschaft entsteht, von der dann mutmaßlich unsere Nachbarländer nicht ganz verschont bleiben dürften, ob man sich dann nicht doch an den Arbeitsplatz oder an die Sozialversicherung hier im Lande klammert, ist die Frage.“ Und ebenfalls in Hinblick auf die Schweizer Erfahrungen wies Tuchtfeldt (1965, 647) auf folgendes hin: „Die hier liegenden Probleme gilt es rechtzeitig zu erkennen, zumal die schweizerischen Erfahrungen lehren, wie notwendig ein langfristiges Konzept im Bereich der Arbeitsmarktpolitik ist. Ohne solche langfristigen Vorstellungen über das, was volkswirtschaftlich wünschenswert ist und was nicht, wird man nur allzu leicht von den Ereignissen überrollt.“

Nun, die Situation ist da, könnte man formulieren, und dies seit geraumer Zeit. Sie ist allerdings nicht deshalb entstanden, wie die Bestandszahlen in Schaubild 4 vermuten lassen könnten, weil jene ausländischen Arbeitskräfte, die bei Erlaß des Anwerbestopps Ende 1973 anwesend waren, einfach hiergeblieben sind. Tabelle 1 zeigt, daß mit den Bestandszahlen von Schaubild 4 eine hohe Fluktuation verbunden war: seit dem Anwerbestopp haben 4,2 Millionen aufenthaltsberechtigte Ausländer das Bundesgebiet „nicht nur vorübergehend“ verlassen (= Fortzüge), gleichzeitig sind aber auch 4,2 Millionen Ausländer zum „nicht nur vorübergehenden Verbleib“ eingereist (= Zuzüge). Der verbliebene kumulierte Zuwanderungssaldo von knapp 20000 Ausländern ist deutlich niedriger als der Anstieg der ausländischen Wohnbevölkerung zwischen 1974 und 1983 (= 488000 Personen). Die Differenz von fast einer halben Million Personen erklärt sich aus dem verbliebenen Geburtenüberschuß der ausländischen Wohnbevölkerung. Obwohl die Arbeitnehmer aus EG-Staaten (mit Einschränkung Griechenland) Freizügigkeit genießen, der Anwerbestopp für sie mithin nicht gilt, haben 240000 Ausländer aus der EG mehr die Bundesrepublik verlassen als zugereist sind. Differenziert man nach dem Erwerbsstatus, so sind seit 1974 226100 Erwerbspersonen abgewandert, gleichzeitig aber etwa 250000 Nichterwerbspersonen zugewandert. Dies entspricht fast zur Gänze dem Nettozuwanderungssaldo von 1974 bis 1982 aus der Türkei (Tabelle 1).

Die daraus resultierenden Bestandsänderungen der Wohnbevölkerung nach einzelnen Altersgruppen ist aus Schaubild 5 ersichtlich. Die Anzahl der erwachsenen Ausländer hat sich seit 1973 kaum verändert, die ausländische Wohnbevölkerung ist durch „Verjüngung“ expandiert. Auffällig ist hierbei vor allem folgendes:

Tabelle 1: Wanderungen von Ausländern zwischen dem Bundesgebiet und dem Ausland nach Herkunfts- bzw. Zielländern sowie der Erwerbstätigkeit — in Tausend —

Jahr	Zuzüge		Fortzüge		Saldo	
	Ausländer insgesamt	darunter: Erwerbspersonen	Ausländer insgesamt	darunter: Erwerbspersonen	Ausländer insgesamt	darunter: Erwerbspersonen
1974	538,6	217,3	580,4	357,3	- 41,8	- 140,0
1975	367,3	138,8	600,4	332,3	- 233,1	- 183,5
1976	388,2	153,8	515,6	250,9	- 127,4	- 97,1
1977	422,8	172,6	452,1	198,7	- 29,2	- 26,0
1978	456,7	192,1	406,0	170,2	+ 50,7	+ 21,9
1979	545,9	238,9	366,2	155,6	+ 179,7	+ 83,3
1980	632,3	294,7	386,0	178,7	+ 246,3	+ 116,0
1981	502,0	234,4	415,8	176,7	+ 86,2	+ 57,7
1982	321,7	147,5	433,3	195,8	- 111,6	- 48,4
Summe 1974-82	4 175,5	1 790,1	4 155,8	2 016,2	+ 19,7	- 226,1
	EG-Staaten[a]	Türkei	EG-Staaten[a]	Türkei	EG-Staaten[a]	Türkei
1974	157,8	160,8	202,9	110,8	- 45,1	+ 50,0
1975	101,8	98,6	200,7	148,5	- 98,9	- 49,9
1976	116,5	105,8	172,0	130,4	- 55,5	- 24,6
1977	133,0	114,5	151,4	113,5	- 18,4	+ 1,0
1978	137,2	131,0	149,7	88,1	- 12,5	+ 42,9
1979	149,8	171,9	134,3	66,3	+ 15,5	+ 105,6
1980	155,9	212,3	134,4	70,6	+ 21,5	+ 141,7
1981	133,1	84,1	134,5	70,9	- 1,4	+ 13,2
1982	91,6	42,7	136,6	86,9	- 45,0	- 44,1
Summe 1974-82	1 176,7	1 121,7	1 416,5	886,0	- 239,8	+ 235,7

[a]Einschließlich Griechenland.

Quelle: Statistisches Bundesamt, Statistisches Jahrbuch; Wirtschaft und Statistik, ld. Jgg. — Eigene Berechnungen.

— Die mit Abstand stärkste Expansionsrate hatte die Altersgruppe der 10 bis unter 15jährigen zu verzeichnen; es ist jene Altersgruppe, die die heimische Schulpflicht absolviert haben und verstärkt als ,,Späteinsteiger" zugereist sind.
— Die zweitstärkste Gruppe rekrutiert sich aus den noch Schulpflichtigen, die verstärkt als ,,Seiteneinsteiger" zugereist sind.

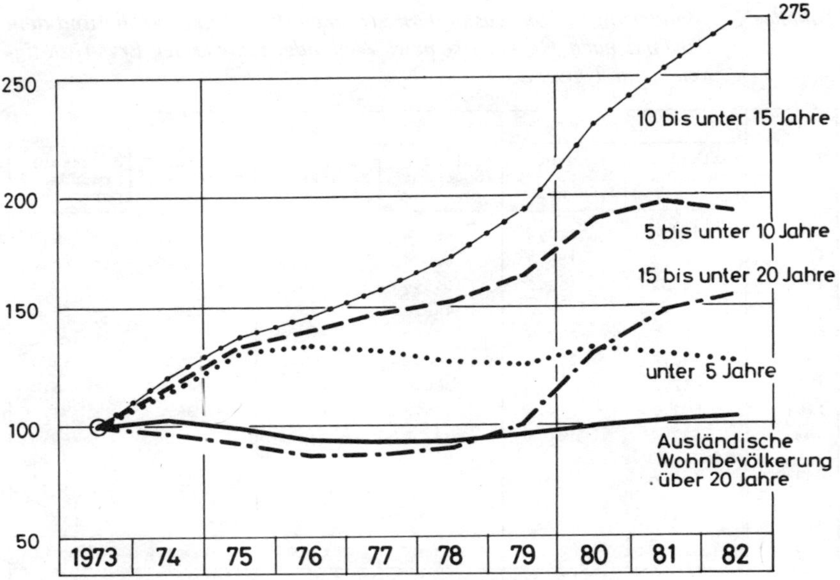

Schaubild 5: Entwicklung der ausländischen Wohnbevölkerung nach Altersgruppen 1973 = 100

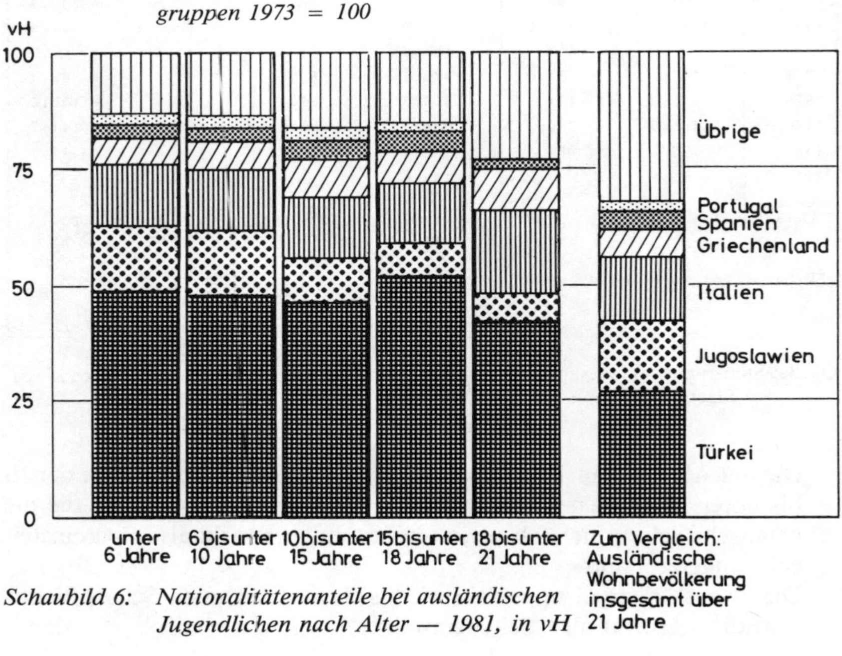

Schaubild 6: Nationalitätenanteile bei ausländischen Jugendlichen nach Alter — 1981, in vH

— Auffällig ist, daß die Gruppe der unter 5jährigen seit 1975 in etwa konstant bleibt, obwohl die ausländische Wohnbevölkerung einen hohen Geburtenüberschuß zu verzeichnen hat. In fast jedem Jahr ist der Geburtenüberschuß an ausländischen Kindern fast doppelt so hoch wie der darauffolgende Jahrgang der unter Einjährigen. Dies läßt darauf schließen, daß ungefähr die Hälfte der ausländischen Kinder — zumindest in ihrer Frühkindphase — im Ausland aufwachsen.
— Bis 1979 hat sich der Bestand an 15 bis 20jährigen Ausländern kaum verändert; danach ist er sprunghaft angestiegen. Dies ist als eine unverzügliche Reaktion auf Erleichterungen beim Zugang zum Arbeitsmarkt zu interpretieren (Ersatz der Stichtag — durch die Wartezeitregelung, Angebot von Schulungskursen für Späteinsteiger).

Was die Nationalitätenstruktur der Wohnbevölkerung anlangt (Schaubild 6), so zeigt sich recht deutlich, daß die Wanderungsbewegungen seit dem Anwerbestopp fast zur Gänze Zuwanderungen im Zuge des Familiennachzuges der türkischen Wohnbevölkerung darstellen: der Anteil der jugendlichen Türken an der Wohnbevölkerung der jugendlichen Ausländer war beim Anwerbestopp nur unwesentlich höher als der Anteil der Türken an der ausländischen Wohnbevölkerung; 1981 ist nur jeder vierte erwachsene Ausländer türkischer Nationalität, aber bereits jeder zweite Jugendliche.

Diese Entwicklung hat bereits einen erheblichen Problemstau bewirkt und wird einen noch größeren Problemstau, wie im folgenden noch gezeigt wird, hinterlassen. Es wurde nicht selten dargelegt, daß wir uns durch diese Entwicklung — oder zumindest durch ihre Hinnahme — eben doch wie ein Einwanderungsland benommen hätten — entgegen allen erklärten Absichten. Oder — ohne Rekurs auf die erklärten Absichten — wird aus der normativen Kraft des Faktischen postuliert, wir seien zum de facto-Einwanderungsland geworden (DIW, 1982, 461).

Was die Würdigung der bisherigen Ausländerpolitik anlangt, insbesondere in Hinblick auf den Familiennachzug, so ist eine derartige Wertung eher zu bezweifeln. Richtig ist freilich, daß die Politiker kein Konzept entwickelt hatten und — durch die Entwicklung überrollt (vgl. Warnung von Tuchtfeldt, S. 16) — mit hastigen und in sich widersprüchlichen Stop-and-Go-Signalen reagierten. Dies alles für sich genommen ist noch keine Einwanderungspolitik. Vertrauensschutz ist keine Einbahnstraße. Wenn Rechtspositionen dort aufgebaut werden, wo Vertrauen auf Ansprüche erwachsen sein mag, die in dieser Form nie — zumindest in der offiziellen Politik — eingeräumt worden sind, so haben auch die Inländer einen gewissen Anspruch auf Vertrauensschutz, daß nicht im nachhinein die Geschäftsgrundlage dieser Entwicklung (kein Einwanderungsland) einseitig zu ihren Lasten in das Gegenteil verkehrt wird. Mit zunehmender Aufenthaltsdauer vieler ehemals angeworbener Arbeitnehmer nach Erlaß des Anwerbestopps ist die rechtliche Verfestigung der Aufenthalts- und Arbeitserlaubnis stark ausgebaut worden. Ausländische Arbeitnehmer aus Nicht-EG-Ländern können seit 1978 eine unbefristete Aufenthaltserlaubnis beantragen, wenn sie nach fünfjährigem (legalem) Aufenthalt nachweisen, daß

— sie die besondere Arbeitserlaubnis besitzen;
— sie sich auf einfache Weise mündlich in der deutschen Sprache verständlich machen können;
— sie über ausreichenden Wohnraum für sich und ihre Familie verfügen;
— ihre in der Bundesrepublik lebenden Kinder der gesetzlichen Schulpflicht nachkommen.

Die unbefristete Aufenthaltsberechtigung kann allerdings im nachhinein begrenzt oder mit Bedingungen versehen werden. Der Besitz einer unbefristeten Aufenthaltserlaubnis schützt nicht vor den Ausweisungstatbeständen des § 10 des Ausländergesetzes. Etwa 80 vH der ausländischen Arbeitnehmer, die sich länger als 5 Jahre in der Bundesrepublik aufgehalten haben, verfügen über diese Form des verfestigten Aufenthaltsrechts (Bodenbender, 1982, S. 43).

Nach acht Jahren kann die Aufenthaltsberechtigung beantragt werden, wenn zusätzlich zu den oben genannten Kriterien die folgenden zwei hinzutreten:

— Einfügung in das wirtschaftliche und soziale Leben in der Bundesrepublik Deutschland;
— ausreichende Deutschkenntnisse.

Im Gegensatz zur unbefristeten Aufenthaltserlaubnis kann die Aufenthaltsberechtigung nicht im nachhinein befristet oder mit Bedingungen versehen werden; die Ausweisungstatbestände nach § 10 Ausländergesetz sind stark eingeschränkt (vgl. S. 87). Nur 0,5 vH der Ausländer, die zumindest die Anwartschaftsbedingungen erfüllen, besitzen derzeit eine Aufenthaltsberechtigung (Skomroch, 1982, 22).

Im Arbeitserlaubnisrecht hat die Beschäftigung von Deutschen und ihnen gleichgestellten Personen (i. d. R. EG-Angehörige) Vorrang vor der Beschäftigung ausländischer Arbeitnehmer (§ 19 Arbeitsförderungsgesetz), denen aufgrund der Aufenthaltsgenehmigung die Arbeitsaufnahme gestattet wurde. Dies gilt allerdings nur für jene Fälle, in denen eine allgemeine Arbeitserlaubnis erteilt wird. Diese wird in Abhängigkeit von der

Lage und Entwicklung des deutschen Arbeitsmarktes zeitlich begrenzt erteilt und kann auf bestimmte berufliche Tätigkeiten oder bestimmte Betriebe begrenzt werden.

Diese Einschränkungen (Abhängigkeit vom Arbeitsmarkt, betriebliche oder berufliche Einschränkungen) gelten nicht für die besondere Arbeitserlaubnis. Nach fünfjähriger ununterbrochener Beschäftigung hat ein ausländischer Arbeitnehmer einen Rechtsanspruch auf die Erteilung einer unbeschränkten Arbeitserlaubnis; sie ist zunächst auf fünf Jahre befristet. Nach acht Jahren ununterbrochener Tätigkeit kann sie in unbefristeter Form erteilt werden.

Nicht nur das Aufenthaltsrecht, sondern auch das Arbeitserlaubnisrecht ist demnach für die ausländischen Arbeitnehmer aus den ehemaligen Anwerbeländern weitgehend verfestigt worden, übrigens zeitlich deckungsgleich mit dem bereits erwähnten Vertrauensschutzurteil des Bundesverfassungsgerichts (sogenannte kalte Verfestigung, vgl. S. 15 f.).

Dies gilt freilich nicht gleichermaßen für nachziehende Familienangehörige. Der Familiennachzug ist aus humanitären Gründen in Hinblick auf Artikel 6 Absatz 1 GG gestattet worden, nicht aus arbeitsmarktpolitischen Gründen. Gleichwohl sind hier erhebliche arbeitsmarktpolitische Probleme erwachsen, da nachgezogene Familienangehörige den durchaus verständlichen Wunsch realisieren wollen, auf dem deutschen Arbeitsmarkt ins Erwerbsleben zu treten. Dies sollte ursprünglich nach dem Anwerbestopp durch Stichtagregelungen gesteuert werden und den Zugang zum Arbeitsmarkt von der Einreise bis zu einem bestimmten Datum abhängig machen.

Diese restriktive Steuerung, die kaum auf einwanderungspolitische Absichten der Bundesrepublik schließen läßt, ist im Zeitverlauf dadurch abgemildert worden, daß die Stichdaten mehrmals aktualisiert wurden. Die Stichtagregelung wurde am 1. 4. 1979 durch die Wartefristregelung abgelöst. Nachreisende Ehegatten können seitdem nach einer Wartezeit von vier Jahren und Jugendliche nach zwei Jahren eine allgemeine Arbeitserlaubnis erhalten. Jugendliche können die Wartezeit verkürzen, wenn sie den Hauptschulabschluß erwerben oder an einer berufsvorbereitenden Maßnahme von mindestens zehnmonatiger Dauer teilnehmen. Auch hier zeigt sich ein Beispiel der Stop-and-Go-Politik: als ausländische Jugendliche nach 1979 verstärkt von dieser Möglichkeit Gebrauch machten (vgl. Schaubild 5), wurde Ende 1981 auf Empfehlung der Bundesregierung das Nachzugsalter in fast allen Bundesländern (Ausnahme: Bremen und, neuerdings Hessen) von bislang 18 auf nunmehr 16 Jahre herabgesetzt.

Kinder von ausländischen Arbeitnehmern erhalten eine besondere Arbeitserlaubnis, wenn sie bei Vollendung des 18. Lebensjahres eine der folgenden Bedingungen erfüllen:

— mindestens fünfjähriger rechtmäßiger Aufenthalt in der Bundesrepublik Deutschland;
— Erwerb eines allgemeinen oder beruflichen Schulabschlusses;
— regelmäßige Teilnahme an einem beruflichen Vollzeitschuljahr oder einer außerschulischen berufsvorbereitenden Vollzeitmaßnahme, die mindestens zehn Monate dauert;
— Abschluß eines Ausbildungsvertrags für einen Ausbildungsberuf, der staatlich anerkannt oder vergleichbar geregelt ist.

Im letztgenannten Fall ist die besondere Arbeitserlaubnis auf die Dauer der Ausbildung beschränkt; wird der Ausbildungsvertrag vorzeitig gelöst, so erlischt die besondere Arbeitserlaubnis.

Das Aufenthaltserlaubnisrecht für Kinder von ausländischen Arbeitnehmern aus den ehemaligen Anwerbestaaten ist derzeit wie folgt geregelt: Kinder bis zur Vollendung des 16. Lebensjahres brauchen keine Aufenthaltserlaubnis (§ 2, (2), 1 AuslG). Nach Beginn der Aufenthaltserlaubnispflicht kann eine unbefristete Aufenthaltserlaubnis erteilt werden, wenn folgende Voraussetzungen vorliegen:

— fünfjähriger rechtmäßiger Aufenthalt;
— einfache deutsche Sprachkenntnisse;
— ausreichender Wohnraum und
— Erfüllung der gesetzlichen Schulpflicht.

Haben jugendliche Ausländer nach dem Familiennachzug das 18. Lebensjahr vollendet, kann ihnen die unbefristete Aufenthaltserlaubnis erteilt werden, wenn sie sich ununterbrochen fünf Jahre in der Bundesrepublik aufgehalten haben und eine Aufenthaltserlaubnis besitzen.

Im allgemeinen erhalten nur diejenigen jugendlichen Ausländer eine unbefristete Arbeitserlaubnis, „bei denen besonders schutzwürdige Bindungen persönlicher, wirtschaftlicher oder sonstiger Art im Bundesgebiet bestehen.“ (AuslVwV zu § 7 AuslG, Nr. 9 Satz 1).

In Hinblick auf einen sprunghaft ansteigenden Anteil von jugendlichen und jungerwachsenen Ausländern, die weder in Ausbildung noch in Erwerbstätigkeit sind, birgt dieser Regelungsbereich erhebliche Brisanz. Eine Präzedenzregelung in diesem Bereich wurde bereits in Berlin geschaffen: dort erhalten nach dem 20. November 1981 eingereiste Kinder, wenn sie nach Vollendung des 18. Lebensjahres lediglich eine befristete Aufenthaltserlaubnis haben, eine weitere Aufenthaltserlaubnis nur noch, wenn sie

— sich ununterbrochen seit fünf Jahren rechtmäßig im Bundesgebiet aufhalten und in einem anerkannten Ausbildungsverhältnis (auch Schulbesuch) stehen oder schon länger als ein Jahr arbeiten (die abgeschlossene Ausbildung zählt mit);
— in besonderem Maße auf die Fürsorge ihrer Eltern angewiesen sind oder ihr weiterer Aufenthalt in besonderem Maße zur Förderung der Familie erforderlich ist.

Von einem de facto-Einwanderungsland Bundesrepublik Deutschland kann angesichts der bisherigen Entwicklung kaum gesprochen werden: nur ein verschwindend geringer Anteil der ausländischen Arbeitnehmer ist im Besitz der Aufenthaltsberechtigung. Bei allen übrigen greift voll der Ausweisungskatalog des § 10 Ausländergesetz (vgl. S. 87). Auch bei den Regelungen zum Familiennachzug sowie bei der Ausgestaltung des Aufenthalts- und Arbeitserlaubnisrechts bestehen noch nicht unerhebliche Gestaltungsspielräume. Ihre Nutzung wird vorrangig von der künftigen Ausgestaltung der Ausländerpolitik abhängen, insbesondere in Hinblick auf die Problemgruppen unter den jugendlichen Ausländern.

iii) Wanderungen von Arbeitskräften: das Kernproblem: die Grenzen der Integrationsfähigkeit

„Sie riefen Arbeitskräfte — und es kamen Menschen“, mit diesem Zitat von Max Frisch werden in aller Regel jene Überlegungen eingeleitet, die sich der Frage widmen, ob eine Eingliederung, die sich vorrangig an den Erfordernissen des Arbeitsmarktes orientiert, nicht zu kurz gegriffen sei und nicht weit darüber hinausgehende Integrationskonzepte und Implementierungsstrategien entwickelt werden müßten oder sollten. Der Text von Max Frisch geht freilich auch noch weiter, obwohl der dann deutlich seltener zitiert wird. Wenige Zeilen weiter heißt es: „Es sind einfach zu viele, nicht auf der Baustelle und nicht in der Fabrik und nicht im Stall und nicht in der Küche, aber am Feierabend, vor allem am Sonntag, sind es plötzlich zu viele. Sie fallen auf. Sie sind anders.“ (Frisch, 1975, 160). Über Integrationskonzepte und -strategien sind Berge von Literatur erschienen[2] sowie zahllose Programme und Entschließungen entwickelt worden. Anscheinend gibt es so viele Meinungen wie Autoren, denn bis heute ist noch keine einigermaßen verbindliche Begriffsbestimmung vorgenommen worden. Nur in der Abgrenzung sind sich viele Autoren einigermaßen einig: Integration dürfe nicht mit Assimilation verwechselt werden, obwohl viele Autoren auch den Erwerb der Staatsbürgerschaft als

---

2 Eine eindrucksvolle Synopsis bietet eine Literaturdokumentation des Instituts für Arbeitsmarkt- und Berufsforschung (LitDokABS3 (1982)).

Integrationsoption nicht ausschließen möchten. Die meisten Autoren siedeln diesen Begriff an in der Nähe von chancengleicher oder emanzipatorischer Partizipation am deutschen Wirtschafts- und Sozialleben unter Wahrung der jeweiligen ethnischen, kulturellen, religiösen und zuweilen auch staatsbürgerlichen Identität. Die Bandbreite der Konzepte und Akzente reicht von ,,Zwangsgermanisierung" bis zu einem Aufgehen in einer ,,multikulturellen Gesellschaft".

Allen Konzepten gemeinsam ist die Tatsache, daß sie Steuerungselemente für die Entwicklung vorschlagen, die selbst schon eine Eigendynamik erlangt hat, von der fraglich ist, ob sie sich konzeptionell wird steuern lassen. Nicht nur diese Frage wird erstaunlich selten gestellt, sondern auch die Frage, ob es Grenzen der Integrationsfähigkeit und auch Integrationswilligkeit geben könnte. Der Grund hierfür liegt auf der Hand: wird die Grenze der Integrationsfähigkeit und der Sinn staatlichen Seins ,,hinterfragt", so ist meist, wie Schilling (1982, 8) wohl auch aus eigener Erfahrung anmerkt, der Punkt erreicht, bei dem das sachliche Gespräch zu enden pflegt und die Polemik beginnt[3].

Werden Grenzen der Integrationsfähigkeit aus dem Blickfeld ausgeblendet, so kann es leicht passieren, daß auch weiterhin die Entwicklung mit erheblicher Eigendynamik ihren Ausgangspunkt überrollt und dabei irgendwelchen Wunschvorstellungen weniger Referenz erweisen wird. Dies gilt insbesondere für den Jugendstrafvollzug als der letzten Instanz sozialer Kontrollen. Und vor allem: was kommt danach?

Während der Anwerbephase war für die Unterbringung der vermittelten Arbeitskräfte der Arbeitgeber verantwortlich; er hatte die Unterbringungsmöglichkeiten nachzuweisen oder zu errichten. Die Mindestanforderungen an diese Unterkünfte wurden Bestandteil der Gewerbeordnung (§ 120 GewO). Die Gestattung des Familiennachzugs war, wie bereits erwähnt (S. 7f.), an den Nachweis ,,angemessenen Wohnraums" gebunden, ohne daß hierzu eine bundeseinheitliche Rahmenrichtlinie entwickelt wurde. Hierbei entwickelte sich bald eine Eigendynamik. Auf ,,eigene

---

3 In einer Beilage zur Wochenzeitung Das Parlament heißt es hierzu: ,,Die zur Lösung dieser Aufgabe nötigen Fragen, nämlich: ‚Unter welchen Voraussetzungen sind Gastarbeiter in diese Gesellschaft integrierbar?' und: ‚Sind diese Voraussetzungen gegeben?' werden indessen tabuisiert. Wer dieses Tabu in der öffentlichen Diskussion bricht, sieht sich massiven Angriffen bis hin zur Beschimpfung als ‚Faschist' oder ‚Rassist' ausgesetzt. Diese hemmungslose und letztlich unpolitische Polemik der ‚Scene', die sich für Ausländer einsetzt und zumeist unter sich ist (ob nun in Parteien, Kirchen oder Gewerkschaften), führt im Ergebnis zu einer lautstarken, aber qualitativ miserablen ‚Ausländerlobby' in diesen Institutionen, die weniger bewegt als erregt und entzweit." (Köhler Vargas u. a., 1982, 27).

Faust" traten ausländische Arbeitskräfte am Wohnungsmarkt besonders häufig in den sanierungsbedürftigen Siedlungsgebieten in Erscheinung. Gesellschaftliche Gruppen übten Druck aus, wo immer die Genehmigungsbehörden dem Kriterium der „Angemessenheit" Geltung verschaffen wollten (vgl. u.a. Meier-Braun, 1980). Die Folgen sind bekannt und werden nunmehr als Gettobildung oder Reservatbildung beklagt und als Gefahrenquelle erkannt, weil aus der räumlichen Konzentration Überlastungen der regionalen Infrastruktur, insbesondere des Schulwesens, folgen[4]. Das Wort Gettoisierung suggeriert, als sei dies Folge eines administrativen Prozesses, obgleich das Gegenteil richtig ist. Mitte der siebziger Jahre versuchten einige Gemeinden, durch Zuzugssperren ein weiteres Ansteigen der ausländischen Wohnbevölkerung zu verhindern. Alle diese Versuche sind mittlerweile von der Realität überrollt worden. Die gleichen gesellschaftlichen Gruppen, die sich einer engen Auslegung des Kriteriums der Angemessenheit der Wohnung bei der Gestattung des Familiennachzugs entgegengestemmt haben, beklagen nunmehr, in welch menschenunwürdigen Behausungen diese Familien „zusammengepfercht" seien. Die sich dabei abzeichnenden Forderungs-Anspruchs-Spiralen sind unübersehbar.

Zuweilen wurden aber auch Gesetzesänderungen durchgeführt, die zwar nicht auf die Steuerung des Familiennachzugs abzielten, auf diesen aber einen erheblichen Einfluß ausgeübt haben. Dies gilt insbesondere für die Änderung der Kindergeldregelung per 1. Januar 1975. Die hierbei vorgenommene substantielle Verbesserung in der Höhe der Kindergeldleistung wurde für ausländische Arbeitnehmer aus den ehemaligen Anwerbeländern auf die im Bundesgebiet ansässigen Kinder gezahlt, für im Herkunftsland verbliebene Kinder wurde nur der vorher gültige, deutlich niedrigere Kindergeldsatz gezahlt. Dies wurde mit den niedrigeren Lebenshaltungskosten in den Herkunftsländern begründet, hat aber im Endeffekt als deutlicher Anreiz zur Immigration von Kindern und Jugendlichen geführt (Spies, 1982, 28 – 30). In die gleiche Richtung wirkte die starke Einschränkung der Möglichkeit einer steuerlichen Geltendmachung einer doppelten Haushaltsführung für ausländische Arbeitnehmer seit 1978 (Becker, Braasch, 1980, 104f.). Ende 1981 wurden neue Regelungen im Zuge einer „sozialverantwortlichen Steuerung des Familiennachzugs" von der Bundesregierung empfohlen und von fast allen Bun-

---

4 Ein Ministerialdirektor beim Bundesministerium für Arbeit und Soziales formulierte öffentlich folgendes: „Ich bin auch keiner, der Illusionen hat. Ich glaube auch kaum, daß man Berlin noch retten kann. Da bin ich resignativ. Ich meine damit die räumliche Konzentration in Berlin." (Ronneberger, Vogel, 1982, 66).

desländern auch in Kraft gesetzt. Die wichtigsten bestanden darin, das Nachzugsalter von 18 auf 16 herabzusetzen. Dieser Maßnahme dürfte nur ein begrenzter Erfolg beschieden gewesen sein, da nach türkischem Recht jeder Türke einmal im Leben das Recht hat, durch Aussagen von zwei Zeugen sowohl sein Alter als auch seinen Namen ändern zu lassen. Offenbar wurde von dieser Möglichkeit in erheblichem Maße Gebrauch gemacht. Ein Datenvergleich einer Meldebehörde ergab bei 666 Kindern, ,,daß in 541 Fällen eine Korrektur des Alters erfolgt war, zu 90% innerhalb von drei Monaten vor der Ausreise'' (Skomroch, 1982, 24). Das verbliebene Nachzugspotential an Jugendlichen wird derzeit auf 430000 Personen geschätzt (Bericht, 1983, 8).

In der Bundesrepublik befanden sich 1980 1,25 Millionen ausländische Kinder und Jugendliche im Alter von unter 18 Jahren, davon gut 800000 im schulpflichtigen Alter. Die Integration (was immer man darunter verstehen mag) dieser Kinder und Jugendlichen in den Arbeitsmarkt wird diese vor Probleme stellen, die ihre Eltern der ,,ersten Generation'' nicht kannten: sie reisten nach Maßgabe vorhandener und bereits bereitgehaltener Arbeitsplätze nach.

Dabei ist die Bezeichnung zweite und dritte Ausländergeneration eher euphemistisch, denn sie suggeriert, daß bereits die zweite Ausländergeneration hier aufgewachsen sei, was abnehmende Integrationsprobleme signalisieren könnte. Das Gegenteil ist richtig: die Mehrzahl dieser Jugendlichen sind ,,Seiten- und Späteinsteiger'', also eher Kinder der ,,ersten Generation'' als ,,zweite Generation'' im eigentlichen Sinne (Köhler Vargas, 1982, 28).

Dem Umfeld auf dem Arbeitsmarkt, mit dem sie konfrontiert sein werden, soll im folgenden nachgegangen werden.

2.1.2. Die qualitativen Komponenten

Art und Umfang der schulischen und beruflichen Ausbildung sowie die Qualität der hierbei erzielten Abschlüsse bilden das Fundament der Ein- und Aufstiegschancen auf dem Arbeitsmarkt. Diese Aussage gilt zunächst bei einer individualisierten Betrachtungsweise. Bei generalisierender Betrachtung sind dabei folgende makroökonomischen Zusammenhänge zu beachten:

— die kollektiven und damit auch individuellen Ein- und Aufstiegschancen im Erwerbsleben sind durch die demographischen Wellenbewegungen weitgehend vorausgezeichnet;

— bei einer forcierten Anhebung des allgemeinen Bildungsniveaus in Richtung einer Anhebung der Abschlüsse auf weiterführende Schulen und Hochschulbesuchsquoten verschärft sich die Konkurrenz unter den Absolventen dieser Ausbildungsstufen.

Beginnen wir mit dem letztgenannten Punkt. Die Bildungsreform bildete Ende der sechziger Jahre ein Kernstück der sozialliberalen Reformpolitik. Kern- und Ausgangspunkt dieser Reformpolitik waren die insbesondere von Georg Picht und Ralf Dahrendorf thematisierten Gefahren eines „Bildungsnotstandes" sowie eines „Bürgerrechts auf Bildung", die es angezeigt erscheinen ließen, jeden Versuch zu unternehmen „Begabungsreserven" auszuschöpfen. Die Doppelrolle der Ausbildung als individuelles Konsumgut und gesamtwirtschaftliche Investitionsausgabe wurde durchaus gesehen, ein hieraus erwachsender Konflikt aus damaliger Sicht aber verneint, nach dem Motto: was immer man auch tut, man kann eigentlich nichts verkehrt machen. Die Notwendigkeit einer Steuerung des Ausbildungssystems in Hinblick auf künftige Arbeitsmarkterfordernisse wurde verneint. Die Funktionsfähigkeit des Bildungswesens als „Verteiler sozialer Aufstiegschancen" wurde bei vermeintlich „nahezu unbegrenzten Berufschancen der akademischen Berufe" nicht angezweifelt, die Zielrichtung hieß: „Mehr Chancen für alle." (Ertel, Weber, 1982, 86 f.).

Die seitdem in Gang gesetzte Bildungsreform hat im deutschen Ausbildungswesen einiges bewegt: Mitte der sechziger Jahre erreichten acht Prozent eines Schülerjahrgangs die Hochschulreife, heute sind es gut 22 vH; die Zahl der Studierenden an den deutschen Hochschulen hat sich mit derzeit gut einer Million fast vervierfacht. Gleichwohl mag keine rechte Freude aufkommen: „Das deutsche Bildungssystem befindet sich in einem erbärmlichen Zustand. Gemessen an dem , was sie einmal waren, aber auch an dem, was sie nach einer Kaskade von Reformen eigentlich sein sollten, wirken Schulen und Hochschulen heute pädagogisch widersinnig: Sie vermitteln vornehmlich Frustration." (Ertel, Weber, 1982, 85).

Dies vorrangig auch deshalb, weil der Wellenschlag der demographischen Komponente übersehen wurde. Die geburtenstarken Jahrgänge der heute um Vierzigjährigen konnten (ebenfalls aus demographischen Gründen, vgl. Schaubild 1) problemlos in die oberen Etagen des Beschäftigungssystems ein- und aufrücken, nur: dort werden sie auch bis gegen Ende des Jahrhunderts verharren. Elstermann(1977) hat dieses Phänomen als den „Prozeß des kollektiven Alterns" für den Hochschulbereich analysiert.

Das Arbeitsrecht ist ebenso wie unser Mietrecht durch einen extremen Bestands- (Kündigungs-) schutz gekennzeichnet. Wer einmal einen Arbeitsplatz (eine Wohnung) erworben hat, verliert diesen (diese) nur durch freiwilligen Verzicht, durch extremes persönliches Fehlverhalten oder durch Konkurs des Arbeitgebers (Abriß des Miethauses). Dies hat freilich zur Folge, daß sich die Neuankömmlinge auf dem Arbeits- und Wohnungsmarkt häufig dort wiederfinden, wo es im allgemeinen sehr zugig zugeht: nämlich draußen vor der Tür. Die sich abzeichnende Arbeitsmarktlage bei Lehramtskandidaten wirft ein Schlaglicht auf die kommende Entwicklung: selbst bei optimistischen Annahmen werden bis 1990 etwa 150000 ausgebildete Lehrer keine Beschäftigung im Schuldienst finden (Schmidt, 1982, 10). Von den obersten Sprossen des Bildungssystems erfolgt ein übergangsloser Sturz in die untersten Maschen des sozialen Netzes: nicht wenige Lehramtsanwärter bestreiten ihren Lebensunterhalt durch die Regelleistungen der Sozialhilfe. Von dieser Entwicklung können nur jene ungerührt bleiben, die Bildung ohnehin eher als Bürgerrecht eines Bildungsbürgertums oder doch vorrangig als privaten Bildungskonsum (den Homer lesenden Tankstellenpächter) sahen. Nur: so sehen es die Betroffenen selbst meistens nicht, und außerdem ist zu fragen, ob derartig exzessiver Bildungskonsum ohne Investitionscharakter nicht Verschwendung sei.

Nun könnte man fragen, ob ein verschärfter Wettbewerb auf den oberen Rängen des Bildungssystems ein Nachlassen des Wettbewerbs auf den mittleren und unteren Rängen des Bildungssystems bewirkt hat. Dies kann eindeutig verneint werden: ein Sickereffekt hat auch dort zu einer Zunahme des Wettbewerbs geführt. Abiturienten konkurrieren um Lehrstellen, die bislang von Real- und Hauptschülern nachgefragt wurden, Hauptschüler übernehmen Arbeitsplätze, die bislang von Schulabsolventen ohne Abschluß eingenommen wurden. Dem „upgrading" des Bildungssystems und der Berufserwartungen folgt nun ein ebenso markantes „downscaling" der beruflichen Ein- und Aufstiegsmöglichkeiten. Diesem „Sickereffekt" sind freilich gewisse Grenzen gesetzt. Diese resultieren weniger aus den „Zumutbarkeitsregeln" der Arbeitsvermittlung, als aus der Einstellungspraxis der Arbeitgeber. Sie fürchten den Zugvogeleffekt, bei dem Überqualifizierte bei einer alsdann sich doch bietenden Stelle für die ursprünglich erworbene Qualifikation „abschwirren". Insofern stellt „Überqualifikation" einen ernst zu nehmenden Nicht-Einstellungs-Grund dar.

Die achtziger Jahre werden das Jahrzehnt starker und vermutlich stark zunehmender Jugendarbeitslosigkeit sein. Besonders düster sind — paradoxerweise — die Berufschancen der besonders qualifiziert Ausgebildeten und — weniger überraschend — die der besonders schlecht Ausgebildeten, auf deren Berufsaussichten der Sickereffekt voll durchschlagen wird.

All dies steht in krassem Gegensatz zu dem, was einmal euphorisch als die „Philosophie der sozialen Grundrechte“ in extensiver Auslegung des Artikels 20 GG (Sozialstaatsprinzip) entwickelt wurde. Nach dieser Philosophie hat jeder (wer ist jeder?) im Zuge einer allumfassenden staatlichen Daseinsfürsorgepflicht einen Anspruch auf eine „bezahlbare“ Wohnung sowie auf einen menschenwürdigen Arbeitsplatz mit auskömmlichem Einkommen (Scheele, 1982, 13). Nur: unsere Verfassung kennt derartige Rechte nicht und die abenteuerliche Interpretation von Artikel 20 GG hat bisher den Härtetest höchstrichterlicher Überprüfung und Sanktionierung noch nicht durchlaufen.

Zwar gehört die Herstellung oder Erhaltung von Vollbeschäftigung zum Zielkatalog staatlicher Wirtschaftspolitik, dies allerdings in teilweiser Konkurrenz zu anderen Zielvorgaben (Preisstabilität, angemessenes wirtschaftliches Wachstum und ausgeglichene Zahlungsbilanz). Ein individuell oder kollektiv einklagbares Recht auf einen Arbeitsplatz folgt hieraus freilich nicht.

Im Rahmen des sozialen Wohnungsbaus werden zwar Bezugsrechte unterhalb bestimmter Einkommensgrenzen eingeräumt, dieses Recht teilt der Bezugsberechtigte aber mittlerweile mit ca. 60 vH der Bevölkerung. Das Bezugsrecht gewährt nur eine minimale Chance, dieses Recht auch in einen Anspruch münden zu lassen. Auch hier hat der starke Bestandsschutz die Neuankömmlinge an das Ende der Warteschlange verwiesen (Stützel, 1981, 11).

Die Bildungsreformen wurden nicht bundeseinheitlich durchgeführt, in der Ausgestaltung gingen die einzelnen Länder durchaus uneinheitlich vor. Einheitlich ist die Bezeichnung der ersten vier Jahre allgemeinbildenden Unterrichts als Grundschule oder Primarbereich. Darauf aufbauend wurden neben dem traditionellen dreigliederigen Schulsystem (Hauptschule, Realschule, Gymnasium) die integrierten Gesamtschulen geschaffen, in denen der traditionelle Klassenverband aufgelöst wurde und der Unterricht in Leistungskursen erfolgt. Die ersten beiden Schuljahre des Sekundarbereichs I werden in den meisten Bundesländern schulformenunabhängig in Form einer Orientierungsstufe durchgeführt. Der Sekundarbereich II umfaßt die gymnasiale Oberschule, das Fachgymnasium sowie den Bereich der berufsbildenden Schulen. Darauf aufbauende Ausbildungsstufen sind dem tertiären Bereich zugeordnet (vgl. Übersicht auf S. 30).

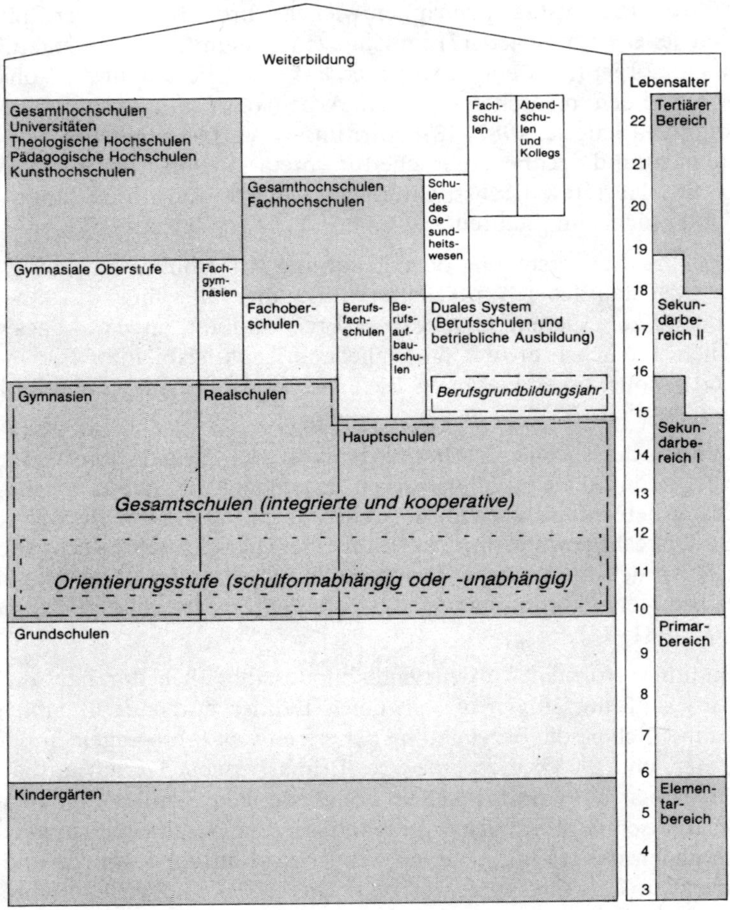

- Schematisierte Darstellung der typischen Struktur des Bildungssystems der Bundesrepublik Deutschland. In den einzelnen Bundesländern bestehen Abweichungen.
- Die Zurechnung des Lebensalters zu den Bildungseinrichtungen gilt für den jeweils frühestmöglichen typischen Eintritt und bei ununterbrochenem Gang durch das Bildungssystem.
- Die Größe der Rechtecke ist nicht proportional zu den Besuchszahlen.

a) Schulische Grund- und Fortbildung

Im Zuge der Bildungsreform der siebziger Jahre wurde der Anteil der an weiterführenden Schulen ausgebildeten Schüler deutlich erhöht. Der Verbleib der Schüler nach Abschluß der Grundschule im Jahre 1980 für die einzelnen Schulformen bei deutschen und ausländischen Schülern ist aus Schaubild 7 ersichtlich. Mittlerweile besucht mit 34,6 vH ein höherer Anteil deutscher Schüler das Gymnasium als die Hauptschule (33,9 vH), etwa 22 vH eines Altersjahrganges erreichen derzeit den Abschluß der Hochschulreife. Über 60 vH der deutschen Schüler an allgemeinbildenden Schulen wechseln in über die Hauptschule hinausführende Schulformen.

Bei den ausländischen Schülern an allgemeinbildenden Schulen sind die Proportionen in etwa umgekehrt: knapp 30 vH sind in weiterführende Schulen gewechselt; über 70 vH sind in der Hauptschule sowie auf Sonderschulen angesiedelt (Schaubild 7). Im Bereich der weiterführenden Schulen ist bei den ausländischen Schülern eine hohe Präferenz für die

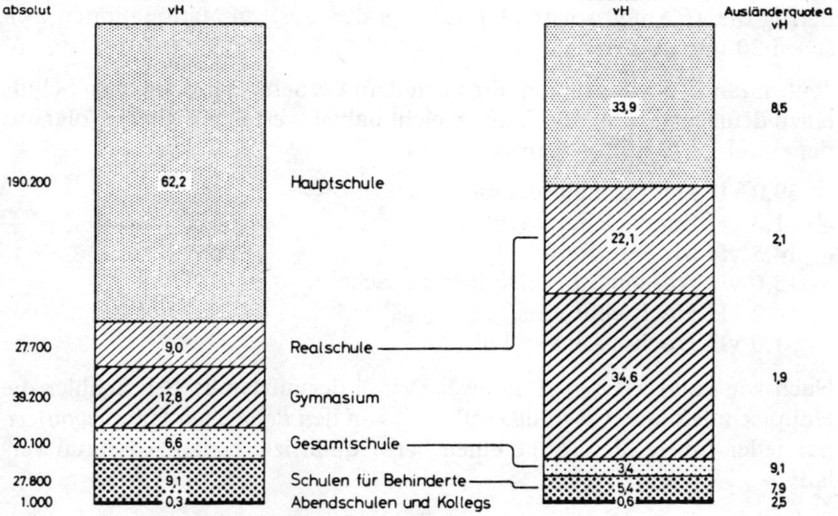

Quelle: Bundesminister für Bildung und Wissenschaft (Hrsg.), Grund- und Strukturdaten 1981/82. Bonn 1981. — Eigene Berechnungen.

Schaubild 7: Deutsche und ausländische Schüler in allgemeinbildenden Schulen nach Abschluß der Grundschule im Jahr 1980

Gesamtschulen festzustellen, wobei allerdings in Rechnung zu stellen ist, daß hierin auch die zum Hauptschulabschluß führenden Leistungskurse enthalten sind. Kommen auf 100 deutsche Schüler im gymnasialen Bereich zwei ausländische Schüler, so sind es im Bereich der Gesamtschulen knapp zehn. Eine ähnlich hohe Anteilsziffer ausländischer Schüler war 1980 in den Grundschulen und in den Sonderschulen für Behinderte anzutreffen.

Klafft das Bild bei der Partizipationsstruktur nach Schulformen bei deutschen und ausländischen Schülern schon weit zuungunsten der letzteren auseinander, so trifft dies bei den erreichten Schulabschlüssen in noch viel stärkerem Maße zu.

Eine Repräsentativuntersuchung für das Jahr 1980 (Mehrländer, 1981, 40 – 65) ergab für die 15 – 24jährigen jugendlichen Ausländer folgendes Bild: 60 vH hatten eine deutsche Schule besucht, 40 vH hatten keinerlei deutsche Schuldbildung, auch nicht an einer berufsbildenden Schule. Von den 15 – 24jährigen ausländischen Jugendlichen, die 1980 angaben, eine deutsche Schule besucht zu haben, erreichten 54,2 vH keinen deutschen Schulabschluß. Bei den ausländischen Schülern türkischer Nationalität betrug dieser Anteil sogar 73,1 vH, bei den übrigen Nationalitäten zwischen 30 und 40 vH.

Jene 45,8 vH der Befragten, die nach dem Besuch einer deutschen Schule einen deutschen Schulabschluß erreicht haben, verteilen sich wie folgt auf die einzelnen Schulformen:

— 59,0 vH Hauptschulabschluß
— 1,8 vH Sonderschulabschluß
— 14,5 vH Mittlere Reife
— 15,6 vH Abschluß berufsbildender Schulen
— 4,2 vH Hochschulreife
— 1,0 vH Hochschulabschluß.

Nach wie vor verlassen rund zwei Drittel der ausländischen Schüler die Hauptschule ohne Abschluß, während von den deutschen Hauptschülern nur jeder fünfte diese ohne einen berufsqualifizierenden Abschluß verläßt.

Angesichts dieser Diskrepanzen im Ausbildungsweg und im Ausbildungserfolg auf allgemeinbildenden Schulen muß man zu dem Ergebnis gelangen, daß die überwiegende Mehrzahl der ausländischen Schüler bei der Konkurrenz um berufsbildende Qualifikationen ohne jede Chance ist. Dies trifft für die überwiegende Mehrzahl, um die Zahl in Erinnerung zu rufen, der 830 900 ausländischen Jugendlichen im schulpflichtigen Alter

(6 – 18 Jahre) zu. Hier wächst ein Millionenheer von Jugendlichen heran, deren Eingliederungschancen in den deutschen Berufsbildungs- und Arbeitsmarkt praktisch Null sind und die vor der Zukunftsperspektive „Hauptberuflich erwerbslos" stehen werden. Nun hat es nicht an schnellen und einäugigen Schuldzuweisungen ob dieser Misere in die Richtung: „Die Schule hat versagt" gefehlt. (Als ein Beispiel für viele vgl. Meier-Braun, 1980, 17 – 21). Bevor dies erörtert werden soll, ist zu prüfen, ob die aufgezeigten Defizite in der Schulausbildung und im Schulerfolg bei ausländischen Jugendlichen bereits deutliche Spuren in der Berufsausbildungs- und Beschäftigungssituation hinterlassen haben.

b) Berufliche Aus- und Weiterbildung

Neben der schulischen Ausbildung und den dabei erworbenen Abschlüssen stellt die berufliche Aus- und Weiterbildung ein entscheidendes Kriterium für die Ein- und Aufstiegschancen im Erwerbsleben dar. Dieses Kriterium erlangt auch zunehmend an Bedeutung für jenen Personenkreis, der bereits im Erwerbsleben gestanden hat und nach dem Verlust des Arbeitsplatzes eine Wiederbeschäftigung zu erlangen sucht. Um die Wiedereingliederungschancen dieses Personenkreises zu erhöhen, wurde im Zuge einer aktiven Arbeitsmarktpolitik von der Bundesanstalt für Arbeit ein breites Angebot von Maßnahmen der beruflichen Ausbildung, Fortbildung und Umschulung (§§ 33 bis 52 Arbeitsförderungsgesetz) geschaffen. Den Kern der beruflichen Ausbildung für Jugendliche bildet aber nach wie vor die betriebliche Berufsausbildung im dualen System (Betrieb und Berufsschule), wenngleich die Lehrlinge mittlerweile in „Auszubildende" umbenannt worden sind. Darüber hinaus hielten sich aber die Maßnahmen der Bildungsreform an den berufsbildenden Schulen in vergleichsweise engen Grenzen.

Grad und Umfang der beruflichen Ausbildung differiert zwischen den ausländischen und deutschen Erwerbstätigen (aller Altersgruppen) erheblich. Die Erwerbstätigen des Zensus im April 1978 (Statistisches Bundesamt, Fachserie 1, Reihe 4.1.2., 1978, 1980) wiesen folgenden berufsqualifizierenden Abschluß auf:

Art des berufsqualifizierenden Abschlusses	Deutsche		Ausländer	
	in 1000	vH	in 1000	vH
Erwerbstätige insgesamt	23 944	100	2 077	100
davon:				
Lehr-, Anlernausbildung[a]	13 276	55,4	632	30,4
Fachschulabschluß[b]	1 621	6,8	55	2,6
Fachhochschulabschluß[c]	574	2,4	26	1,3
Hochschulabschluß[d]	1 308	5,5	76	3,7
Ohne beruflichen Abschluß	7 165	29,9	1 288	62,0

[a] Einschl. gleichwertiger Berufsfachschulabschluß
[b] Einschl. einer Meister-/Technikerausbildung
[c] Einschl. Ingenieurschulabschluß
[d] Einschl. Lehrerausbildung

Gut die Hälfte der deutschen Erwerbstätigen verfügt über eine abgeschlossene Lehre oder den Abschluß einer Anlernausbildung, aber nur 30 vH der ausländischen Erwerbstätigen haben einen derartigen Abschluß erworben. Knapp 30 vH der deutschen Erwerbstätigen, aber mehr als 60 vH der ausländischen Erwerbstätigen haben keinen berufsbildenden Abschluß erworben. Diese Personengruppe muß auf absehbare Zeit im Falle der Arbeitslosigkeit mit erheblichen Wiedereingliederungsschwierigkeiten rechnen, denn ihr Anteil ist bei den Arbeitslosen weit überrepräsentiert.

Die Schulpflicht für allgemeinbildende Schulen endet mit der Vollendung des 15. Lebensjahres, bis zur Vollendung des 18. Lebensjahres besteht Berufsschulpflicht. Dies gilt auch für Jugendliche, die keinen betrieblichen Ausbildungsplatz im dualen System gefunden haben. Nach wie vor kommen nicht alle Ausländerkinder der allgemeinbildenden Schulpflicht nach, die Schulbesuchsquoten haben sich in den letzten Jahren beträchtlich erhöht, und zwar von etwa 70 vH Anfang der siebziger Jahre bis auf 84 vH im Jahr 1979. Die Schulbesuchsquoten nehmen allerdings mit zunehmendem Alter deutlich ab: nahezu 100 vH der 6 bis unter 10jährigen Ausländerkinder besuchen die Grundschule, bei den 10 bis 15jährigen tun dies nur noch gut 70 vH (Schober, 1981, 15). Deutlich niedriger sind die Schulbesuchsquoten bei der Berufsschulpflicht: Schätzungen gehen dahin, daß im Durchschnitt höchstens die Hälfte der berufsschulpflichtigen Jugendlichen auch tatsächlich die Berufsschule besucht. Des weiteren besteht die begründete Vermutung, daß weibliche jugendliche Ausländer deutlich seltener der Berufsschulpflicht nachkommen im Vergleich zu den männlichen jugendlichen Ausländern (Schober, 1981, 18).

Zur Absolvierung ihrer Schulpflicht benötigen die jugendlichen Ausländer keine Arbeitserlaubnis, wohl aber nach Vollendung des 16. Lebensjahres eine Aufenthaltserlaubnis. Zum Abschluß eines betrieblichen Lehrvertrages bedarf es hingegen einer Arbeitserlaubnis. Ähnlich wie beim Besuch allgemeinbildender Schulen und den dort erzielten Abschlüssen stellt sich die Versorgung mit beruflicher Ausbildung für die jugendlichen Ausländer deutlich ungünstiger dar als für die jugendlichen Deutschen, dargestellt für die Altersgruppe der 15 bis unter 19jährigen im Jahr 1979 in Schaubild 8:

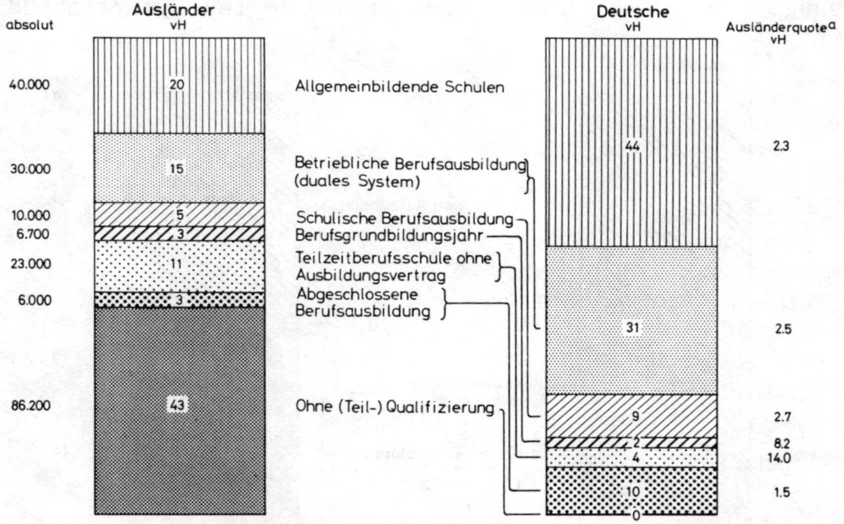

[a] Ausländer in vH der Jugendlichen insgesamt der jeweiligen Kategorie.

Quelle: Institut für Arbeitsmarkt- und Berufsforschung Mat AB 8/1980. — Eigene Berechnungen.

Schaubild 8: Versorgung mit beruflicher Ausbildung bei Jugendlichen von 15 bis unter 19 Jahre im Jahr 1979

— der Anteil der Schüler in allgemeinbildenden Schulen sowie in der betrieblichen Berufsbildung im dualen System und in der schulischen Berufsausbildung (Fachschule, Fachoberschule) ist bei den deutschen Jugendlichen gut doppelt so hoch wie bei den ausländischen Jugendlichen;
— 11 vH der ausländischen Jugendlichen, aber nur 4vH der deutschen Jugendlichen besuchen die Teilzeitberufsschule ohne Ausbildungsvertrag;

— nur 3 vH der ausländischen Jugendlichen, aber immerhin 10 vH der deutschen Jugendlichen verfügen bereits über eine abgeschlossene Berufsausbildung;
— 43 vH der ausländischen Jugendlichen erhalten keine, auch noch so geringe, berufsbildende Qualifizierung, sei es, weil sie ihrer Berufsschulpflicht nicht nachgekommen sind oder erst kurz vor Beendigung ihrer Berufsschulpflicht in die Bundesrepublik eingereist sind. Diese Gruppe fehlt im Bestand der deutschen Jugendlichen.

Diese berufsbildenden Defizite haben sich auch schon 1979 in der Beteiligung am Erwerbsleben bei den Jugendlichen niedergeschlagen (Schaubild 9).

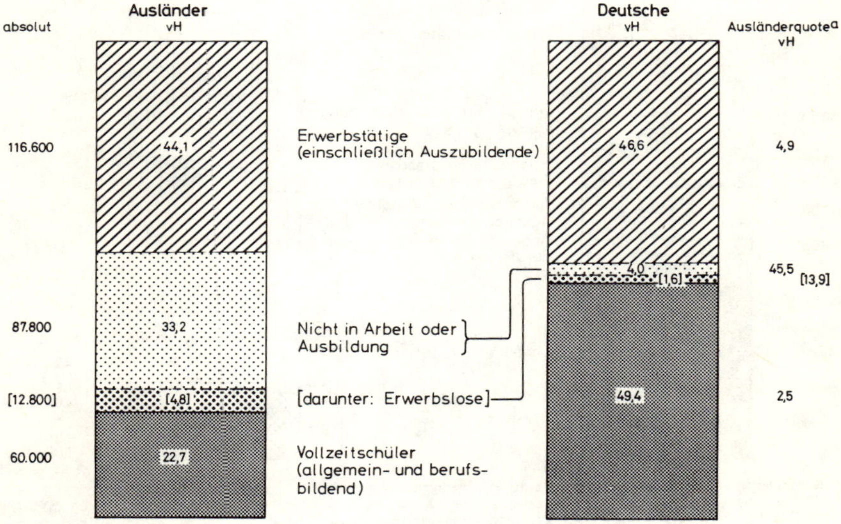

[a] Ausländer in vH der Jugendlichen insgesamt der jeweiligen Kategorie.

Quelle: Institut für Arbeitsmarkt- und Berufsforschung Mat AB 8/1980. — Eigene Berechnungen.

Schaubild 9: Beteiligung am Erwerbsleben bei Jugendlichen von 15 bis unter 20 Jahre im April 1979

Der Anteil der Erwerbstätigen differiert zwischen deutschen und ausländischen Jugendlichen nur unwesentlich; allerdings ist bereits 1979 jeder dritte ausländische Jugendliche weder in Arbeit noch in Ausbildung. Dies bedeutet freilich nicht, daß alle Angehörigen dieser Gruppe eine Erwerbstätigkeit suchen. Viele jugendliche weibliche Ausländer dieser Altersgruppe suchen aus traditionellem Rollenverständnis keinen Zugang zum Arbeitsmarkt (Schober, 1981, 20).

Die Ausbildungs- und Beschäftigungslage der ausländischen Jugendlichen der oben angesprochenen Altersgruppe hat sich zwischenzeitlich mit Sicherheit verschärft, weil im April 1979 die Stichtagregelung durch die „Wartefristenregelung" ersetzt wurde, was zu einem erheblichen Anstieg der Zuzüge dieser Altersgruppe führte (vgl. Schaubild 5). Bei dieser Personengruppe handelte es sich fast ausschließlich um Späteinsteiger türkischer Nationalität, die in aller Regel weder deutsche Sprachkenntnisse noch in Deutschland verwertbare berufsbildende Kenntnisse besaßen. Speziell für diesen Personenkreis wurden Ende 1979 Maßnahmen zur beruflichen und sozialen Eingliederung (MBSE) ergriffen, deren Trägerschaft mittlerweile bei der Bundesanstalt für Arbeit angesiedelt ist. Die Kursdauer ist auf 10 Monate angelegt und soll neben sprachlichen auch berufsbildende Kenntnisse vermitteln. Die Durchführung dieser Maßnahmen unterliegt nicht den berufsbildenden Schulen, sondern wird von der Bundesanstalt für Arbeit an Verbände des allgemeinen Bildungswesens vergeben. Bundesweit nahmen seit dem 1. Januar 1980 etwa 15000 ausländische Jugendliche, zu 95 vH türkischer Nationalität, je Lehrgangskursus an dieser Maßnahme teil. Zum Berichtsjahr 1981/82 gab die Bundesanstalt für Arbeit bekannt, daß etwa ein Zehntel der MBSE-Teilnehmer in eine betriebliche Berufsausbildung vermittelt wurde, mehr als ein Drittel in eine Arbeitsstelle und der Rest im wesentlichen nicht untergebracht werden konnte, vorzeitig aus der Maßnahme ausschied oder weiterhin schulisch betreut wird (Skomroch, 1982, 111).

Die bisherigen Erfahrungen lassen den Schluß zu, daß die sprachlichen Defizite der Kursteilnehmer so erheblich waren, daß an eine Vermittlung von beruflichen Fähigkeiten kaum zu denken war, so daß Zweifel auftauchten, ob die Ergebnisse der Kurse in einer vertretbaren Relation zum Aufwand standen (Häuser, 1981, 293). Im Herbst 1981 wurde der Teilnahme an dem MBSE-Kurs ein drei- bis viermonatiger Intensivsprachkurs obligatorisch vorgeschaltet. Die MBSE-Maßnahmen selbst werden zu 75 vH von der Bundesanstalt für Arbeit, der Rest je zur Hälfte vom Bund und von den Ländern finanziert. Die Kosten der Vorschaltkurse werden vom Bundesarbeitsministerium getragen (Köhler Vargas u. a., 1982, 29f., Skomroch, 1982, 112).

Insgesamt betrachtet, ist die berufsbildende Ausbildung der jugendlichen Ausländer zwar deutlich niedriger angesiedelt als die der deutschen Jugendlichen, aber eher höher als jene der ausländischen Erwerbstätigen der ersten Generation. Dies könnte zu folgenden Überlegungen führen: wenn es so etwas wie einen gespaltenen oder dualen Arbeitsmarkt nach dem Motto ‚bad jobs' für Ausländer, ‚good jobs' für Inländer gibt — und einige behaupten das ja (Bahadir, 1980, 27f.) — dann könnte dies zu der Schlußfolgerung führen, daß es um die beruflichen Eingliederungschancen der jugendlichen Ausländer gar nicht so schlecht bestellt sein wird.

Diese Überlegung trägt zumindest drei Entwicklungslinien keine Rechnung:

— die bereits erwähnten Sickereffekte werden die Grenzen zwischen einem primären und sekundären Arbeitsmarkt, sollten sie in der behaupteten Form existieren, zunehmend verwischen;
— der Strukturwandel wird sich zunehmend gegen ein Marktsegment richten, das man als sekundären Arbeitsmarkt identifizieren könnte;
— die Berufswünsche der jugendlichen Ausländer sind weit davon entfernt, die Erbfolge auf einem sekundären Arbeitsmarkt anzutreten. Bei einer Befragung von Schülern der 9. Klasse nannten als Zielvorstellung von der späteren beruflichen Tätigkeit (Stegmann, 1981, 6):
  a) 27 vH der ausländischen Schüler, aber nur 11 vH der deutschen Schüler, das Kriterium „Sich bei der Arbeit nicht schmutzig machen".
  b) 47 vH der ausländischen Schüler, aber nur 37 vH der deutschen Schüler, das Kriterium „Durch den Beruf hohes Ansehen bei Freunden und Bekannten haben".

Bei den voraussehbaren Entwicklungstendenzen auf dem deutschen Arbeitsmarkt werden die ausländischen Jugendlichen auf absehbare Zeit nur eine minimale Chance der beruflichen Eingliederung ins Erwerbsleben haben. Insofern ist Schober (1981, 20) uneingeschränkt zuzustimmen, wenn sie zu folgender zusammenfassender Beurteilung gelangt: „Die dargestellten Entwicklungen zeigen, daß in Zukunft in noch stärkerem Maße als derzeit sichtbar die Probleme der Jugendlichen ohne Berufsausbildung und der arbeitslosen Jugendlichen zu Ausländerproblemen werden."

Anders gewendet: das Ausländerproblem der Zukunft wird vorrangig auch das der arbeitslosen Jugendlichen sein. Mit ihren schulischen und berufsbildenden Fähigkeiten und Abschlüssen sind sie — teilweise — auch ein Produkt des deutschen Bildungssystems. Hat also das deutsche Bildungssystem versagt, in dem es zwei Produkte im Übermaß bereitgestellt hat: sehr hoch und sehr schlecht Qualifizierte, deren Eingliederungschancen in das Erwerbsleben sich gleichermaßen verdüstern.

c) Eine Krise des Bildungssystems?

Für jede Gesellschaftsordnung stellt der Transfer von knappen Ressourcen in den Sektor Bildung eine Investition in den Produktionsfaktor Arbeit dar, sind Bildungsinvestitionen Aufwendungen für „Humankapital". Eine ökonomische Analyse über Höhe und Struktur des Ressourcentransfers in den Bildungsbereich ist Gegenstand der relativ früh entwickelten Bildungsökonomie (im Englischen ‚economics of education', eine gute Übersicht für den anglo-amerikanischen Raum bietet Blaug (1970), für den deutschen Bereich sind vor allem Becker, Wagner (1977) und Hundhausen (1981) zu nennen).

Durch die Partizipation entstehen sowohl private als auch soziale Kosten und Erträge; ein Vergleich beider Kennziffern bei unterschiedlichen Bildungsstrategien und Kostenüberwälzungsentscheidungen erlaubt einen gewissen Rückschluß auf die ökonomische Effizienz eines Systems, was freilich nur ein Gesichtspunkt ist. Ein anderer Gesichtspunkt ist jener der Chancengleichheit, dessen Einordnung in das Zielsystem eine primär politische Aufgabe darstellt. Generell gilt, daß ein Ausbildungssystem, das zur Erhöhung der vertikalen Mobilität die Kosten der Ausbildung weitgehend der Allgemeinheit aufbürdet, zur Überproduktion neigt und in die Richtung tendiert, daß die sozialen Kosten die sozialen Erträge übersteigen (Schultz, 1972, 2 – 5). Generell steht jedes Bildungssytem vor der Grundentscheidung, ob die Nachfrage der Ausbildungswilligen (Social Demand Approach) oder das Arbeitsplatzangebot der künftigen wirtschaftlichen Entwicklung (Manpower Requirement Approach) die Bereitstellung von Ausbildungskapazitäten steuern soll (Kühlewind, Tessaring, 1975). Die Selektionsfunktion des Arbeitsmarktes ist in jedem Fall gegeben, nur nimmt der erstgenannte Ansatz in Kauf, daß nicht nur globale, sondern auch sektorale Ungleichgewichte entstehen können. Die Studienentscheidungen der Ausbildungsnachfrage richten sich in aller Regel nach den Marktsignalen (Einstellungschance und Einkommenshöhe) der Vergangenheit, so daß bei langen Ausbildungszeiten neue Marktsignale nur mit erheblichen Verzögerungen durchschlagen werden. Zudem tendiert ein so gesteuertes System keineswegs zwangsläufig zu einem neuen Gleichgewicht: gemäß dem Spinnwebtheorem (Schneider, 1963, 312 – 318) kann ein Wechsel von Überschuß- und Mangellagen entstehen. Drastisch verschlechterte Berufsaussichten schrecken bei bestimmten Ausbildungsgängen scharenweise Neubeginner ab und programmieren so eine künftige sektorale Mangellage vor. Bei der Bildungsreform in der Bundesrepublik Deutschland hat man in Hinblick auf die Erhöhung der Chancengleichheit im Sinne einer erhöhten vertikalen Mobilität und des zum Verfassungsrang erhobenen „Bürgerrechts auf Bildung" eine eindeutige Entscheidung in Richtung eines „Social Demand Approaches" mit der Basisstrategie „Fördern statt auslesen" getroffen (Mattern, Weißhuh 1980, 154 – 190). In den sogenannten Numerus-Clausus-Fächern erfolgt zwar eine Kontingentierung der Studienzulassung, aber dies nicht in Hinblick auf die Situation des Arbeitsmarktes, sondern auf die fachspezifischen und regionalen Ausbildungskapazitäten. Insofern wurden globale und sektorale Ungleichgewichte, und sei es auch nur als notwendiges Übel, billigend in Kauf genommen. Das Bildungssystem verteilt zwar Tickets in Hinblick auf den sozialen Ein- und Aufstieg, es übernimmt aber keine Mitnahme- und Beförderungspflicht für den Arbeitsmarkt. Die Selektionsfunktion des Arbeitsmarktes ist nicht aufgehoben, sondern lediglich aufgeschoben. Ob eine am Manpower-Requirement-Ansatz orientierte Bildungspolitik zu wesentlich besseren Ergebnissen geführt hätte, mag einmal dahingestellt sein. Nur kann man bei der getroffenen ausbildungspolitischen Grundsatzentscheidung nicht zu der Wertung gelangen, das Bildungssystem habe versagt, weil es mit globalen und sektoralen Ungleichgewichten einhergeht. Dies war bei den angewendeten Steuerungsmechanismen auch schwerlich anders zu erwarten, es sei denn, man billigt den Bildungsnachfragern eine ökonomische Weitsicht zu, die im Phantastischen angesiedelt ist. Insofern hat nicht das Bildungssystem versagt, sondern die damalige bildungspolitische Grundsatzentscheidung war — zumindest aus heutiger Sicht — verkehrt. Einen aufsteigenden Ballonfahrer wird man auch schwerlich dafür haftbar machen können, daß der Wind ihn in eine aus der Sicht des Betrachters verkehrte Richtung treibt. Nicht viel besser war und ist es mit den bildungspolitischen Steuermechanismen des Social-Demand-Ansatzes bestellt[5]. Der Aufgabe, den Bildungswilligen in großer und steigender Zahl zu einem Ticket in Form von Studienabschlüssen zu verhelfen, ist das Bildungssystem in hohem Maße gerecht geworden.

Dies läßt sich bei den Schulabschlüssen ausländischer Schüler, die am deutschen Schulsystem teilgenommen haben, freilich nicht behaupten. Die Erfolgsbilanz in Form von Schulabschlüssen ist nicht überwältigend und hat auch keine im Zeitablauf deutlich steigende Tendenz. An mangelndem pädagogischen Einsatz der Lehrer sowie an mangelnden personellen Mitteln hat es nach Aussage kompetenter Bildungspraktiker auch kaum gelegen (Laurien, 1982, 13 – 20; Ronneberger, Vogel, 1982, 111 – 128).

---

5 Gleichzeitig ist allerdings anzumerken, daß diejenigen, die auf die Eigendynamik der Luftsteuerung beim Ballonflug hinweisen, deswegen noch nicht pauschal als Luftfeinde bezeichnet werden können. Des weiteren ist ein Deichgraf nicht prinzipiell ein Wasserfeind, ein Feuerwehrmann nicht prinzipiell ein Feuerfeind und diejenigen, die die Anzahl ihrer Abkömmlinge begrenzen, sind deswegen noch keine Kinderfeinde. In dieses Absurditätenkabinett gehört auch der Anwurf, daß jene, die vor der gefährlichen Eigendynamik immigrationspolitischer Entscheidungen in Hinblick auf ihre langfristigen Konsequenzen warnen, pauschal als ,,ausländerfeindlich" diffamiert werden.

Die Zielvorgabe an das deutsche allgemein- und berufsbildende Schulwesen wurde 1976 von der Konferenz der Kultusminister der Länder wie folgt umschrieben (Hirt, 1982, 114):

— Das Erlernen der deutschen Sprache und das Erreichen der deutschen Schulabschlüsse.
— Den Erhalt der Muttersprache und der kulturellen Identität.

Beide Ziele werden als gleichrangig angesprochen; den Kindern und Jugendlichen soll eine erfolgreiche Mitarbeit in der deutschen Schule ermöglicht, ihnen aber gleichzeitig auch die Wiedereingliederung in die heimatlichen Schulen offengehalten werden. Beide Ziele erfordern jedoch gegensätzliche Strategien:

— Zur Erlangung des deutschen Schulabschlusses ist eine gut ausgebaute Sprachbildung unerläßlich, da die Lehrinhalte in deutscher Sprache vermittelt werden;
— zur Erhaltung der kulturellen Identität und damit der Rückkehrfähigkeit hätte eine Erteilung von Schulunterricht in der Muttersprache und heimatlicher Lehrinhalte nahegelegen. Dies aber wiederum hätte den angestrebten chancengleichen Zugang zum deutschen Wirtschafts- und Sozialleben nachhaltig behindert.

Diese in sich widersprüchliche Zielvorgabe, die sich im übrigen in den meisten Integrationskonzepten aufzeigen läßt, hat mit ziemlicher Sicherheit dazu geführt, daß keines dieser Ziele letztendlich erreicht wurde: nicht nur das deutsche Schulsystem, sondern vor allem auch die ausländischen Schüler wurden durch diese ambivalente Zielvorgabe überfordert. Da ein länderübergreifendes Konzept nicht entwickelt wurde, entstand in den einzelnen Bundesländern eine Vielfalt von Unterrichtsangeboten: neben der deutschen Regelklasse als Regelfall wurden auch zweisprachige Klassen, Übergangsklassen, Eingangsklassen, Förderklassen für Späteinsteiger, private Volksschulen und Gymnasien für griechische Schüler angeboten (Hirt 1982, 114).

Das Primat war jedoch die Einschulung in die deutsche Regelklasse, in der der Unterrichtsstoff in deutscher Sprache vermittelt wurde. Dahinter stand das Modell der bilinguistischen Integration: nach dem Prozeß der Enkulturation in der Heimatkultur in der Familie sollte in der Schule der Prozeß der Akkulturation (Einbindung in die Fremdkultur) erfolgen, vorrangig durch die Teilnahme am deutschen Regelunterricht. Die Sprachschwierigkeiten der Kinder und Jugendlichen wurden bei einer derartigen bikulturellen Sozialisation und Akkulturation in der Schule und in der „peer-group" (Integration in gleichaltrige Gruppen verschiedener ethnischer Herkunft) als gering erachtet (Schrader u. a. 1979). Zwar wird zuweilen auch die Gefahr einer diffusen Basispersönlichkeit gesehen, die vor allem dann auftreten kann, wenn die Diskrepanz zwischen den Kulturen besonders groß ist. Die Kinder und Jugendlichen können dann, das wird immerhin eingeräumt, in einen starken Konflikt geraten, der sich nicht nur sprachlich äußert, sondern über die Sprachprobleme hinaus zu einem psychisch-kulturellen Konflikt führen: ,,Orientiert es sich an den Werten des Elternhauses, kann es sich in der Schule nicht behaupten; übernimmt es die Wertehaltung der Schule, so verliert es zunehmend den Kontakt zum Elternhaus. Sprachlich kann sich das so äußern, daß das Kind zwei annähernd gleich große Mengen von Bedeutungen in beiden Sprachen erwirbt . . . In beiden Sprachen ist es dann nicht fähig, sich differenziert zu äußern, denn es beherrscht beide Sprachen nur unvollkommen" (Schrader u.a., 1979, 117).

Die Schwierigkeiten, die hier angedeutet werden, sind aber nicht der Ausnahmefall geblieben, sondern drohen zum Regelfall zu werden. Die enormen Sprachschwierigkeiten und die kulturelle Distanz zwischen einer liberal emanzipatorisch, eher zur Permissivität neigenden westlichen Kultur und einer autoritär-patriarchalischen, im Islam verwurzelten Kultur wurden fahrlässig unterschätzt[6]. Das Ergebnis dieses ,,Akkulturationsprozesses" sind nicht ,,bikulturelle Basispersönlichkeiten"[7] als Vorboten einer ,,multikulturellen Gesellschaft", sondern das, was Laurien (1982, 17) drastisch, aber wohl zutreffend, die Aufzucht von ,,Analphabeten in zwei Kulturen" nennt. Daß dies nicht ohne Auswirkungen auf den Schulerfolg bleiben konnte, liegt wohl auf der Hand.

Hinzu treten eine Reihe weiterer Faktoren, die eine Eingliederung in die deutsche Regelschule behindern und damit das Erreichen eines Studienab-

6 Zwar ist die Türkei laizistisch, d.h. Religion und Staat sind offiziell getrennt. In der Grundstruktur ist die türkische Gesellschaft aber in eine laizistisch-urbanindustriell ausgerichtete Lebenssphäre sowie eine islamisch-bäuerliche ausgerichtet. Das Gros der türkischen Arbeitskräfte sowie ihrer Familienangehörigen entstammt der letztgenannten Sphäre. Eines der Kernprobleme für die Moslems besteht darin, daß alle Hinweise und Hilfen für das Glaubensleben davon ausgehen, ,,daß sie in einem vom Islam geprägten Land leben. Verbindliche islamische Regeln oder Lebensmodelle für das Leben in einer nichtislamisch geprägten Gesellschaftsordnung sind kaum ansatzweise erkennbar" (Wölke, 1982, 292). Von den Koranschulen, die überwiegend von türkischen Kindern und Jugendlichen besucht werden, gehen starke integrationshemmende Effekte aus. Aus der Doppelbelastung Schulunterricht und Koranschule kann leicht eine Überforderung der Schüler resultieren, außerdem wird der Kulturkonflikt für die Jugendlichen eher akzentuiert denn abgebaut (Lueg, 1982, 102).

7 ,,Diese hier mischkulturell enkulturierten und sich danach assimilierenden Kinder werden sich größtenteils mit der Fremdkultur (oder nun eben ihrer Heimatkultur) identifizieren, sie sind quasi *,Neu-Deutsche'* und im soziologischen Sinne *,Voll-Deutsche!'*" (Schrader u.a., 1979, 71. Unterstreichungen und Ausrufungszeichen im Original).

schlusses negativ beeinflussen (Hirt, 1982, 111–116). Herausragende Faktoren sind hierbei:

— die hohe räumliche Konzentration der ausländischen Wohnbevölkerung;
— die starke intertemporale Mobilität der ausländischen Schüler.

Durch den bereits beschriebenen Prozeß der räumlichen Konzentration trifft der vermehrte Nachzug auf bestimmte Schulbezirke, denen eine vorausschauende Planung nicht möglich war, da die ausländische Wohnbevölkerung den Familiennachzug nicht nach Maßgabe vorhandener Infrastrukturkapazität, sondern im Rahmen der individuellen Wünsche vornimmt (Social-Demand-Ansatz *ohne* Numerus Clausus). Dies führt in einigen Ballungsgebieten dazu, daß ausländische Schüler in deutschen Regelklassen die Mehrheit bilden, die Akkulturation in der „peer-group" schlägt um und die Eltern deutscher Kinder fürchten um den Schulerfolg ihrer Kinder. Da man die verbliebenen deutschen Kinder nicht „wie Petersilie über dem Gemüse verteilen" kann (Laurien, 1982, 15), bleibt als einziger Ausweg oft nur die Bildung von Ausländerklassen. Die „gemischte Strategie" ist dann einer wesentlichen Voraussetzung beraubt; der regionalen folgt dann die kulturelle Isolation.

Von dieser meinen aber wiederum nur die „Integrations-Befürworter", daß sie von den Betroffenen als Nachteil empfunden wird. Das Angebot, Integration beinhalte auch die Wahrung der eigenen ethnischen und kulturellen Identität, wird von der ausländischen Wohnbevölkerung wohl häufiger aufgegriffen, als dies im allgemeinen Bewußtsein wahrgenommen worden ist. Anders ist aber die enorme Fluktuation unter den ausländischen Jugendlichen, insbesondere unter jenen türkischer Nationalität, kaum zu erklären (Hirt, 1982, 112f.). Nach einer kürzlich vorgenommenen Analyse der Wanderungsbilanzen ausländischer Jugendlicher kommt das Bundesinstitut für Berufsbildung (Schmidt-Hackenberg 1982) zu dem bemerkenswerten Ergebnis, daß das deutsche Bildungssystem nicht nur unter dem Problem der Eingliederung der Seiten- und Späteinsteiger zu leiden hat. Angesichts der vorliegenden Zahlen ist auffällig, „wie unverhältnismäßig hoch der Anteil von Kindern ist, die im Grundschulalter das Bundesgebiet verlassen und zwar ausgerechnet zahlreich im 1. und 2. Schuljahr" (Schmidt-Hackenberg 1982, 27f., 89). Dieses Lebensalter markiert den Beginn der Schulpflicht in der Türkei, die Schulpflicht in der türkischen Grundschule beträgt 5 Jahre, danach schließt eine Mittelschule mit drei Ausbildungsjahren an. Die Angaben darüber, inwieweit die Teilnahme an der Mittelschule obligatorisch ist, sind unterschiedlich (Skomroch, 1982, 60).

Den Nettofortzügen am Beginn des Grundschulalters folgt phasenverschoben ein Nettozuzug von Seiten- und Späteinsteigern: ,,Zugleich läßt sich gerade aus jüngeren Zahlen ablesen, daß — wie allgemein bekannt — viele Kinder erst dann ins Bundesgebiet geholt werden, wenn sie im Herkunftsland ihre gesetzliche Schulpflicht erfüllt haben" (Schmidt-Hackenberg, 1982, 89). Die Jugendlichen werden also in einem Lebensalter nicht nur eingeschleust, sondern auch wiedereingeschleust, in dem es zum Erwerb des deutschen Hauptschulabschlusses bereits zu spät ist. In Hinblick auf die Türkei zeichnet sich ein Kreislaufprozeß ab, der die weithin unlösbaren Integrationsprobleme im Schul- und Ausbildungsprozeß auf unabsehbare Zeit perpetuieren würde (Schmidt-Hackenberg 1982, 34). Auf eine analoge Entwicklungstendenz im Falle Berlins hat das DIW ausdrücklich hingewiesen (Pfeiffer, 1983, 189). Dies umreißt eine geradezu absurde Konstellation: die Politiker reden über die ethischen und rechtlichen Grundlagen der Familienzusammenführung — ,,und die Familien machen Kinderrotation" (Laurien, 1982, 18).

Dies sind also schon eine ganze Reihe negativer Faktoren und objektiver Integrationshemmnisse, die erklären können, warum die gewünschten Ergebnisse ausgeblieben sind und die unerwünschten negativen Begleiterscheinungen ständig an Boden gewinnen. Der dominierende Einfluß des Nachzugsalters auf die schulischen und beruflichen Eingliederungschancen ausländischer Jugendlicher ist in jüngster Zeit für den Schulbezirk Frankfurt am Main (Bleienstein, 1983) sowie für die türkischen Jugendlichen (Mehrländer, 1983) eindrucksvoll empirisch belegt worden. Nicht dieser Zusammenhang ist strittig, sondern welche Schlußfolgerungen daraus zu ziehen sind.

Der Kreislaufprozeß, der sich zwischen der Bundesrepublik und der Türkei abzuzeichnen beginnt, könnte dadurch nachhaltig unterbunden werden, indem das Nachzugsalter auf das sechste Lebensjahr begrenzt wird. Zu diesem Schritt hat sich die Bundesregierung aber bislang trotz mehrfacher ,,Anläufe" nicht entschließen können.

Ob aber auch weiterhin der Familiennachzug in der bisher praktizierten Form weitergeführt werden kann, ist indessen auch sehr fraglich. Zu deutlich zeichnet sich eine Tendenz ab, durch den Mantel der Familienzusammenführung einen Zugang zu dem ansonsten verschlossenen deutschen Arbeitsmarkt zu erlangen. Dies wirft dann freilich alle Integrationskonzepte über den Haufen, wobei allerdings fraglich ist, ob sie auch ohne solche Entwicklungstendenzen zum Erfolg geführt hätten.

Die offensichtlichen Mißerfolge der bisherigen Integrationskonzepte werden mittlerweile auch von jenen erkannt, die lange Zeit an ihre Erfolgschancen geglaubt haben. Die Konsequenz, die daraus gezogen wird, lautet dann zuweilen: wir müssen den Weg noch viel konsequenter gehen und das Ausmaß an sozialen und wirtschaftlichen Hilfen weit über das hinaus steigern, was bisher als erforderlich erachtet wurde (etwa Konzept der „partnerzentrierten Integration", vgl. Holfort, 1982. Ähnlich Dickopp, 1982).

Natürlich ließe sich jeder beliebige Ressourcentransfer in die Aus-, Fort-, Weiter- und Nachbildung ausländischer Jugendlicher durchführen, auch weit über das Ausmaß hinaus, das für vergleichbare deutsche Problemgruppen aufgewendet wird. Nur stünden diese Ausgaben allein unter dem Primat der Chancengleichheit; arbeitsmarktpolitisch wären sie kontraproduktiv: indem mit sehr viel Aufwand die Chancen für einen Einstieg in das Erwerbsleben erhöht werden, vermindern sich die Einstiegschancen für deutsche Problemgruppen. In einer Zeit leerer Kassen dürfte der Spielraum für derartige beschäftigungspolitische Nullsummenspiele aber äußerst begrenzt sein.

Durch die Bildungsreformen sind das Bildungssystem und der Arbeitsmarkt weitgehend entkoppelt worden. Eine Rückkoppelung findet über jene Ein- und Aufstiegschancen statt, die die Bildungsnachfrage mit den von ihr erreichten Bildungsabschlüsen auf dem Arbeitsmarkt vorfindet.

2.2. Arbeitsnachfragebestimmende Tendenzen

Die wichtigsten Komponenten der Nachfrage nach dem Produktionsfaktor Arbeit sind neben seinem Preis (in Relation zu den Preisen der übrigen Produktionsfaktoren) die Entwicklung des gesamtwirtschaftlichen Produktionsniveaus sowie der Arbeitsproduktivität. Nach Erreichen der Vollbeschäftigung in der Bundesrepublik lag die Wachstumsrate des Bruttosozialprodukts im Durchschnitt bis Anfang der siebziger Jahre über der Zunahme des Produktionsergebnisses je Beschäftigten, so daß in dieser Zeit keine nennenswerten Arbeitsmarktprobleme aufgetreten sind, sofern man in dem Zustrom von ausländischen Arbeitskräften kein Problem zu erblicken vermag (vgl. Kapitel 2.1.1. b)).

Anfang der siebziger Jahre wurde dann eine breite Diskussion darüber begonnen, ob nicht die Grenzen des Wachstums erreicht seien und eine Strategie des Nullwachstums in Hinblick auf die Umwelt- und Ressourcenbegrenzung angebrachter sei. Seltsam genug waren die Zuwachsraten des Sozialprodukts seitdem deutlich niedriger angesiedelt als im Zeitraum der fünfziger und sechziger Jahre. Seit Beginn der achtziger Jahre hat sich die Wirtschaft nicht nur in der Bundesrepublik dem Wunschbild der ökologischen Bewegung stark angenähert: im Zuge einer weltweiten wirtschaftlichen Rezession stagniert das Bruttosozialprodukt in der Bundesrepublik oder ist sogar rückläufig. Es wäre sicher falsch, die ökologische Bewegung zu unterschätzen, aber es ist kaum zu vermuten, daß sich die Realität den dort vorgetragenen Wunschvorstellungen anpassen wollte, zumal diese Entwicklung mit äußerst unangenehmen arbeitsmarktpolitischen Konsequenzen verbunden war: 1975 überschritt die Zahl der (registrierten) Arbeitslosen eine Million, Ende 1982 wurde die Zwei-Millionen-Grenze überschritten und es besteht wenig Zweifel, daß auch die Drei-Millionen-Grenze in absehbarer Zeit überschritten sein wird.

2.2.1. Die langfristigen Konjunktur- und Wachstumszyklen (Niveaukomponente)

War Konjunkturpolitik lange Zeit auf die Glättung von Schwankungen um einen Trend gerichtet, so mehren sich die Zeichen, daß eine grundlegende Trendwende stattgefunden hat: Konjunkturanalyse wird zunehmend zur Diagnose von Wachstumsschwäche. Konjunkturschwankungen sind zyklische Schwankungen im Auslastungsgrad des gesamtwirtschaftlichen Produktionspotentials, das seinerseits durch die Sachkapazitäten oder durch das Arbeitspotential begrenzt wird (Giersch, 1977, 15).

Dabei wurde aber lange Zeit übersehen, daß auch die Wachstumsrate des Produktionspotentials — der historischen Erfahrung zufolge — einer zyklischen Wellenbewegung unterlegen hat. Die gegenwärtige langanhaltende Rezession hat die Frage neu belebt, ob wir es nicht mit einer Wachstumsschwäche zu tun haben, die — mit einer mehr oder weniger akzentuierten Zwangsläufigkeit — in eine Depressionsphase einzumünden droht, mit allen Folgen, die sich daraus für den Arbeitsmarkt entwickeln können. Die Antworten, die Ökonomen in Hinblick auf bisherige Erklärungsversuche von Krisenphänomenen beisteuern, sind höchst unterschiedlich. Entsprechend der unterschiedlichen Diagnosen werden auch unterschiedliche Therapien empfohlen, vom Rückgriff auf die Selbstheilungskräfte des Marktes hin bis zu einem stetig wachsenden Interventionskatalog staatlicher Wirtschaftspolitik im Sinne einer aktiven Kompensationsstrategie. An Rezepten mangelt es offensichtlich nicht, gleichwohl könnte die falsche Rezeptur das Übel verschlimmern und/oder verlängern.

a) Technologiehypothesen

Wirtschaftshistoriker haben schon recht früh auf die Existenz langer Wellen der wirtschaftlichen Entwicklung hingewiesen, wobei Kondratieff eine

Zyklusdauer von etwa 50 Jahren ermittelt hatte. Schumpeter (1939) hat die wirtschaftlichen Wellenbewegungen seit Beginn der industriellen Revolution bis zum Ausbruch des Zweiten Weltkrieges in drei ,,Kondratieff-Zyklen" eingeordnet. Zusätzlich hat er jeder Aufschwungphase die zu dieser Zeit existierenden neuen Technologien und Basisinnovationen zugeordnet. Ergänzt man die Zeit seitdem als einen vierten Kondratieff-Zyklus, so kann ein ideal-typisch vereinfachtes Verlaufsmuster gemäß Schaubild 10 angenommen werden.

Mit dieser Zuordnung neuer Technologien und Basisinnovationen liefert Schumpeter gleichzeitig auch die Kernhypothese für die Erklärung der Aufschwungphase: der Aufschwung wurde durch den Durchbruch neuer Technologien getragen, die zu einer neuen Entfaltung der Produktivkräfte führten. Neue Produktionsverfahren führten zum effizienteren Einsatz der Produktionsverfahren sowie zu neuen Produkten; mit ihnen konnten neue Absatzmärkte und neue Käuferschichten erschlossen werden. Diese Aufschwungphasen waren gleichzeitig Boomphasen für Anbieter, die Schumpeter als ,,dynamische Unternehmer" gekennzeichnet hat.

Folgt man diesem Erklärungsansatz, so wurde der vierte Kondratieff-Zyklus durch die Petrochemie, die Elektronik und Prozeßsteuerung sowie eine zweite Welle der Motorisierung (Breitenwirkung von Automobil und Luftverkehr) getragen und hätte etwa zur Zeit der ersten Erdölkrise seinen Höhepunkt überschritten. Der Abschwung seitdem würde sich dann als eine Abschwungphase eines Kondratieff-Zyklus darstellen, der erst zur Jahrhundertwende in eine neue Aufschwungphase münden würde. Die Abschwungphase wäre demnach begleitet von einem Defizit an neuen Technologien und Basisinnovationen, das Wachstum des Produktionspotentials im Zuge eines technologischen Patts nach unten gerichtet.

Dies alles klingt reichlich deterministisch. Es bleibt ungeklärt, worauf der unterstellte ,,Kohorteneffekt" der Technologiedurchbrüche beruht und warum im Abschwung ein kollektives Defizit an Innovation und Erfindungsgeist besteht (Glismann u.a. 1978, 5f.). Eine mögliche Erklärung für das Abgleiten im Zuge eines Kondratieffzyklus wäre das Auftreten von Sättigungserscheinungen. Auf diesen Erklärungsansatz soll später eingegangen werden. Im Kern ist die Erklärung der langen Wellen durch Schumpeter jedoch ein Konzept der sich zyklisch verändernden Angebotsbedingungen: Im Verlauf der langen Wachstumswellen kommen und gehen jene ,,oft irrationalen" dynamischen Unternehmer, die allein den Aufschwung auszulösen in der Lage sind. Nun ändert sich im Zeitablauf nicht nur das Volkseinkommen selbst, sondern in aller Regelmäßigkeit

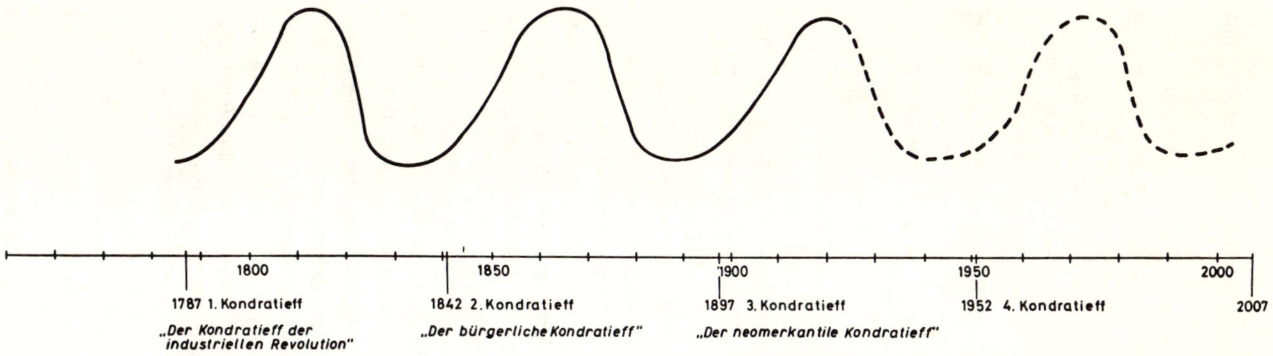

1. Kondratieff

— Dampfmaschine (als stationäre Kraftquelle)
— Mechanischer Webstuhl
— Puddelverfahren, Gußwalzen (Eisenindustrie)
— Metalldrehbank
— Fruchtwechsel, Tiefpflügen
Maschinelles Säen in der Landwirtschaft

2. Kondratieff

— Dampfmaschine (als mobile Kraftquelle in Transportwesen)
  — Eisenbahn
  — Dampfschiffe
— Verbesserte Hochöfen (Heißluftgebläse, Einsatz von Koks)
— Neue Gießereitechniken
— Verbesserte landwirtschaftliche Maschinen

3. Kondratieff

— Elektrizität
  — Elektromotor
  — Glühbirne
  — Telefon, Telegraf
— Chemie (Kohlechemie)
  — Farben
  — Düngemittel
  — Industriesäuren- und -laugen
— Benzinmotor in der Automobilindustrie

4. Kondratieff

— Flugzeuge und Automobile für Massenverkehr
— Elektronikerzeugnisse (Computer für Berechnung und Steuerung)
— Kunststoffe und Kunstfasern (Erdölchemie)
— Raumfahrttechnik und ihre Nebenprodukte
— Automatisierung

Schaubild 10: Kondratieff-Zyklen nach Schumpeter

auch die Einkommensverteilung zwischen den Produktionsfaktoren und den damit einhergehenden sozialen Schichtungen. Andere Erklärungsansätze gehen daher zum Teil weiter, als nur eine Abfolge von Prosperität und Depression in marktwirtschaftlichen Wachstumszyklen zu analysieren: weil der Kapitalismus auch und vielleicht auch vorrangig Krisen produziere, solle dieser durch etwas Besseres ersetzt werden.

b) Verteilungshypothesen

Die Tendenz eines dezentral gesteuerten Produktions- und Verteilungsprozesses auf der Basis von Privateigentum an Produktionsmitteln, periodisch in eine Depression oder Rezession abzugleiten, ist eine der zentralen Thesen von Karl Marx. In der Analyse der Ursachen des Aufschwungs im kapitalistischen Produktionsprozeß unterscheiden sich die Beschreibungen von Marx und Schumpeter nur unwesentlich. Der Rückblick auf den kapitalistischen Produktionsprozeß liest sich im „Manifest der kommunistischen Partei" (Marx, Engels (1848), 1966, 63) wie eine Eloge auf die Bourgeoisie: „Die Bourgeoisie hat in ihrer kaum hundertjährigen Klassenherrschaft massenhaftere und kolossalere Produktionskräfte geschaffen als alle vergangenen Generationen zusammen. Unterjochung der Naturkräfte, Maschinerie, Anwendung der Chemie auf Industrie und Ackerbau, Dampfschiffahrt, Eisenbahnen, elektrische Telegraphen, Urbarmachung ganzer Weltteile, Schiffbarmachung der Flüsse, ganze aus dem Boden hervorgestampfte Bevölkerungen — welch früheres Jahrhundert ahnte, daß solche Produktionskräfte im Schoß der gesellschaftlichen Arbeit schlummerten."

Ein zentraler Punkt in den Krisentheorien von Marx und seinen Nachfolgern und Interpreten sind die Disproportionalitäten: die Relationen gewisser Aggregate neigen danach nicht zu einer Gleichgewichtslage, sondern zu instabilen Schwankungen. Allerdings entwickelte Marx — ebenso wie Schumpeter — keine geschlossene Krisentheorie, sondern mehrere Erklärungsansätze. Ihre Interpretation und Integration haben seinen Anhängern einige Schwierigkeiten bereitet, bereiten diese noch. In der Erklärung der Marx'schen Krisentheorie haben sich zwei unterschiedliche Kausalketten und Erklärungsschienen herausgebildet, deren Integration nicht ohne weiteres möglich ist.

Die eine Erklärungsschiene zielt auf die Erklärung zyklischer Schwankungen ab, die anderen auf den vermeintlich unausweichlichen Zusammenbruch des kapitalistischen Produktionsprozesses (Sweezy, 1959, 114 – 146; Berger, 1979, 120 – 132). Die erste Erklärungsschiene verläuft entlang einer Kausalkette von der Akkumulationsrate zum Beschäftigungsvolumen, vom Beschäftigungsvolumen zum Lohnniveau und vom Lohnniveau zur Profitrate. ,,Ein Fall der Profitrate unter den normalen Spielraum würgt die Akkumulation ab, beschleunigt eine Krise, die Krise wendet sich in die Depression, und schließlich schafft diese die Bedingungen, die für eine Beschleunigung (Akzeleration) der Akkumulationsrate günstig sind'' (Sweezy, 1959, 120). Natürlich kann man diese Entwicklung im Rahmen eines bipolaren Modells, das nur die beiden Klassen Kapitalisten und Proletarier inkorporiert, als ,,Klassenkampf'' bezeichnen. Gleichwohl würden bürgerliche Konjunkturtheoretiker diesem Ablaufschema kaum widersprechen, wenngleich sie der Analyse von Geldmengen, Preisen und Staatsaktivitäten mehr Aufmerksamkeit geschenkt haben als Marx und seine Epigonen (Mandel, 1980, 8 – 16; Sweezy 1959, 120 f.). Nur liefert dieser Erklärungsansatz keinen Anhaltspunkt für einen unausweichlichen Zusammenbruch des Kapitalismus.

Hierzu muß noch eine weitere Disproportionalität hinzugefügt werden: die Konkurrenz unter den Kapitalisten führt zwangsläufig zu einem zunehmenden und unaufhaltsamen Konzentrationsprozeß, ,,es schlagen die größeren Kapitale die kleineren'' (Marx, 1. Bd. 1922, 610). Was dann letztlich zum Zusammenbruch führt, ist indes vielfältigen Interpretationen zugänglich. Ob eine säkulare Unterkonsumption unausweichlich eintritt, wird von marxistischen Interpreten unterschiedlich beantwortet. Denkbar ist auch, daß der zunehmende Widerspruch zwischen der gesellschaftlichen Form der Produktion und der privaten Aneignung des Mehrwerts als hinreichend für den Zusammenbruch empfunden wird. (Sweezy, 1959, 149 – 187).

Die Darstellung der Krise, die zum Zusammenbruch des Kapitalismus führt, bildet den schwächsten Teil der marxistischen Theorie, wenngleich sich mit der Prognose eines unausweichlichen Zusammenbruchs des Kapitalismus die nachhaltigsten Hoffnungen und Erwartungen verbanden. Eine weitere Schwäche der Marx'schen Krisentheorie kann darin gesehen werden, daß bei dem stringenten Zwei-Klassen-Modell der Einfluß der Staatsaktivität auf die Einkommensverteilung und damit auf die Wirtschaftsentwicklung ausgeblendet worden ist: ,,Wie im Falle der Krisen, so hat Marx auch niemals eine systematische und formal vollständige Theorie des Staates ausgearbeitet'' (Sweezy, 1959, 188).

Dies hat für die Krisen im kapitalistischen System ein Ökonom beigesteuert, der ,,bürgerlicher'' Herkunft ist. Keynes analysierte im Gefolge der Weltwirtschaftskrise der dreißiger Jahre die Frage, ob nicht entgegen der Annahmen der neoklassischen Wirtschaftstheorie ein Zustand denkbar sei, bei dem ein Gleichgewicht auf allen übrigen Märkten mit einer substantiellen unfreiwilligen Arbeitslosigkeit einhergehen kann. Als Randbedingungen, unter denen dieser Zustand denkbar erscheint, stellte Keynes vor allem drei mögliche Abweichungen von den Prämissen der klassischen Theorie zur Diskussion:

— Auf dem *Arbeitsmarkt* könnten sich die Nominallöhne, und damit in Phasen der Preisstabilität auch die Reallöhne aus institutionellen Gründen als nach unten starr erweisen, so daß hier ein Marktausgleich blockiert ist.
— Auf dem *Geldmarkt* könnte eine Präferenz für Kassenhaltung eine erhöhte Geldmenge absorbieren, so daß diese ohne Auswirkung auf den Zinssatz bliebe. Das klassische Instrument der Konjunktursteuerung durch Geldmengensteuerung würde seiner Wirkung beraubt.
— Auf den *Gütermärkten* könnten die (geplanten) Ersparnisse von den (geplanten) Investitionen abweichen, wenn diese nicht oder nicht hinreichend zinsreagibel sind.

Die wichtigste Prämisse ist hierbei zweifellos die Starrheit der Löhne. ,,Wird diese sicher nicht völlig unrealistische Annahme streng beibehalten, ergeben sich daraus die meisten seiner Folgerungen: Dann ist Gleichgewicht mit Unterbeschäftigung möglich" (Haberler, 1955, 499). Keynes stellt dabei die übrigen Schlußfolgerungen der neoklassischen Theorie nicht in Frage: ,,It is in determing the volume, not the direction, of actual employment that the existing system has broken down." (Keynes, (1936), 1961, 379).

Da Selbstheilungskräfte in Richtung Vollbeschäftigung nicht zu erwarten sind, muß nach Keynes der Staat so etwas wie eine Reparaturleistung erbringen: im Zuge einer Globalsteuerung sollte der Staat durch eine aktive Fiskalpolitik jenes Nachfragedefizit ausgleichen, das einem Erreichen der Vollbeschäftigung entgegensteht. Die Aufgaben staatlicher Konjunkturpolitik wurden von der Preissteuerung (Zinsen, Löhne) hin zur Mengensteuerung (Arbeitsmarkt, effektive Nachfrage) verlagert.

Hatte Keynes, was allerdings nicht sicher ist, den so definierten staatlichen Handlungsbedarf zur Krisenbewältigung — insbesondere in ihren Auswirkungen auf den Arbeitsmarkt — noch auf spezielle Konjunkturlagen zugeschnitten, so haben seine Anhänger das Ausmaß und die Dauer derartiger Interventionen ständig ausgeweitet.

Anfänglich war es die Befürchtung einer säkularen Stagnation, die aus einer zunehmenden Marktsättigung erwachsen könnte. Diese von Hansen (1938) propagierte Theorie hätte eine permanente kompensatorische Finanzpolitik erfordert, da eine systemimmanente Tendenz zur Unterkonsumption erwartet werden muß. Dieser Denkansatz gewinnt zunehmend wieder an Popularität. Nachdem eine „Eßwelle", „Bekleidungswelle", „Wohnwelle", „Motorisierungswelle" und „Reisewelle" im Sinne eines „Nachholbedarfs" abgeebbt sind, wofür sollen die Konsumenten dann ihr Geld ausgeben? Bei diesem Argument wird häufig übersehen, daß Wachstum nicht ein bloßes Fortschreiben alter Strukturen ist, sondern mit einem Strukturwandel verbunden sein wird. In der Konsumsphäre gibt es einen Wandel der Bedürfnisse von den industriell gefertigten Konsumgütern hin zu den dienstleistungsorientierten Konsumgütern und den Freizeitgütern („quartäre Bedürfnisse"). Dies läßt die ziemlich sichere Prognose zu: „Es wird auf absehbare Zeit keine Sättigungsgrenzen geben, wohl für den Absatz eines einzelnen Gutes, aber nicht für die Expansion des Konsumstandards als ganzen" (Schmidt, 1977, 155).

Die Existenz einer globalen Sättigungstendenz wird denn auch von einer anderen Schule von Keynesinterpreten, in der politischen Topographie eher links angesiedelt, nicht als Anlaß für eine dauerhafte staatliche Kompensationspolitik vorgetragen: sie sehen die Stagnation eher durch die Art der Einkommensverteilung heraufziehen. Steigen die Nominallöhne nicht kräftig genug, so sei hier ein Nachfragedefizit zu befürchten. Mit anderen Worten: nicht die Gesellschaft als ganzes entfaltet zu wenig Konsumbedürfnisse, sondern die Einkommen jener mit hohem Bedürfnissteigerungspotential sind im Zweifelsfalle zu niedrig (Vogt, 1973, 7–20 sowie 179–204). Dies bildet die theoretische und politische Basis der Kaufkrafttheorie des Lohnes und stellt zugleich eine allumfassende Legitimation staatlicher Umverteilungspolitik dar. Für die Vollbeschäftigung hat — wegen der starren Löhne, siehe Keynes — die staatliche Wirtschaftspolitik einzustehen. Einkommensverteilung und Einkommensentstehung sind — scheinbar und vordergründig — entkoppelt. Schaffung von Kaufkraft wird zum Synonym für Beschäftigungspolitik — über „Bedarf" und „Bedürfnisse" entscheidet ein neuer Souverän: die allgegenwärtige Präsenz politischer und bürokratischer Entscheidungsinstanzen — Macht statt Markt!

Die Rolle des Staates erscheint jedoch in einem anderen Licht, wenn die zyklischen Änderungen der Einkommensverwendung im Verlauf langer Wellen einbezogen werden. Eine vergleichende Untersuchung des Wachstumszyklus nach dem Zweiten Weltkrieg in den wichtigsten Industrieländern (Glismann, Rodemer, 1978) führte zu dem — kaum überraschenden — Ergebnis, daß Investitionstätigkeit und wirtschaftliches Wachstum positiv korreliert sind, die Investitionstätigkeit sich im Abschwung deutlich abschwächt. Hingegen haben die Staatsausgaben in der Aufschwungsphase nur mäßig, in der Abschwungsphase hingegen kräftig expandiert. Dies könnte das Produkt einer globalsteuernden Kompensationspolitik nach keynesianischer Rezeptur sein.

Für eine lang zurückreichende Untersuchung ist dies jedoch nicht zu vermuten. Eine Untersuchung langer Wellen ab 1850 bis zur Gegenwart (Glismann u. a., 1978) kommt zu dem Ergebnis, daß die Änderungen in der Investitionsaktivität in Deutschland im wesentlichen durch Preisverzerrungen bzw. -entzerrungen auf den Faktor- und Produktmärkten hervorgerufen worden sind (vgl. hierzu auch Schaubild 11):

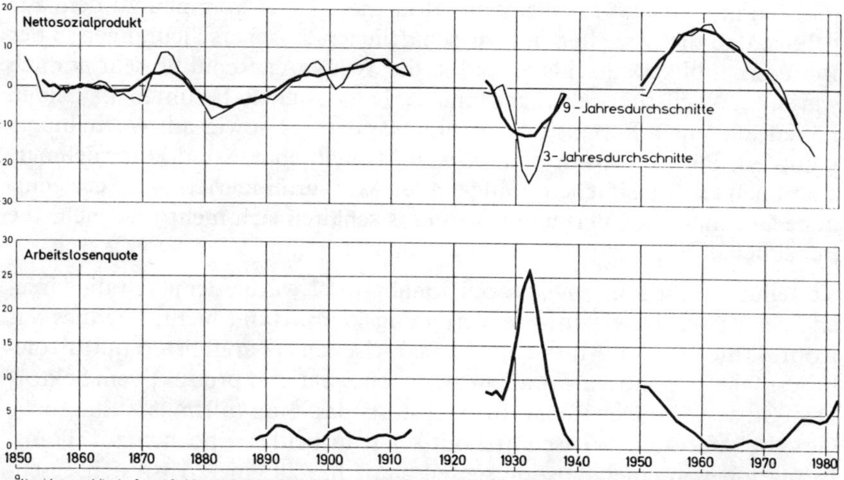

[a] Abweichungen gleitender 3- und 9-Jahresdurchschnitte des Nettosozialprodukts in Preisen von 1970 vom Trend in vH der Trendwerte. Berechnet für das Gebiet der Bundesrepublik Deutschland in den Grenzen von 1961. - [b] Gleitende 3-Jahresdurchschnitte der Arbeitslosenquote; laufender Gebietsstand (ab 1948 Gebiet der Bundesrepublik Deutschland in den Grenzen von 1961).

Quelle: Glismann, Rodemer, Wolter, 1981. — Schätzungen der Konjunkturabteilung des Instituts für Weltwirtschaft für den aktuellen Bereich.

Schaubild 11: Lange Wellen der Produktion[a] und der Arbeitslosigkeit[b] in Deutschland 1850–1982

— Die Investitionstätigkeit und das Sozialprodukt erreichen immer dann annähernd einen zyklischen Höhepunkt (Tiefpunkt), wenn der Staatskonsum sich auf einem zyklischen Tiefpunkt (Höhepunkt) befand. Die Autoren vermuten (Glismann u. a., 1978, 21), „daß der Staat im Trend ... in der Produktion öffentlicher Güter mehr getan hat als unter Wachstumsgesichtspunkten vorteilhaft gewesen wäre.“

— Weniger überraschend ist, daß die Löhne eine entscheidende Determinante der Gewinnentwicklung gewesen sind (Daten hierüber standen erst ab 1925 zur Verfügung), und „dadurch maßgeblich zum Entstehen und Verlauf der Investitions- und Wachstumszyklen beigetragen haben" (Glismann u.a., 1978, 24).

Der Einfluß des Staates auf den Verlauf von langen Wellen wird noch deutlicher, wenn ein Vergleich der wirtschaftlichen Entwicklung der Weimarer Republik und der Bundesrepublik Deutschland ins Blickfeld gerückt wird, da für diesen Zeitraum vergleichsweise viele Parameter zur Verfügung standen[8]. Untersuchungen am Institut für Weltwirtschaft (Glismann u.a., 1981; Glismann, Rodemer, 1982) kommen zu dem Ergebnis, daß die Ursachen der wirtschaftlichen Krisenerscheinungen in der Bundesrepublik Deutschland und in der Weimarer Republik sehr ähnlich waren. „Wachstumsschwäche und Arbeitslosigkeit beruhten in beiden Fällen auf einer Expansion des Staatsapparates sowie auf Verteilungskämpfen, die die Leistungsanreize für Arbeitnehmer und Unternehmer, aber auch für Subsidienempfänger aller Art, verminderten ... Als eigentliche Gewinner des Verteilungskampfes schälten sich mehr und mehr die Subsidienempfänger und der Staatsapparat heraus."

Verteilungspolitische „Disproportionalitäten" waren demnach die Ursache der Krise, der eigentliche Verteilungskampf fand nicht, wie dies das Konfliktmodell von Marx suggeriert, zwischen „Kapitalisten und Proletariern" statt, sondern vor allem zwischen Staat und produktivem Sektor. Der Staat — eine Reparaturwerkstatt des Kapitalismus? Staatliche Gesellschafts- und Wirtschaftspolitik hat in beiden Epochen zur Transformation von einer Leistungsgesellschaft hin zu einer Anspruchsgesellschaft wesentlich beigetragen; dies war der Motor zu den jeweiligen wirtschaftlichen Krisenerscheinungen. Diese Entwicklung ging und geht einher mit einer zunehmenden Verkrustung und Verfestigung: alte Verteilungspositionen werden von fest etablierten Interessengruppen nicht ohne Geschick hartnäckig verteidigt und neuer Verteilungsspielraum, der notwendig wäre, um eine Kurskorrektur einzuleiten, ist nicht in Sicht: das wirtschaftliche Wachstum ist erlahmt, der Aktionsspielraum staatlicher Wirtschaftspolitik befindet sich in der Abseitsfalle gesellschaftspolitischer Ansprüche mit Sperrklinkeneffekt. Kurz ausgedrückt: die Wirtschaft leidet an einer Multiplen Sklerose andauernder Wachstumsschwä-

8 In die Betrachtung einbezogen wurden Gewinne und Gewinnerwartungen, Reallöhne, Subventionen und Transfers, außenwirtschaftliche Protektion sowie die Kosten des Staatsapparates.

che. Wenn die Faustregel von Giersch (1983, a) zutreffend ist, daß die Beseitigung einer solchen Krankheit mindestens so lange dauern wird wie ihre Inkubation, so stehen der Bundesrepublik — und nicht nur ihr — deutlich mehr als die biblischen ,,sieben mageren Jahre" bevor. Der Wachstumszyklus könnte dann in der Tat nach dem Kondratieff-Muster verlaufen (Schaubild 10). Zu den Basisinnovationen der neunziger Jahre müßte dann sicherlich auch die Entwicklung neuer Sozialtechniken zählen. Hierbei ist jedoch kaum anzunehmen, daß sie sich an den Lehren von Karl Marx oder John Maynard Keynes orientieren werden.

2.2.2. Die strukturellen Komponenten und der Wandel in der Arbeitsnachfrage

Unabhängig von der Frage, ob die globale Wirtschaftsentwicklung noch von einer längeren Stagnationsphase gekennzeichnet sein wird, muß auch in Zukunft mit einem ausgeprägten sektoralen Strukturwandel gerechnet werden. Dieser resultiert dann nicht aus den internen Wachstumsimpulsen, sondern vorrangig aus einer Änderung der internationalen Standortbedingungen und damit einhergehend der internationalen Wettbewerbsfähigkeit einzelner Wirtschaftszweige.

Neuere Untersuchungen haben gezeigt, daß sich die in der Mitte der sechziger Jahre von nicht wenigen Ökonomen geäußerte Befürchtung, die Hereinnahme von ausländischen Arbeitnehmern könnte den wachstumsnotwendigen Strukturwandel verzögern (vgl. S. 12f.), weitgehend bestätigt hat (Hiemenz, Schatz, 1977, 49 – 53; Nehring, 1980, 342 – 347; Gutachten 1983, 10f., Bundesvereinigung, 1983, 12). Das Beispiel Japans zeigt zudem, daß eine Volkswirtschaft den wachstumsbedingten Strukturwandel bewältigen kann, ohne auf ausländische Arbeitskräfte zurückzugreifen. Hierdurch hat Japan eine Wirtschaftsstruktur erlangt, die sich als international äußerst wettbewerbsfähig erweist ohne mit nennenswerten Arbeitsmarkproblemen konfrontiert zu sein. (Eglau, 1982). Nach Beendigung einer Phase der relativen Unterbewertung der D-Mark zu Beginn der siebziger Jahre wurde der vorher aufgestaute Strukturwandel virulent. Von diesem nachholenden und aufholenden Strukturwandel sind insbesondere jene Branchen negativ betroffen worden, die in den sechziger Jahren überdurchschnittlich stark ausländische Arbeitskräfte attrahiert hatten. Dies hat sich in der Arbeitsmarktentwicklung der siebziger Jahre bereits deutlich niedergeschlagen: ,,Das tendenzielle Sinken des globalen Ausländeranteils ist also vor allem auf Branchenstrukturwandel zulasten typischer Ausländerbereiche zurückzuführen" (DIW, 1982, 458).

Diese Entwicklungstendenz wird sich auch in den achtziger Jahren fortsetzen, vermutlich sogar in beschleunigtem Tempo. Die Beschäftigungssituation richtet sich nicht nur nach der sektoralen Absatzlage, sondern auch nach der Entwicklung der sektoralen Arbeitsproduktivität. Und hier trifft der nachholende Strukturwandel nicht nur auf eine grundlegend verschlechterte Absatzlage, sondern zusätzlich auch auf einen überdurchschnittlichen Rationalisierungsdruck. Eine Prognose der sektoralen Beschäftigungsentwicklung muß neben der internen Absorption sowie der Außenhandelssalden auch eine Schätzung der künftigen Entwicklung der sektoralen Arbeitsproduktivität einbinden.

Eine Prognose der sektoralen Beschäftigungsentwicklung in der Bundesrepublik ist Anfang der achtziger Jahre vom Rheinisch-Westfälischen Institut für Wirtschaftsforschung für den Zeitraum von 1980 bis 1990 erstellt worden (Halstrick, Rettig, 1981, 117 – 139); auf dieser Prognose bauen die folgenden Projektionen und Alternativrechnungen auf. Nach dieser Prognose würde sich die Gesamtzahl der beschäftigten Arbeitnehmer innerhalb der betrachteten Dekade um insgesamt nur 1,5 vH vermindern (Tabelle A 1), was, wie noch dargelegt wird, eine recht optimistische Einschätzung darstellt. Um abzuschätzen, welchen Einfluß der sektorale Strukturwandel sowie die Arbeitsmarktpolitik auf die Beschäftigungsentwicklung ausländischer Arbeitnehmer ausüben können, wurden zwei alternative Projektionen vorgenommen:

Variante I: die Beschäftigungsänderungen der ausländischen Arbeitnehmer erfolgen branchenspezifisch gemäß ihrem Beschäftigungsanteil im Basisjahr 1980;

Variante II: sektorale Arbeitsplatzverluste betreffen ausländische Arbeitnehmer, an sektoralen Arbeitsplatzgewinnen partizipieren sie hingegen nicht. Eine derartige Praxis würde eine konsequente Anwendung des § 19 Arbeitsförderungsgesetz implizieren (vgl. S. 56).

Allein auf der Basis der ungünstigeren Branchenstrukturverteilung ist die Abgangsrate bei den ausländischen Arbeitnehmern auch bei Variante I mit 3,8 vH fast dreimal so hoch wie bei den deutschen Arbeitnehmern (– 1,3 bei einem Gesamtdurchschnitt von – 1,5 vH). Einen gravierenden Beschäftigungseffekt hätte eine arbeitsmarktpolitische Strategie im Rahmen der Variante II: der Einsatz ausländischer Arbeitnehmer würde sich hier um fast eine dreiviertel Million oder ein Drittel des Bestandes von 1980 vermindern (Tabelle A 1).

Die prognostizierte Wachstumshierarchie der Beschäftigung für die einzelnen Branchen ist in Schaubild 12 dargestellt. In den Wachstumsberei-

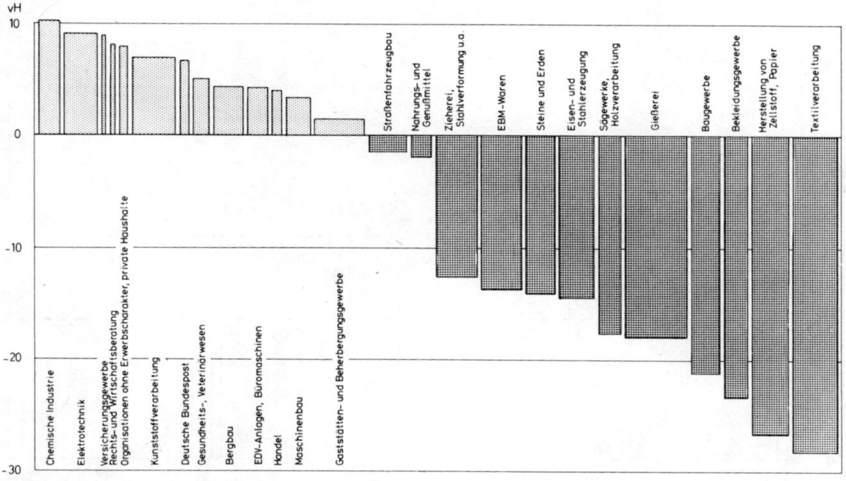

Die Höhe der Säulen entspricht der voraussichtlichen Änderung der Beschäftigtenzahl in vH der Beschäftigten von 1980 bis 1990.

Die Breite der Säule entspricht dem Anteil der sozialversicherungspflichtig beschäftigten Ausländer des jeweiligen Wirtschaftsbereichs an den in allen Wirtschaftsbereichen sozialversicherungspflichtig beschäftigten Ausländern.

Quelle: Auszug und Umrechnung der Tabelle A 1.

Schaubild 12: *Voraussichtliche Änderung (in vH) der sozialversicherungspflichtig Beschäftigten nach Wirtschaftsbereichen in der Bundesrepublik Deutschland während des Zeitraums von 1980 bis 1990*

chen sind vorrangig die Bereiche mit einem hohen Humankapitaleinsatz bei der industriellen Produktion sowie die Dienstleistungsbereiche angesiedelt. Die Breite der Säulen entspricht dem Anteil der ausländischen Arbeitskräfte der jeweiligen Branche an den insgesamt beschäftigten ausländischen Arbeitskräften im Jahr 1980: zwei Drittel der ausländischen Arbeitskräfte sind in schrumpfenden Branchen beschäftigt, nur etwa ein Drittel hat derzeit eine Beschäftigung in Bereichen mit voraussichtlich expandierendem Arbeitskräftebedarf. Um die Konvergenz von sektoralem Strukturwandel und Schwerpunkten der Beschäftigung ausländischer Arbeitskräfte zu überprüfen, wurden die Schwerpunkte der Beschäftigung ausländischer Arbeitskräfte für die zehn wichtigsten Wirtschaftsbereiche mit der dort anzutreffenden Beschäftigungsentwicklung kombiniert (Schaubild 13): Nur drei der Schwerpunktbranchen mit ausländischen Beschäftigten (Gaststätten- und Beherbergungsgewerbe, Kunststoffverarbeitung und Elektrotechnik) werden voraussichtlich ihre Belegschaft ausweiten, die übrigen — zum Teil kräftig (Gießereien, Textilverarbeitung und Baugewerbe) — herabsetzen.

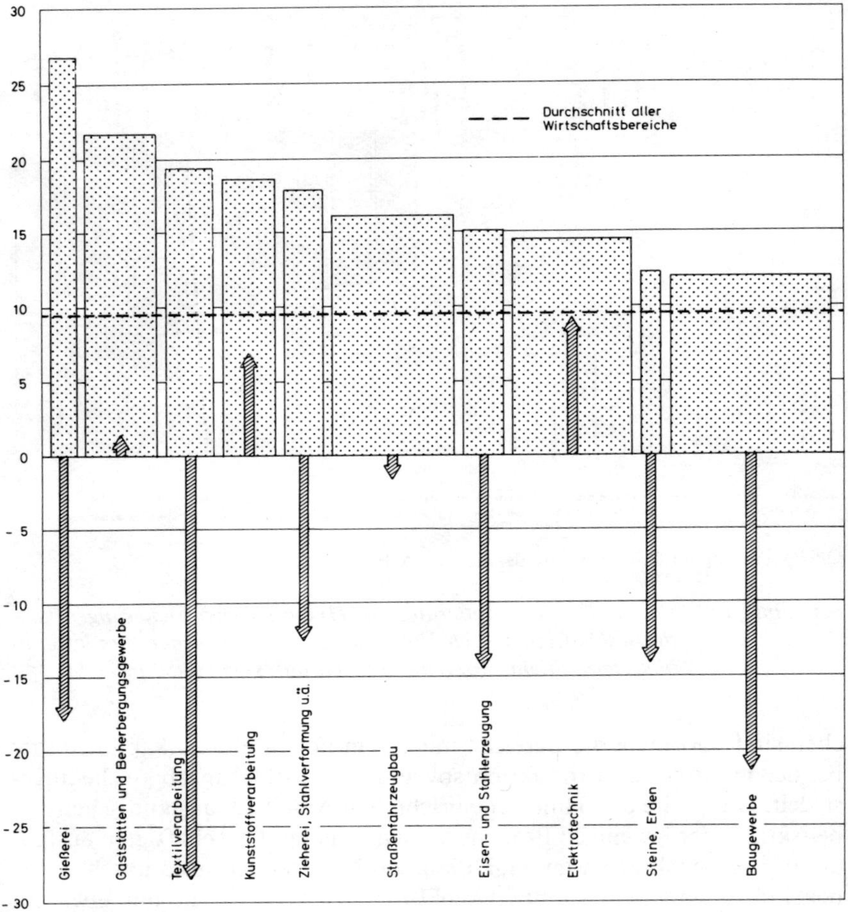

[a] Die Höhe der Säulen entspricht dem Anteil der sozialversicherungspflichtig beschäftigten Ausländer an den in dem betreffenden Wirtschaftsbereich sozialversicherungspflichtig Beschäftigten.
Die Breite der Säulen entspricht dem Anteil der sozialversicherungspflichtig beschäftigten Ausländer des jeweiligen Wirtschaftsbereichs an den in allen Wirtschaftsbereichen sozialversicherungspflichtig beschäftigten Ausländern.

[b] Die Länge der Pfeile entspricht der voraussichtlichen Änderung der Beschäftigtenzahl in vH der 1980 Beschäftigten im Zeitraum von 1980 bis 1990.

Quelle: Auszug und Umrechnung der Tabelle A 1.

Schaubild 13: Wirtschaftsbereiche mit hohem Ausländeranteil in der Bundesrepublik Deutschland nach den Ausländerquoten[a] und der voraussichtlichen Beschäftigungsentwicklung[b] von 1980 bis 1990

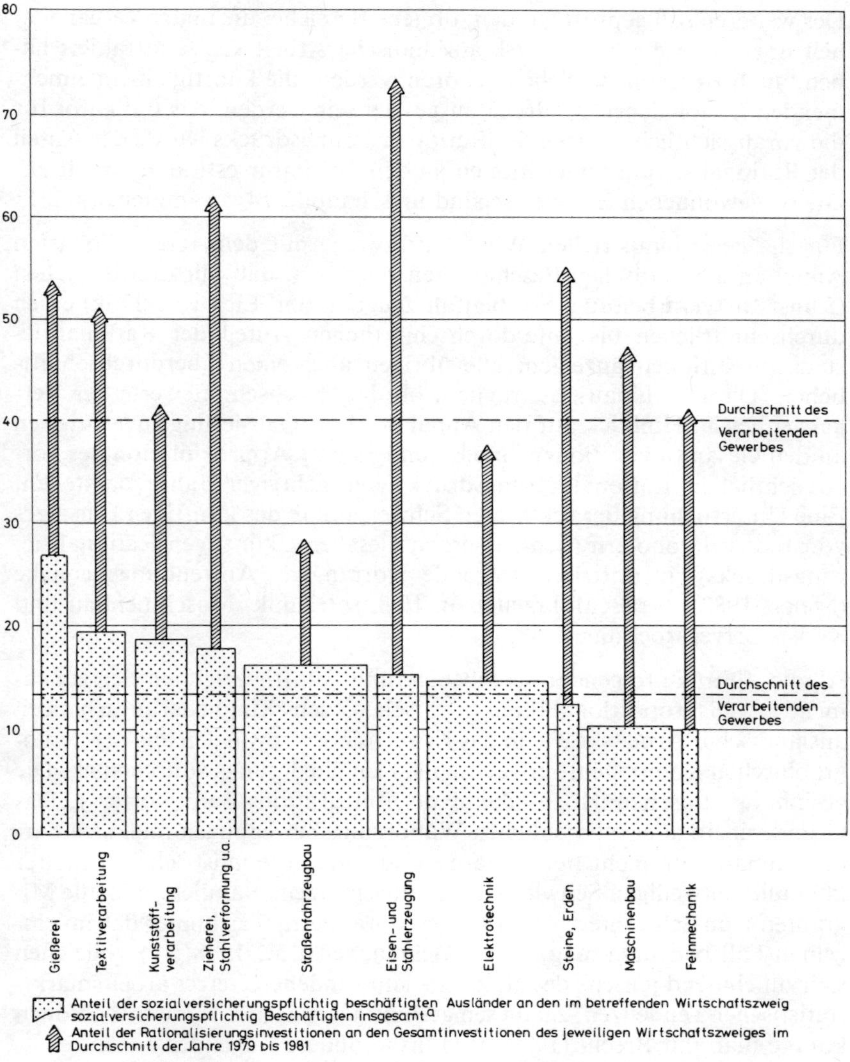

[a]Die Breite der Säulen entspricht dem Anteil der sozialversicherungspflichtig beschäftigten Ausländer an dem im Verarbeitenden Gewerbe insgesamt sozialversicherungspflichtig beschäftigten Ausländern.

Quelle: Auszug aus Tabelle A 1.

Schaubild 14: Wirtschaftszweige mit hohem Ausländeranteil in der Bundesrepublik Deutschland nach den Ausländerquoten und dem Anteil der Rationalisierungsinvestitionen im Jahr 1980

Des weiteren soll geprüft werden, ob jene Bereiche, die in der Vergangenheit überdurchschnittlich stark ausländische Arbeitskräfte attrahiert haben, auch zu jenen Bereichen gehören werden, die künftig einem zunehmenden Rationalisierungsdruck ausgesetzt sein werden. Als Indikator für die voraussichtliche Stärke des Rationalisierungsdrucks wurde der Anteil der Rationalisierungsinvestitionen an den Gesamtinvestitionen ermittelt. Die so gewonnenen Ergebnisse sind in Schaubild 14 zusammengestellt.

Für die zehn industriellen Wirtschaftszweige mit dem relativ höchsten Anteil an ausländischen Beschäftigten zeigt sich, daß nur drei Branchen (Kunststoffverarbeitung, Straßenfahrzeugbau und Elektrotechnik) einen durchschnittlichen bis unterdurchschnittlichen Anteil der Rationalisierungsinvestitionen anzeigen; alle übrigen aber einen überdurchschnittlichen. Darüber hinaus ist fraglich, ob die Durchschnittswerte der Vergangenheit in Hinblick auf den Anteil der Rationalisierungsinvestitionen an den Gesamtinvestitionen eine besonders gute Approximation des voraussichtlichen Rationalisierungsdrucks der achtziger Jahre darstellen. Eine Untersuchung der sektoralen Schwerpunkte des künftigen Einsatzes von Industrierobotern (den „eisernen Gesellen" künftigen Rationalisierungsdrucks) identifiziert folgende vorrangige Anwendungsbereiche (Meier, 1982): Straßenfahrzeugbau, Elektrotechnik, Maschinenbau und Kunststoffverarbeitung.

All dies führt zu folgender Schlußfolgerung: künftig zeichnen sich zunehmende „Disproportionalitäten" zwischen den Eingliederungschancen ausländischer Arbeitskräfte in das Erwerbsleben sowie den aus der demographischen Komponente erwachsenden Eingliederungswünschen ab. Die gesinnungsethischen Hochseilakte der Integrations-Befürworter („Das Grundprinzip aller menschlichen Wanderungsbewegungen muß sich darüber hinaus in einem humanitären und internationalistischen Zeitalter über alle zeitweiligen Schwierigkeiten durchsetzen: Nämlich, daß alle Migranten vom Schlechteren zum Besseren wandern, was immer das im einzelnen Fall bedeuten mag, ...". Gehmacher u.a., 1978, 17) vollziehen sich zunehmend jenseits des als zu eng empfundenen Netzes arbeitsmarktstatistischer Tendenzen. Zu diesen gesinnungsethischen Abseitspositionen könnte man mit Brecht (1978, 181) insbesondere folgendes anmerken:

„Ein guter Mensch sein! Ja, wer wär's nicht gern?
Sein Gut den Armen geben, warum nicht?
Wenn alle gut sind, ist Sein Reich nicht fern.
Wer säße nicht sehr gern in Seinem Licht?
Ein guter Mensch sein? Ja, wer wär's nicht gern?
Doch leider sind auf diesem Sterne eben

Die Mittel kärglich und die Menschen roh.
Wer möchte nicht in Fried und Eintracht leben?
Doch die Verhältnisse, sie sind nicht so!''

Auch hier wird — ähnlich wie im Bildungssektor — der Fesselballon eskalierter Erwartungen in den harten Wind der Realität des Arbeitsmarktes geraten. Zur Realtität jedoch gibt es nur eine Alternative: die Reise nach Utopia. Zur Bewußtseinslage in Hinblick auf die Realität gibt es freilich auch eine Alternative getreu dem Hegel'schen Motto: ,,Um so schlimmer für die Tatsachen!'' Das erspart immerhin die Reisekosten. Dem steht allerdings folgende Basiserkenntnis des Linkshegelianers Karl Marx entgegen: ,,Die Philosophen haben die Welt nur verschieden interpretiert, es kömmt darauf an, sie zu verändern.'' Nach über hundert Jahren Erfahrung mit der Umsetzung transzendentaler Ideengebäude ist nicht unverständlich, wenn die Antithese zunehmend Gehör findet: ,,Die Geschichtsphilosophen haben die Welt nur verschieden verändert; es kömmt darauf an, sie (die Welt) zu verschonen.''
(Marquard, 1982, 13).

3. Arbeitsmarktbilanzen, Faktorpreise und Krisenbewältigungsstrategien

Die Frage, ob der Arbeitsmarkt auch marktwirtschaftlichen Prinzipien unterworfen sein sollte, wird höchst kontrovers beantwortet. Die Antwort wird auch durch den Umstand erschwert, daß auf dem Arbeitsmarkt nicht Arbeitsnachfrager (Arbeitssuchende) und Arbeitsanbieter (Unternehmen und Betriebe) den wichtigsten Teil der Vertragsvereinbarungen (Arbeitsentgelt sowie Arbeitsbedingungen) treffen, sondern dies in aller Regel durch Unternehmerverbände und Gewerkschaftsorganisationen festgelegt wird. Gleichwohl kann grundsätzlich zwischen einem marktwirtschaftlichen und einem interventionistischen Paradigma in der Arbeitsmarkt- und Beschäftigungspolitik unterschieden werden (Soltwedel, 1982, 2–7).

Das marktwirtschaftliche Paradigma basiert auf der grundlegenden Annahme liberalmarktwirtschaftlichen Ökonomieverständnisses, daß Märkte auf Veränderungen relativer Preise als Ausdruck veränderter Knappheitsverhältnisse reagieren werden. Dies wäre, zumindest im Prinzip, auch den Gewerkschaften und Unternehmensverbänden, als Sachwalter fremder Interessen, bei der Setzung der Preissignale möglich. „Vollbeschäftigung" ist in diesen Rahmenbedingungen kein operationales Konzept: wird ein höherer Beschäftigungsstand oder eine geringere Arbeitslosigkeit als die, die gerade herrscht, von den Tarifparteien gewünscht, setzt dies ein niedrigeres Niveau der Reallöhne und/oder Änderungen in der sektoralen, regionalen oder vertikalen Lohnstruktur voraus. Alsdann verbleibende Arbeitslosigkeit wird mit „natürlicher" oder „freiwilliger" Arbeitslosigkeit identifiziert. Wird allerdings verhindert, daß sich veränderte Knappheiten in Preissignale umsetzen, wird auf dem Arbeitsmarkt Arbeitslosigkeit in dem Sinne auftreten, daß bei einem gegebenen Reallohnsatz Arbeitssuchende in größerer und sogar zunehmender Zahl keine Beschäftigungsmöglichkeit finden.

Die Blockierung des oben beschriebenen Preismechanismus wird von den Vertretern des interventionistischen Paradigmas zumindest billigend in Kauf genommen, sei es, weil

— kein Vertrauen in die Wirksamkeit marktwirtschaftlicher Anpassungsprozesse gesetzt wird;

— das sich alsdann ergebende Marktergebnis als nicht akzeptabel aufgrund anderer Zielsetzungen erscheint.

Mit zu den interventionistischen Strategien zählt dabei eine Tarifpolitik der Gewerkschaften, die ein Reallohnniveau anstrebt oder verteidigt, das in hohem Umfang mit unfreiwilliger Arbeitslosigkeit einhergeht. Dies schließt freilich nicht aus, daß Vertreter des interventionistischen Paradigmas die Folgen des blockierten Marktmechanismus, nämlich Arbeitslosigkeit, gern beseitigen möchten.

Aus welchen Gründen auch immer: die Analyse und Prognose von voraussichtlichen Ungleichgewichten auf dem Arbeitsmarkt ist nur im Umfeld eines interventionistischen Paradigmas angezeigt. Dies sei den Versuchen vorausgeschickt, die Ungleichgewichte auf dem Arbeitsmarkt in Form von Arbeitsmarktbilanzen quantitativ darzustellen.

3.1. Arbeitsmarktbilanzen: quantitative Extrapolationsmodelle?

Da die demographischen Komponenten (bis auf die Wanderungen) gut und die Erwerbsquoten einigermaßen sicher prognostizierbar sind, erscheint eine Projektion des einen Arbeitsplatz nachfragenden Personenkreises relativ unproblematisch. In Schaubild 15 sind dies die drei oberen Kurven. Bis 1990 wird das Erwerbspersonenpotential kontinuierlich zunehmen und danach wieder kontinuierlich abnehmen und im Jahr 2000 (unterste Variante) wieder das Niveau von 1975 erreichen, erst 1995 (ebenfalls untere Variante) wird das Niveau des derzeitigen Arbeitskräftepotentials unterschritten.

Bei den Modellrechnungen werden drei alternative Annahmen getroffen (vgl. Schaubild 15). In der obersten Variante wird (durch Familiennachzug) ein Nettosaldo der Fort- und Zuzüge von 55000 Ausländern pro Jahr unterstellt; zusätzlich wurde im Zuge der Öffnung des EG-Arbeitsmarktes gegenüber Griechenland und vermutlich Spanien und Portugal von 1988 bis 1992 eine Nettozuwanderung von 30000 Personen pro Jahr — insgesamt also 150000 — in Rechnung gestellt (vgl. Klauder u. a., 1982). Ein Nettozuwanderungssaldo von 55000 Personen entspricht dem des Jahres 1978; 1979 waren die Nettozuzüge gut dreimal und 1980 fast fünfmal so hoch (vgl. Tabelle 1).

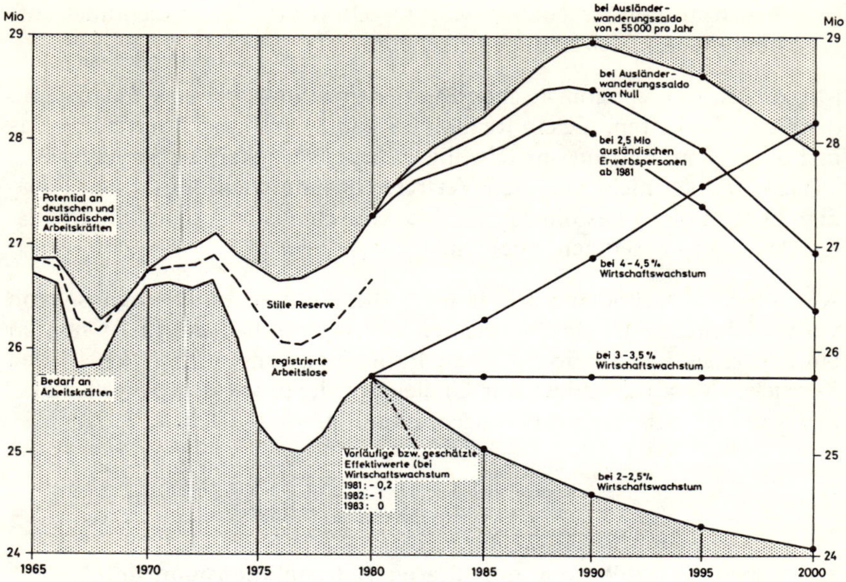

Quelle: Institut für Arbeitsmarkt- und Berufsforschung der Bundesanstalt für Arbeit, Nürnberg.

Schaubild 15: Arbeitsmarktbilanz in der Bundesrepublik Deutschland von 1965 bis 2000

In der untersten Projektion wird von der Annahme ausgegangen, daß die Zahl der ausländischen Erwerbspersonen auf dem derzeitigen Stand von 2,5 Millionen Personen verharrt. Dies würde voraussetzen, daß die durch den Altersaufbau der derzeitigen ausländischen Wohnbevölkerung bedingte zukünftige Expansion des Erwerbspersonenpotentials durch entsprechende Nettofortzüge ausländischer Erwerbspersonen kompensiert würden. Die Differenz zwischen diesen beiden Extremannahmen umschließt ein Erwerbspersonenpotential von gut 1,5 Millionen Ausländern. Bei der mittleren Variante wurde ein Wanderungssaldo von Null angenommen; aufgrund der demographischen Komponenten der derzeitigen Wohnbevölkerung würde sich auch dann das Erwerbspersonenpotential der Ausländer bis zum Jahr 2000 um gut eine halbe Million Personen erhöhen.

Die Beschäftigungschancen des Erwerbspersonenpotentials richten sich nach dem Bedarf an Arbeitskräften. Die Projektion von Lücken zwischen beiden Größen setzt, wie eingangs dargelegt, ein interventionistisches Paradigma voraus. Dem Rechnung tragend, ist die Projektion der Arbeitsnachfrage in Schaubild 15 wie folgt konzipiert: die Nachfrage nach Arbeitskräften vermindert sich bei vorgegebenem Bruttosozialprodukt nach Maßgabe des Produktivitätsfortschritts (definiert als Änderung des Bruttosozialprodukts je Beschäftigten), und sie erhöht sich um die Marge, um die die Zuwachsrate des Bruttosozialprodukts jene der Beschäftigtenproduktivität übersteigt. Dabei ist die Rate des Produktivitätsfortschritts nicht unabhängig vom Wirtschaftswachstum: bei niedrigem Wirtschaftswachstum ist sie höher, bei mittlerem etwa gleich und bei hohem niedriger angesiedelt als dieses selbst. Aus diesem Grund wäre ein Wirtschaftswachstum in der Größenordnung von 2 bis 2,5 vH mit einer permanenten Schrumpfung des Arbeitskräftebedarfs verbunden; nur bei einem Wirtschaftswachstum von 3 bis 3,5 vH könnte der derzeitige Arbeitskräftebedarf konstant gehalten werden, was freilich bis 1990 noch einmal einen drastischen Anstieg der Erwerbslosen bedeuten würde: die Zahl der Erwerbslosen könnte dann in Größenordnungen bis zu vier Millionen Personen hineinwachsen. Diese Zahl würde sich noch einmal kräftig erhöhen, wenn man die Trendlinie der bisherigen Effektivwerte (unterste gestrichelte Linie) weiter extrapolieren würde.

Die Trendwende auf dem Arbeitsmarkt aufgrund des Geburtenrückgangs der deutschen Wohnbevölkerung in den neunziger Jahren wird demnach zu keinem Umschlagen der derzeitigen Beschäftigungssituation führen: „Wird es also in den 90er Jahren wieder zu wenig Arbeitskräfte geben? Diese Gefahr dürfte sehr gering und eher das Gegenteil der Fall sein." (Klauder, 1982, 277). Anders gewendet: die Arbeitsmarktchancen der jugendlichen Ausländer und der durch sektoralen Strukturwandel freigesetzten ausländischen Arbeitskräfte werden sich bis zur Jahrhundertwende voraussichtlich nicht spürbar verbessern.

Die Modellrechnung hat die Rate des Wirtschaftswachstums vorgegeben, das wiederum in Abhängigkeit vom Reallohnniveau betrachtet werden muß. Da dies — annahmegemäß — ausgeblendet ist, sind die dargestellten Abläufe das Ergebnis eines quantitativen Extrapolationsmodells. Allerdings ist dies auch sein erklärter Zweck: es soll die Größenordnungen künftiger und möglicher Problemlagen auf dem Arbeitsmarkt aufzeigen. Der Problemdruck, dem der Arbeitsmarkt bis zur Jahrhundertwende ausgesetzt sein wird, ist dabei allerdings unübersehbar in des Wortes doppelter Bedeutung.

3.2. Faktorpreise und Nachfragereaktionen

Wie bereits dargelegt (Kapitel 2.2.1.), sind die Diagnosen in Hinblick auf die derzeitige Wachstumsschwäche höchst unterschiedlich, entsprechend differieren die Therapievorschläge. Die größte Plausibilität kann jener Erklärungsansatz verbuchen, der ein klassisches Disproportionalitätenphänomen bei der Einkommensverteilung unterstellt, wie es schon von Marx beschrieben wurde (vgl. S. 50). Im Verlauf des Aufschwungs steigen die Löhne (real) stärker als es dem verteilungsneutralen Produktivitätsfortschritt entsprochen hätte. Die dadurch eingeleitete Gewinnkompression führt zu einer Verminderung der Investitionstätigkeit, nicht, wie einige meinen, weil den Unternehmen das „Geld fehlt", sondern weil sich viele Investitionen weniger rentieren[1]. Das Beschäftigungsvolumen im Investitionsgüterbereich wird reduziert, was neuerdings auch mit dem Begriff „Investitionsstreik" umschrieben wird. Infolge gestiegener Lohnkosten je Podukteinheit wird in den Investitionen auch zunehmend arbeitssparender technischer Fortschritt inkorporiert, was nicht erst seit kurzem als „Wegrationalisieren von Arbeitsplätzen" bezeichnet wird.

Haben die Gewerkschaften erst einmal ein höheres Reallohnniveau erkämpft, als es mit einem gewünschten Maß an Unterbeschäftigung vereinbar wäre[2], reagiert der Arbeitsmarkt ziemlich schnell: „Der Lohn be-

1 Dieses grundlegende Mißverständnis der Wirkungsweise des Allokationsmechanismus marktwirtschaftlicher Prozesse ist im Zusammenhang mit der Auseinandersetzung mit dem neuen Mietrecht überdeutlich geworden. Gegner der Mietrechtsänderung argumentierten nicht gerade selten mit dem Hinweis, es sei doch völlig unsinnig, den privaten Wohnungseigentümern „Milliarden in den Rachen zu schieben", denn für eine derart unrentable Investition wie Wohnungsbau würden die so umverteilten Mittel doch sicherlich nicht verwendet. Freilich, aus Geldmangel hatten sich die Hauptträger des freifinanzierten Wohnungsbaus — die privaten Lebensversicherungsgesellschaften — aus dem Wohnungsmarkt nicht zurückgezogen. Auf der gleichen Linie bewegt sich das Argument, die Investitionsschwäche könne ja wohl nicht auf die Ursache „mangelnden Profits" zurückgeführt werden. Schließlich kauften große Aktiengesellschaften (genannt werden häufig Siemens und VW) mit liquiden Mitteln lieber Bundesschatzbriefe, als diese im eigenen Unternehmen zu investieren. Einige Zeitgenossen scheinen die Gemeinwohlpflicht des Eigentums (Art. 14, 2 GG) systematisch dahingehend zu interpretieren, daß ein Investor unter allen denkbaren Anlageformen die ungünstigste zu wählen habe. Dann freilich wird ein Schuh daraus: statt dies in jedem Einzelfall umständlich nachzuprüfen, könnte der Staat ja gleich diese Mittel selbst einsammeln und diese dann zielgerichtet einsetzen: In den Wohnungsbau, in die Werftindustrie, in die Stahlindustrie ...

2 Mit dieser Aussage ist durchaus vereinbar, daß der Arbeitsmarkt wegen der demographischen Komponente auch ohne die anhaltende Rezession mit erheblichen Anpassungsproblemen konfrontiert worden wäre (vgl. S. 7). Mit einer vorausgreifenden Beschäftigungspolitik wäre dann nur ein Lohnanstieg unter dem beschäftigungsneutralen Produktivitätstrend kompatibel gewesen, und nicht, wie in den siebziger Jahren, ein Lohnanstieg, der diesen Trend deutlich überschritt (Giersch, 1983 b, 13).

stimmt in diesem Fall, wie hoch das Grenzprodukt sein muß, und das Entlassen und Wegrationalisieren von Arbeit, vor allem von unterdurchschnittlich produktiver Arbeit, sorgt dafür, daß das Grenzprodukt mit dem Lohn steigt. Diejenigen, die beschäftigt bleiben, erlangen den Vorteil höherer Löhne, aber die anderen verlieren das natürliche Recht auf Arbeit zu einem Lohn, der dem Marktwert ihres Grenzprodukts entsprechen würde. Das Ergebnis ist klassische Arbeitslosigkeit .... Das sind harte Sachzwänge, gegen die man aufbegehren möchte; und es ist kein Wunder, daß sich das Aufbegehren zunächst gegen das Modell richtet, das so etwas voraussagt. In der Realität richtet sich das Aufbegehren gegen die Verhältnisse, für die dieses Modell steht, also gegen die Wettbewerbswirtschaft, die neuerdings abschätzig Ellenbogengesellschaft genannt wird.“ (Giersch, 1983, b, 3f.).

Zu diesen Disproportionalitäten zwischen den Produktionsfaktoren tritt hinzu, daß der Staat seinen Anteil am Sozialprodukt kräftig ausgeweitet hat, um die „öffentliche Armut“ zu bekämpfen und einen unauslotbaren Bedarf an „sozialer Gerechtigkeit“ zu befriedigen, was freilich jene zu bezahlen haben, die das Sozialprodukt erstellt haben (vgl. S. 54f.).

Hat in der Vergangenheit die Keynesianische Medizin das Fieber ausgelöst, so wird der Therapievorschlag nicht selten in die gleiche Richtung gezielt, nur mit einer stärkeren Dosierung: staatliche Beschäftigungsprogramme sollen das Übel kurieren. Werden derartige Programme durch Geldschöpfung finanziert, so verpufft ihre Wirkung weitgehend in inflatorischen Prozessen. Dies hilft zumindest auf kurze Sicht, denn dadurch kommt es bei ansonsten starren Nominallöhnen zu Reallohnsenkungen, die für sich genommen expansiv wirken. Dies gilt freilich nur, solange bei den Lohnempfängern Geldillusionen vorherrschen. Sind sie durch einen Lernprozeß entwertet, hälfe nur noch eine Inflationsbeschleunigung, allerdings als Schraube ohne Ende. Je länger diese Phase dauert, um so größer werden die Erwartungsturbulenzen, desto schmerzhafter wird aller Erfahrung nach die Stabilisierungskrise der Erwartungskorrekturen. Oder aber der Staat finanziert die Beschäftigungsprogramme durch eine Erhöhung der Abgabenlast. Doch dies wird allzuleicht ein beschäftigungspolitischer Wettlauf zwischen Hase und Igel: mittelfristig vernichtet der Staat in der Privatwirtschaft mehr Arbeitsplätze, als er durch seine Beschäftigungsprogramme geschaffen hat. Der Anteil der im staatlichen Einflußbereich Beschäftigten steigt unablässig bei insgesamt sinkender Beschäftigung: ein Weg, auf dem Schweden schon eindrucksvoll weit vorangeschritten ist. Am Ende des Weges steht dann freilich eine andere Wirtschafts- und Gesellschaftsordnung bei der der Markt wenig und staatliche Planung — fast — alles reguliert.

Soweit wollen im allgemeinen jene nicht gehen, die ein scheinbar anderes Rezept zum Tragen bringen wollen: wenn Arbeitsplätze knapp und Arbeitskräfte reichlich vorhanden sind und die Marktkräfte hier — scheinbar und vordergründig — keinen Ausgleich schaffen können, so gelte es eben, die knappen Arbeitsplätze ,,gerechter" auf die zu reichlichen Arbeitskräfte zu verteilen. Das klingt nach Solidargemeinschaft und Nächstenliebe, analog dem Heiligen Martin, der seinen Mantel teilt. Reallohnverzicht klingt nach ,,Lohnraub", ,,Profitgier", ,,Umverteilung von unten nach oben" und dergleichen schrecklichen Vokabeln mehr. Nur: was steht — ökonomisch — hinter dieser griffigen Forderung, die Arbeit solle gerechter verteilt werden, und zwar durch Arbeitszeitverkürzung, denn: gleichmäßiger würde sie auch durch eine Reallohnstrategie verteilt, aber eben durch ein größeres Arbeitsvolumen.

3.3. ,,Gerechte" Verteilung der Arbeit als Krisenbewältigungsstrategie: Mengensteuerung bei falschen Preisen?

Die meisten Vorschläge zur Arbeitszeitverkürzung gehen von einem mechanistischen Modell aus. Beobachtet wird ein starker Anstieg der Arbeitsproduktivität je Stunde. Bei stagnierendem Bruttosozialprodukt kann dies dann mit einem geringeren Arbeitsvolumen (= Beschäftigtenstundenzahl) erzeugt werden. Bleibt die Arbeitszeit unverändert, sinkt die Zahl der Erwerbstätigen und Arbeitslosigkeit stellt sich ein. Arbeiten die etwa 20 Millionen abhängig Beschäftigten 12,5 vH Stunden weniger (etwa statt 40 nur 35 Wochenstunden), so stiege dadurch die Zahl der Arbeitsplätze um 2,5 Millionen: exakt die bisherige Höchstzahl der Arbeitslosen. Dahinter steht die Vorstellung, es gäbe so etwas wie einen Arbeitsvolumenfonds, der — leider und aus welchen Gründen auch immer — nicht vermehrt werden könne, durch die in Aussicht genommenen Umverteilungsmaßnahmen allerdings auch nicht vermindert würde (Gutachten 1983, 74f.). Beide Prämissen sind jedoch fraglich.

Der erste Teil der Hypothese unterstellt, Wachstum des Sozialprodukts und der Arbeitsproduktivität seien exogen vorgegeben, Arbeitslosigkeit das Residuum. Diese Wirkungskette läßt sich auch anders herum interpretieren: ,,Der Zuwachs des Sozialprodukts je Arbeitsstunde, also die Stundenproduktivität, war deshalb so stark und stärker als der Zuwachs des Sozialprodukts insgesamt, weil wir durch Lohndruck all das aus dem

Produktionsprozeß herausgedrängt haben, was nicht produktiv genug war: die Arbeitskräfte, die unterdurchschnittlich qualifiziert waren, und die Arbeitsplätze und die Teile des Sachkapitals, die dem Lohndruck nicht standhalten konnten .... Da sind die Mengen falsch geworden, weil ein wichtiger Preis nicht gestimmt hat, nämlich der Reallohn." (Giersch, 1982, 15). Dieser Erkenntnis scheinen sich zuweilen auch Gewerkschaftsvertreter nicht zu entziehen, etwa, wenn Döding (1983) formuliert: „In der Zwickmühle zwischen Reallohnsicherung und Arbeitszeitverkürzung kann es kein Zaudern geben, wenn wir unsere politischen Postulate ernst nehmen."

Öffnet die Arbeitszeitverkürzung einen Weg aus dieser Zwickmühle? Die Antwort hängt davon ab, wer ihre Kosten trägt und wie sie ausgestaltet wird. Soll das zur Disposition gestellte Arbeitsvolumen zumindest durch die Umverteilungsmaßnahme keinen Schaden erleiden, so muß diese nicht nur *arbeits*-, sondern *gesamt*kostenneutral erfolgen. Die kollektiven Kurzarbeiter (abzüglich (?) derjenigen, die bereits kurzarbeiten, Anfang 1983 immerhin mehr als eine Million Erwerbstätiger) hätten also nicht nur einen proportionalen (Nominal-)Lohnverzicht zu üben, sondern auch für die zusätzlichen Aufwendungen durch betriebs- und arbeitsorganisatorische Änderungen einzustehen (Oetker, 1983). Der Lohnverzicht wäre dann (über Arbeitsplätze und/oder Branchen gemittelt?) eher in der Größenordnung von 20 vH angesiedelt. Fühlen sich schon viele Arbeitnehmer durch den Abbau von Überstunden als „Voropfer" der Arbeitsmarktsituation, so wären die Gewerkschaften hier sicherlich in der Zwickmühle, das Feld „Reallohnsicherung" zu räumen.

Auch die Umverteilung dieser Kosten an die Unternehmer eröffnet lediglich eine andere Zwickmühle: durch die alsdann gestiegenen Reallohnkosten je Erwerbstätigenstunde vermindert sich das rentabel erstellbare Sozialprodukt, und es erhöht sich der Anreiz zu Rationalisierungsinvestitionen — im Endeffekt schrumpft das verteilbare Arbeitsvolumen, und dies, keineswegs unwahrscheinlich, so stark, daß mehr Personen aus dem Arbeitsmarkt herausgedrängt werden, als zusätzlich infolge dieser Maßnahme dort eingeschleust werden.

Doch sei unterstellt, eine arbeitsvolumenneutrale Lösung sei durch adäquate Kriterien und Preisgabe der Prämisse „Reallohnsicherung" denkbar und auch machbar, würde dies zumindest dann den Arbeitslosen aus der Zwickmühle helfen? Leider weit gefehlt: der Mikrokosmos beruflicher Qualifikation im Heer der Arbeitslosen hat mit der beruflichen Qualifikation im Makrokosmos der (noch) Beschäftigten wenig gemeinsame Schnittmengen (Kaltefleiter, 1983, 11). Über 60 vH der Arbeitslosen, aber nur knapp 30 vH (vgl. S. 34) der Erwerbstätigen sind unqualifizierte Arbeitskräfte. Dies bestätigt die eingangs zitierte Hypothese, daß hohe Reallöhne selektiv wirken: als eine Umverteilung von unten nach oben, aber innerhalb der gleichen ,,Klasse", wenngleich auch nicht derselben ,,Schicht". Ein Ausweg aus dieser Zwickmühle könnte auch darin gesehen werden, daß das Arbeitsangebot durch hinreichende Aus-, Fort- und Weiterbildung der sich dann — vielleicht — bietenden Nachfrage angepaßt wird. Hierzu ist anzumerken, daß sich das notwendige Qualifikationsmuster vermutlich schneller ändern wird, als derartige Maßnahmen an Zeit beanspruchen werden — Kostenfragen einmal ausgeblendet.

Was die Art der Arbeitszeitverkürzung anlangt, so ist zweierlei anzumerken (Soltwedel, Walter, 1982):

— eine auf eine Verkürzung der Wochenarbeitszeit angelegte Strategie bringt beschäftigungspolitisch kaum etwas, aber mit Sicherheit Verdruß: bei den Aufrückenden, weil dies mit herberen Realeinkommensverlusten verbunden ist, als ursprünglich erwartet wurde, und bei den Nachrückenden, weil sie die in sie gesetzten Qualifikationsanforderungen nicht erfüllen können;
— eine auf Verkürzung der Lebensarbeitszeit abzielende Strategie ist die mit Abstand gesamtgesellschaftlich teuerste Option; das ,,Herauskaufen bestimmter Erwerbstätigengruppen aus dem Arbeitsmarkt" hat große Ähnlichkeit mit dem EG-Agrarmarkt.

Gleichwohl ist die letztgenannte Strategie vermutlich die arbeitsmarktpolitisch einzig effiziente, vorausgesetzt allerdings, es kommt hierbei nicht zu einer Umschichtung zwischen offiziellem Arbeitsmarkt und Schattenwirtschaft. Dies allerdings ist äußerst wahrscheinlich und eröffnet eine neue Zwickmühle.

3.4. Stille Reserve und Schattenwirtschaft: auch oder lediglich ein Randgruppenphänomen?

Die Höhe des Sozialprodukts als Gradmesser des Wohlstandes ist von zwei Seiten her kritisch betrachtet worden: zum einen weist es Bereiche aus, deren Zunahme als Wohlstandsmehrung interpretiert zweifellos fragwürdig ist. Eine Zunahme von Verkehrsunfällen und daraus resultierender Krankenhausleistungen mehren zwar das Sozialprodukt, aber wohl kaum den Wohlstand einer Volkswirtschaft. Zum anderen gibt es eine Reihe von ökonomischen Aktivitäten, die im Meßkonzept der volkswirtschaftlichen Gesamtrechnung nicht enthalten sind sowie negativer Begleiterscheinungen der materiellen Güterproduktion, wie zunehmende Umweltbelastung, für die das gleiche zutrifft. Allerdings sind alle bisherigen Meßkonzepte, die diesen Faktoren im Rahmen eines neuen Wohlstandsindikators Rechnung tragen wollen, noch nicht sehr weit gediehen (Giersch, 1977, 16f.). Gleichwohl ist zu fragen, ob die konventionellen Meßkonzepte nicht systematische Verzerrungen mit unterschiedlichen Entwicklungstendenzen enthalten, insbesondere in Hinblick auf die Entwicklung der sogenannten Schattenwirtschaft.

Die ,,klassische" Untergrundwirtschaft des kriminellen Umfeldes mit den fünf ,,klassischen" Tätigkeitsfeldern: Glücksspiel, Prostitution, Rauschgifthandel, Erpressung von Schutzgeldern sowie Vermarktung von illegal erworbenen Vermögensgegenständen ist ein schon lange in die wirtschaftswissenschaftliche Analyse eingeführtes Phänomen (vgl. Kunz, 1976). Aber trotz nicht unbeträchtlicher Umsätze sind diese Aktivitäten nicht in Hinblick auf ihre Rückwirkungen auf das Sozialprodukt und auf den Arbeitsmarkt analysiert worden. Der wichtigste Grund hierzu ist wohl darin zu sehen, daß es sich bei diesen (auch ökonomischen) Aktivitäten letztendlich um Randgruppenphänomene handelt, die in keinem Interaktions- und Substitutionsverhältnis zur übrigen Wirtschaft und zum Arbeitsmarkt stehen.

Seit Beginn der achtziger Jahre hat aber das Interesse an den ökonomischen Aktivitäten außerhalb des Erfassungsschemas der volkswirtschaftlichen Gesamtrechnung (VGR) erheblich an Interesse gewonnen, weil die Auffassung an Boden gewann, eine Untergrundwirtschaft auch außerhalb der ,,klassischen" Untergrundwirtschaft habe im Zeitverlauf ein erhebliches Gewicht erlangt. Dieses stark zunehmende Interesse ist in allen Industrieländern zu beobachten[3]. Definitorisch werden mit Schattenwirtschaft meistens alle ökonomischen Aktivitäten außerhalb des Erfassungsschemas der VGR erfaßt und diese in zwei Hauptgruppen getrennt (Cassel, 1982, 2–6)

— Selbstversorgungswirtschaft, deren Aktivitäten die VGR aus konzeptionellen Gründen nicht erfassen will. Diese ökonomischen Aktivitäten

---

3 Im englischen Sprachraum werden folgende Begriffe weitgehend synonym gebraucht: ,,irregular, underground, hidden, unreported, unrecorded, informal, dual, unofficial oder moonlight economy". In Frankreich dominiert der Begriff ,,l'économie souterraine" und in Italien der Begriff ,,economia sommersa".

stehen in Substitutionskonkurrenz zu marktmäßigen Leistungen (Vordringen der Do-it-yourself-Bewegung) und sind nur in seltenen Grenzbereichen im illegalen Umfeld angesiedelt (Schmuggel, Drogenherstellung).

— Untergrundwirtschaft, deren Aktivitäten versteckter erwerbswirtschaftlicher Natur sind und deshalb aus statistischen Gründen von der VGR nicht erfaßt werden können. Hierbei können die Aktivitäten entweder selbst legal sein und nur durch die unterlassene Offenbarung gegenüber den Steuer- und Sozialversicherungsbehörden ins illegale Umfeld geraten oder aber die Aktivitäten selbst können bereits im kriminellen Umfeld angesiedelt sein (es ist dies die ,,klassische" Untergrundwirtschaft).

Was die Schätzversuche zum quantitativen Umfang der Untergrundwirtschaft anlangt, so sind in letzter Zeit mehrere Methoden entwickelt worden, die an indirekten Meßziffern anbinden, da sich die Aktivitäten selbst ihrer Natur nach einer statistischen Erfassung entziehen.

Je nach Schätzmethode, Zeitraum und Land wurde in den meisten westlichen Industrieländern eine Untergrundwirtschaft ermittelt, die im Umfang zwischen 5 vH und 30 vH des jeweiligen Bruttosozialprodukts angesiedelt ist (Cassel, 1982, 10). Die bislang vorliegenden Untersuchungen lassen wohl den Schluß zu, daß ein Umfang der Untergrundwirtschaft in Höhe von 10 vH des jeweiligen Bruttosozialprodukts für die meisten westlichen Industrieländer als ein plausibler Näherungswert betrachtet werden kann. In Hinblick auf die zeitliche Entwicklung der Untergrundwirtschaft weisen aber nahezu alle Ansätze das gleiche Bild auf: in den siebziger Jahren hat die Untergrundwirtschaft erheblich schneller expandiert als die offizielle Wirtschaft. Nach Langfeldt (1982, 24) expandierte die Untergrundwirtschaft weitgehend parallel mit dem Anstieg der staatlichen Belastungsquote (Steuern und Abgaben in vH des Bruttosozialprodukts). Dieser Zusammenhang ist sicher nicht zufällig, denn in der Analyse der Ursachen der starken Expansion deuten die meisten Untersuchungen in die gleiche Richtung: ,,Wenn nicht alles täuscht, befinden sich die westlichen Wohlfahrtsstaaten in einem bemerkenswerten Strukturwandel: Immer mehr wirtschaftliche Aktivitäten werden in die Untergrund- und Selbstversorgungssphäre verlagert und damit dem administrativen und fiskalischen Zugriff des Staates entzogen. Welche Motive im einzelnen auch dahinter stehen mögen, es kommt darin doch eine ,,Abwahl der geltenden Normen für wirtschaftliche Tätigkeit" zum Ausdruck. Auf Dauer gesehen, ist eine solche Entwicklung politisch und ökonomisch sicherlich nicht ungefährlich" (Cassel, 1982, 23).

Die größte Gefahr — aus der Sicht des Staates — könnte darin gesehen werden, daß beschäftigungspolitisch motivierte Schritte wie eine abgabenerhöhte Fiskalpolitik und eine Strategie der Arbeitszeitverkürzung in der offiziellen Wirtschaft zunehmend in die Leere laufen: statt Arbeitsplätze zu schaffen, werden Arbeitsplätze vernichtet, es findet ein Umschichtungsprozeß von der offiziellen Wirtschaft in die Untergrundwirtschaft statt. Auch hier eine neue Zwickmühle.

Was die sektoralen Schwerpunkte der Untergrundwirtschaft anlangt, so werden diese nach den bisherigen Untersuchungen in der Bundesrepublik Deutschland in der Bauwirtschaft (Bauhauptgewerbe sowie Ausbaugewerbe) sowie bei den Kraftfahrzeugreparaturen dominieren. Im Bereich der Bauindustrie scheint sich schon ein eingespielter schwarzer Arbeitsmarkt herausgebildet zu haben, bei dem Arbeitskräfteverleihfirmen durch die Konstruktion von Scheinwerkverträgen in zunehmendem Umfang Zeitarbeitnehmer von nicht zugelassenen Zeitarbeitsunternehmen beschäftigen. Nach einer Schätzung von Broicher (1980, II) betrug der Anteil von Leiharbeitern an den Gesamtbeschäftigten im Metallbereich rd. 7 vH und im Baubereich immerhin 20 vH. Von diesen Leiharbeitern waren in der Bauwirtschaft 90 vH von nicht-konzessionierten Verleihern entliehen.

Über den in die Untergrundwirtschaft involvierten Personenkreis und damit über die potentiellen Auswirkungen dieser Aktivitäten auf den offiziellen Arbeitsmarkt liegen nur verhältnismäßig spärliche Informationen vor. Dies erklärt sich wohl vorrangig daraus, daß sich die Beschäftigten der Untergrundwirtschaft zu einem erheblichen Teil aus dem Arbeitsmarkt der offiziellen Wirtschaft rekrutieren, aus Erwerbstätigen also, die mit ihrer untergrundwirtschaftlichen Tätigkeit ein (steuer- und abgabenfreies) „Zubrot" verdienen möchten (Gijsel, Münstermann, 1981, 207). Hinzu tritt das Problem des „verschleierten" oder „zweiten" Arbeitsmarktes. Ein Teil des Arbeitsmarktes der offiziellen Wirtschaft ist bisher nur unvollkommen oder überhaupt nicht statistisch erfaßt. Hierbei handelt es sich vor allem um die folgenden vier Beschäftigungsformen:

— befristete Beschäftigung ohne Tarifbindungen (Erntehelfer in der Landwirtschaft, Handlanger im Transportgewerbe, sonstige Gelegenheitsjobs);
— sozialversicherungsfreie geringfügige, aber nicht nur vorübergehende Beschäftigung (sog. 390,— DM-Jobs mit pauschaliertem Einkommensteuersatz);
— Mehrfachbeschäftigungen ohne Hauptberuf im offiziellen Arbeitsmarkt;

— Heimarbeiten mit industriellen, handwerklichen und dienstleistungsorientierten Tätigkeiten.

Diese Beschäftigungsverhältnisse sind in aller Regel in einer Grauzone zwischen offizieller Wirtschaft und Untergrundwirtschaft angesiedelt, was aber nur in jedem Einzelfall identifizier- und überprüfbar wäre. Übt etwa eine Erwerbsperson infolge mangelnder Kontrolle und Überwachungen mehrere 390,— DM-Jobs gleichzeitig nebeneinander aus, was im Reinigungsgewerbe gar nicht so selten vorkommen soll, so ist jedes Arbeitsverhältnis für sich genommen Bestandteil des offiziellen Arbeitsmarktes, die personelle Kumulation derartiger Verträge ist jedoch ein Phänomen der Untergrundwirtschaft. In aller Regel können „Vollarbeitslose" (mit Leistungsanspruch) von den Arbeitsämtern in derartige Beschäftigungsverhältnisse nicht vermittelt werden, sollte dort ein Vermittlungswunsch eines Arbeitgebers notifiziert werden. Dies schließt freilich nicht aus, daß ein Leistungsempfänger solche Arbeiten ohne Meldung ausführt, sofern diese in der Untergrundwirtschaft angesiedelt sind. Dies führt dann allerdings zu einer Deliktkumulation.

Diese Rahmenbedingungen lassen a priori folgende Konkurrenzsituation vermuten: im legalen Teil des zweiten Arbeitsmarktes werden vorrangig Arbeitslose ohne Leistungsanspruch und die stille Reserve, soweit eine Arbeitserlaubnis vorhanden ist, als Anbieter von Arbeitsleistungen konkurrieren. Auf dem illegalen Teil des zweiten Arbeitsmarktes hingegen werden sie zusätzlich mit den Arbeitslosen mit Leistungsanspruch sowie den Ausländern ohne Arbeitserlaubnis unabhängig vom Aufenthaltsstatus konkurrieren. Da ein erheblicher Teil der Ausländer einen illegalen Aufenthaltsstatus aufweist — und somit nicht wie ihre Konkurrenten mit legalem Aufenthaltsstatus Anspruch auf Sozialhilfe hat —, dürften sich hier Arbeitsbedingungen herausgebildet haben, deren Arbeitsertrag nicht sehr deutlich die Sozialhilfeleistungen übersteigt, worauf auch anekdotische Erzählungen (Formen des modernen Sklavenhandels) hindeuten. Auf dem zweiten Arbeitsmarkt werden die Schwarzarbeiter des offiziellen Arbeitsmarktes kaum anzutreffen sein: auf Basis ihrer speziellen Berufskenntnisse und der diversifizierten Nachfrage bilden sie so etwas wie einen „dritten Arbeitsmarkt", der gänzlich in der Untergrundwirtschaft verankert ist und nur in schwacher Substitutionskonkurrenz zum „zweiten" Arbeitsmarkt steht. Die stärkste Substitutionsbeziehung besteht hier jedoch zum offiziellen Arbeitsmarkt: eine starke Expansion des „dritten" Arbeitsmarktes führt zu einer fast spiegelbildlichen Kontraktion des offiziellen Arbeitsmarktes.

Auf dem zweiten Arbeitsmarkt sind diese Substitutionsbeziehungen zum offiziellen Arbeitsmarkt nur im allerdings auch schwerpunktmäßig hauptbetroffenen Bereich der Bauwirtschaft derart ausgeprägt.

Was die ausländischen Erwerbspersonen anbetrifft, die auf dem offiziellen Arbeitsmarkt ihre Beschäftigung verloren haben oder dort keinen Einstieg finden, so stellt sich diesen — unabhängig davon, auf welchem Segment des zweiten Arbeitsmarktes sie sich bewegen — ein erhebliches Konkurrenzpotential entgegen. Sieht man einmal vom Konkurrenzpotential deutscher Erwerbspersonen ab, was zweifellos eine starke Vereinfachung darstellt, so sind die quantitativen Umrisse des Konkurrenzpotentials aus Tabelle 2 ersichtlich. Das Arbeitskräftepotential für den legalen Teil des zweiten Arbeitsmarktes dürfte sich auf knapp eine Million Personen beziffern, wobei allerdings einige Unschärfebereiche existieren: bei den registrierten Arbeitslosen können auf den legalen Teil des zweiten Arbeitsmarktes die Leistungsempfänger (noch) nicht und die Asylbewerber erst nach Erfüllung der Wartefristregelung in Erscheinung treten. Dieser Unschärfebereich strahlt aber voll in den illegalen Teil des zweiten Arbeitsmarktes: nach unseren Schätzungen treffen sie dort auf ein Konkurrenzpotential von zwischen einer halben und einer Million hier illegal anwesender Ausländer, die in aller Regel nicht in den legalen Teil des zweiten Arbeitsmarktes oder gar in den offiziellen Arbeitsmarkt überwechseln können. Nun ist allerdings unbekannt, wie hoch der Nachfragesog auf den hier dargestellten Teilmärkten ist, der dem so ermittelten Angebotsdruck gegenüber steht. Soviel man aus bisherigen Schilderungen kennt: Marktnischen eines auskömmlichen Einkommens werden hier derzeit und auch künftig nicht gerade häufig anzutreffen sein. Diese „Auffangbecken" werden bereits weitgehend vollgelaufen sein, unabhängig davon, ob die potentiell Betroffenen — in erster Linie also die heranwachsenden ausländischen Jugendlichen — sich dort „wiederfinden" möchten. Die zunehmende Diskrepanz zwischen Erwartung und Realität ist aber kein Problem, das die ausländischen Jugendlichen allein treffen wird. Darauf wurde bereits hingewiesen (vgl. S. 60f.).

Ein Auffangbecken der sozialen Mobilität in beiden Richtungen stellt die Sozialhilfe dar, die ein „sozialkulturelles Existenzminimum" sicherstellen soll, auch wenn keine Kompensationsansprüche aus der Partizipation in der Leistungsgesellschaft (Arbeitslosengeld und -hilfe) vorhanden sind. Dies ist freilich (noch) nicht das alleinige Kriterium: noch gilt das Subsidiaritätsprinzip, sind also kleinere Solidargemeinschaften — Familie vor allem — vor dem Rechtsanspruch an die größere gefordert. Die Zahl der Personen, die nach den Kriterien für die Gewährung von Hilfen zum

Tabelle 2: Registrierte Arbeitslose sowie Schätzung der stillen Reserven[a] von ausländischen Erwerbspersonen nach dem Aufenthaltsstatus von 1973 bis 1983 — in 1000 —

Jahr	Aufenthaltsstatus (Männer und Frauen)				
	legal			illegal[d]	
	Registrierte Arbeitslose (jew. 30. Juni)	Stille Reserve		Untergrenze	Obergrenze
		Wohnbevölkerung[b]	Asylbewerber[c]		
1973	20	56	16	503	870
1974	51	132	26	450	791
1975	156	238	30	363	694
1976	90	230	36	378	763
1977	83	202	47	411	830
1978	87	202	71	380	781
1979	81	231	113	436	844
1980	97	298	209	499	938
1981	152	374	242	505	968
1982	229	400	245	...	...
1983	311[e]	...	...	...	...

[a] Nicht arbeitslos gemeldete Ausländer, die eine Beschäftigung suchen oder illegal beschäftigt sind (Schattenwirtschaft). — [b] Schätzung auf der Basis der Wanderungsstatistik sowie der Erwerbsquoten vor dem Anwerbestopp sowie der Beschäftigungsentwicklung nach dem Anwerbestopp. — [c] Unter der Annahme einer durchschnittlichen Verfahrensdauer von drei Jahren bei den jährlich registrierten Neuanträgen. — [d] Schätzungen auf der Basis der als Tatverdächtige in Erscheinung getretenen Illegalen sowie spezifischer Kriminalitätsbelastungsziffern. — [e] 31. Januar 1983

Quelle: Tabelle A 3 sowie eigene Berechnungen und Schätzungen.

Lebensunterhalt anspruchsberechtigt sind, hat im Zeitverlauf nicht ab-, sondern zugenommen (vgl. Tabelle 3). Dies läßt mehrere Deutungen zu (Ausweitung der Leistungen sowie des anspruchsberechtigten Personenkreises, steigende Ungleichheit in der Einkommensverteilung), soll aber in diesem Zusammenhang unerörtert bleiben (vgl. hierzu Monatsberichte, April 1983, 36 – 44).

Tabelle 3: Personen und Haushalte mit Empfängern laufender Hilfe zum Lebensunterhalt aus der Sozialhilfe nach Alter und Nationalität des Haushaltsvorstandes (außerhalb von Anstalten)[a]

Jahr	Personen	Veränderung gegenüber Vorjahr	Anspruchsberechtigte Personen pro Haushalt	darunter nach dem Alter des Haushaltsvorstandes[b] von				darunter: Ausländer[c]	
				unter 21 Jahre		21 bis unter 25 Jahre			
	absolut	in vH		absolut	in vH Sp. 2	absolut	in vH Sp. 2	absolut	in vH Sp. 2
1	2	3	4	5	6	7	8	9	10
1965	704 815	—	1,62	33 566	4,8	7 599	1,1	9 422	1,3
1966	718 966	2,0	1,64	33 479	4,7	7 647	1,1	9 780	1,4
1967	782 307	8,8	1,72	34 834	4,5	9 659	1,2	11 453	1,5
1968	743 664	−4,9	1,69	35 201	4,7	9 203	1,2	11 825	1,6
1969	707 352	−4,9	1,66	35 416	5,0	8 721	1,2	11 840	1,7
1970	697 565	−1,4	1,64	35 581	5,1	9 246	1,3	10 655	1,5
1971	747 725	7,2	1,65	37 052	5,0	10 619	1,4	12 149	1,6
1972	809 115	8,2	1,67	38 487	4,8	12 951	1,6	13 552	1,7
1973	861 121	6,4	1,71	41 839	4,9	15 268	1,8	15 751	1,8
1974	999 131	16,0	1,76	48 599	4,9	23 608	2,4	26 652	2,7
1975	1 133 530	13,5	1,79	59 704	5,3	31 908	2,8	32 768	2,9
1976	1 221 775	7,8	1,81	67 612	5,5	37 477	3,1	39 504	3,2
1977	1 302 040	6,6	1,82	77 402	5,9	45 023	3,5	45 178	3,5
1978	1 275 068	−2,1	1,78	85 368	6,7	48 239	3,8	57 472	4,5
1979	1 243 302	−2,5	1,72	87 971	7,1	52 823	4,2	82 514	6,6
1980	1 254 194	0,9	1,65	90 708	7,2	64 266	5,1	132 324	10,6
1981	1 224 942	−2,3	1,62	90 128	7,4	66 848	5,5	140 103	11,4

[a] Ohne Nichtseßhafte. — [b] Bei Einzelpersonen nach dem Alter des Hilfeempfängers, bei „Sonstigen Mehrpersonenhaushalten" nach dem Alter des ältesten Hilfeempfängers. — [c] Einschließlich Staatenloser.

Quelle: Statistisches Bundesamt, Fachserie 13, Reihe 2: Sozialhilfe. — Eigene Berechnungen.

Auffällig in Tabelle 3 sind vor allem folgende intertemporale Strukturverschiebungen:

— der Anteil der jugendlichen Sozialhilfeempfänger als Haushaltsvorstand nimmt vorrangig in den siebziger Jahren zu;
— der Anteil der ausländischen Sozialhilfeempfänger nimmt in den siebziger Jahren deutlich, von 1979 auf 1980 sogar drastisch zu. Letzteres ist sehr wahrscheinlich auch oder sogar vorrangig ein Reflex asylrechtlicher Arbeitsmarktzugangsänderungen von Mitte 1980. Die Anzahl der deutschen Sozialhilfeempfänger ist seit Ende der siebziger Jahre absolut rückläufig.

Gleichwohl: sind dies bereits Frühboten von Segmentierungstendenzen auf dem Arbeitsmarkt, so wie er ist, und Menetekel in Hinblick darauf, wohin er sich entwickeln wird?

4. Segmentierungstendenzen auf dem Arbeitsmarkt bei deutlich zunehmender und nicht nur vorübergehender Arbeitslosigkeit

Wie bereits dargelegt (Kapitel 2.1.1.), hat die Vermutung, daß die anhaltende Wachstumsschwäche vorrangig auf zunehmende Disproportionalitäten in der Einkommensverteilung und daraus resultierend in der Einkommensverwendung zurückzuführen ist, einen hohen Plausibilitätsgrad (vgl. auch Gutachten 1983, 23 – 34). Diese Wachstumsschwäche war mit einem Aufbrechen eines aufgestauten sektoralen Strukturwandels verbunden (Kapitel 2.2.2.). Strukturschwächen haben in erheblichem Umfang Arbeitskräfte freigesetzt, ohne daß diese von Wachstumsbereichen absorbiert wurden. Diese Entwicklung wird durch die demographische Komponente überlagert und verschärft.

Hierbei ist nicht nur eine zunehmende Disproportionalität zwischen der Angebotssituation der Produktionsfaktoren und den Faktorpreisrelationen zu konstatieren. Auch innerhalb der Lohnstruktur haben die Gewerkschaften seit Beginn der siebziger Jahre zum Teil sehr erfolgreich versucht, durch Sockelbeträge bei den unteren Einkommensgruppen die (vertikale) Lohnstruktur zu nivellieren. Bei anhaltender Wachstumsschwäche hat dies für die so ,,Begünstigten" fatale Konsequenzen, denn ,,dann erweisen sich die Löhne in den unteren Lohnklassen im Vergleich zur Menge vorhandener Arbeiter mit nur geringen Qualifikationen als zu hoch und verstärken die Arbeitslosigkeit dieser Gruppen" (Gutachten 1983, 27). Anders gewendet: bei vorgegebenen Reallöhnen setzt das Beschäftigungssystem jene Arbeitskräfte frei, deren Grenzwertprodukt im Vergleich dazu niedriger ist. Aus diesem Grund neigt der Anpassungsvorgang bei steigender und anhaltender Arbeitslosigkeit zu branchen- und schichtenspezifischer Segmentierung: er selektiert nach den marginalen Branchen, Unternehmen, Berufs- und Qualifikationsstufen.

Was die herabgesetzte Absorptionsfähigkeit des Beschäftigungssystems bei anhaltender Wachstumsschwäche anlangt, so hat ein breit gefächerter Bestandsschutz für die Arbeitsplatzbesitzer (vgl. S. 28) ein übriges getan, um die Flexibilität und Reagibilität des Beschäftigungssystems herabzusetzen. Die Einstiegschancen der Neuankömmlinge auf dem Arbeitsmarkt sind dadurch drastisch gemindert.

4.1. Jugendliche Erwerbspersonen

Die durch die Bildungsreform hochgesteckten Erwartungen von Jugendlichen treffen nunmehr zunehmend auf Warteschlangen beim Einstieg in den Arbeitsmarkt. Die Entwicklung der Arbeitslosenquoten nach Altersgruppen (Schaubild 16) zeigt eine zunehmende Divergenz zwischen den Altersgruppen. Bis zu Beginn der Depression im Jahr 1974 dominierten in der Arbeitslosenstatistik die Altersgruppen der 55 bis unter 65jährigen, die Arbeitslosenquoten der übrigen Altersgruppen unterschieden sich kaum und waren vernachlässigbar gering. Die hohen Arbeitslosenquoten der hohen Altersgruppen waren kein Reflex mangelnden Bestandsschutzes: mit 60 Jahren können sozialversicherungspflichtige Arbeitnehmer ein vorgezogenes Altersruhegeld beantragen, wenn sie ein Jahr ununterbrochen arbeitslos gewesen sind (sog. „Rente 59"). Dagegen sind die „etablierten" Jahrgänge der 35 bis unter 55jährigen von der Arbeitslosigkeit stets unterproportional betroffen gewesen. Deutlich zugenommen hat hingegen das Arbeitslosigkeitsrisiko der Einstiegsjahrgänge der unter 25jährigen, wobei sich in jüngster Zeit eine besonders starke Zunahme des Arbeitslosigkeitsrisikos bei den unter 20jährigen abzuzeichnen beginnt. Neben den psychologischen Folgen eines „Fehlstarts" ins Berufsleben hat die Arbeitslosigkeit für diesen Personenkreis eine spezifische Konsequenz. Der Übergang in die Arbeitslosigkeit erfolgt meist nahtlos nach Abschluß der Schulpflicht, die ihrerseits nicht als sozialversicherungspflichtiges Beschäftigungsverhältnis gilt. Dieser Personenkreis hat demnach keinen Anspruch auf Versicherungsleistungen; bei — eigener/ oder — Bedürftigkeit der unterhaltspflichtigen Eltern sind die Regelleistungen der Sozialhilfe das erste und letzte soziale Netz.

Das Ausmaß der Jugendarbeitslosigkeit ist bisher in nicht unerheblichem Umfang „verdeckt" worden (Schaubild 17). Im folgenden wurde versucht, jenen Personenkreis an Jugendlichen der Altersgruppe der unter 20jährigen sowie der 20 bis unter 25jährigen einzugrenzen, die weder in einem regulären Schul- und/oder Ausbildungsverhältnis noch im Erwerbsleben stehen (von der Haar, Stark-von der Haar, 1982, 24 – 47). In der Altersgruppe der unter 20jährigen repräsentieren die registrierten Arbeitslosen 1980 nur ein Viertel des so abgegrenzten Segments; weitaus mehr Jugendliche sind in Park- und Warteschleifen staatlicher Auffangmaßnahmen angesiedelt[1]. Nicht ganz einzusehen ist allerdings, weshalb

1 Hierunter zählen die Autoren: Arbeitsbeschaffungsmaßnahmen (ABM) für Jugendliche, Berufsgrundbildungsjahr (BGJ), Maßnahmen der beruflichen und sozialen Eingliederung (MBSE) für ausländische Jugendliche sowie das freiwillige soziale Jahr (FSJ).

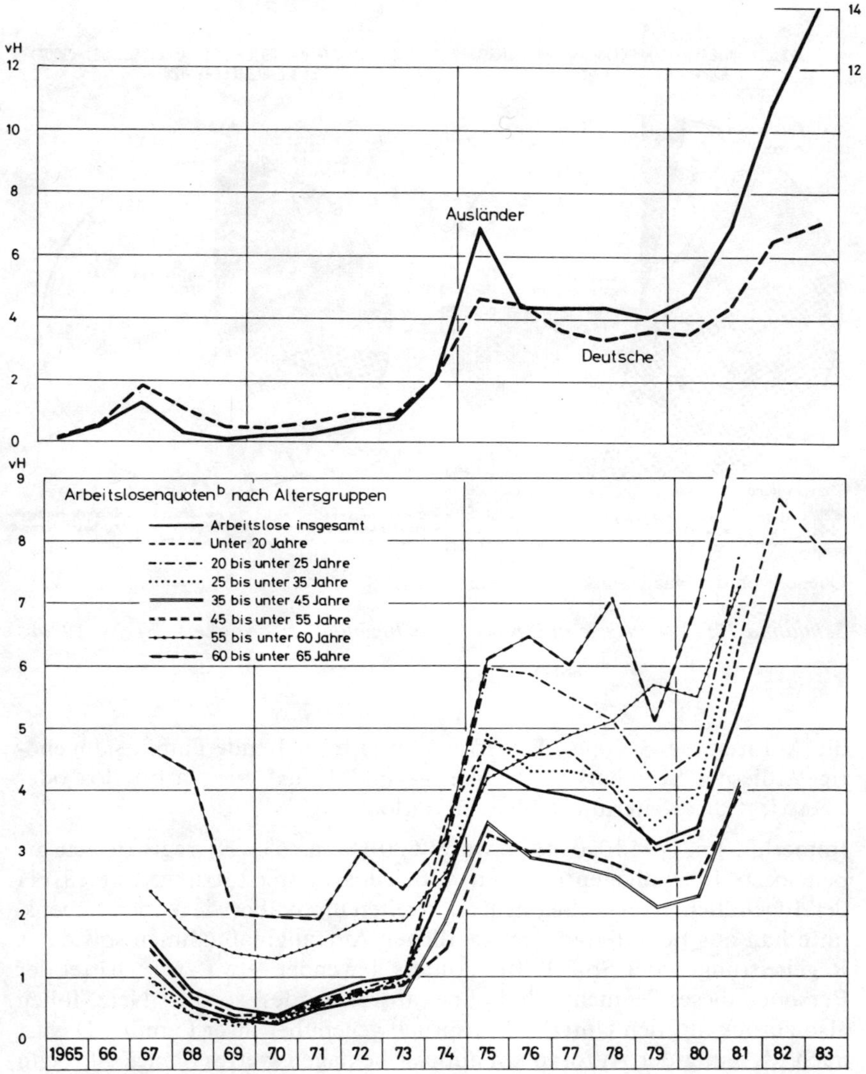

[a] Anteil der deutschen bzw. ausländischen Arbeitslosen an den sozialversicherungspflichtig beschäftigten deutschen bzw. ausländischen Arbeitnehmern in vH, Stichtag jeweils der 30. Juni.
[b] Anteil der Arbeitslosen insgesamt an den insgesamt sozialversicherungspflichtig beschäftigten Arbeitnehmern in vH, Stichtag jeweils der 30. September.

Quelle: Amtliche Nachrichten der Bundesanstalt für Arbeit, lfd. Jahrgänge; Institut für Arbeitsmarkt- und Berufsforschung der Bundesanstalt für Arbeit; Beiträge zur Arbeitsmarkt- und Berufsforschung, Arbeitsmarktstatistische Zahlen in Zeitreihenform, Jahreszahlen für die Bundesrepublik Deutschland. — Ausgabe 1981

Schaubild 16: Arbeitslosenquoten[a] der Ausländer und Deutschen von 1965 – 1983

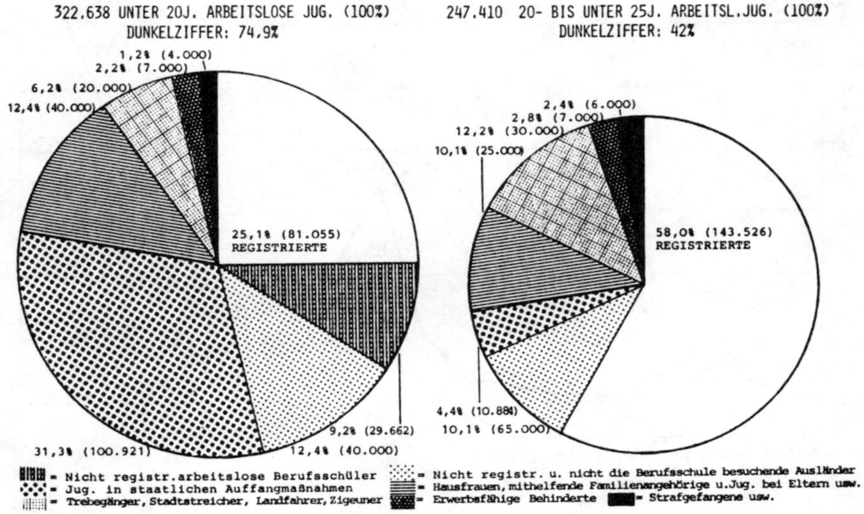

Quelle: von der Haar, Stark-von der Haar, 1982, S. 45

Schaubild 17: *Verdeckte und registrierte Jugendarbeitslosigkeit (Herbst 1980)*

die Autoren die Gruppe ,,Hausfrauen und mithelfende Familienangehörige" diesem Segment zuschlagen — sind Hausfrauen arbeitslos oder überwiegt das Kriterium fehlender Entlohnung?

Immerhin knapp 50000 der etwa 80000 (= ca. 63 vH) registrierten arbeitslosen Jugendlichen erhalten Arbeitslosenunterstützung; nur 18 vH der Jugendlichen dieses Segments bestreiten ihren überwiegenden Lebensunterhalt aus Beihilfen in den staatlichen Auffangmaßnahmen sowie aus Regelleistungen der Sozialhilfe. Anders gewendet: etwa zwei Drittel der Personen dieses Segments sind ohne (ausreichendes) soziales Netz, fallen also zurück auf den Unterhaltsanspruch gegenüber ihrer Familie. Das ist nach Meinung der Autoren ein äußerst beklagenswertes Schicksal, denn dies ,,zwingt sie wieder in die *persönliche Abhängigkeit*, indem sie auf Almosen und Gnade der Familie angewiesen sind. Es ist verständlich, wenn die betroffenen arbeitslosen Jugendlichen hierauf mit Fluchtverhalten (Auswandern, Alkohol, Droge, ,,Früh-Ehe" und Trebe) reagieren" (von der Haar, Stark-von der Haar, 1982, 148, Unterstreichung der Autoren). Dies ist ein konsequenter Weg zur Eleminierung des Subsidiaritätsprinzips und hin zur Inflationierung von Ansprüchen gegenüber einer anony-

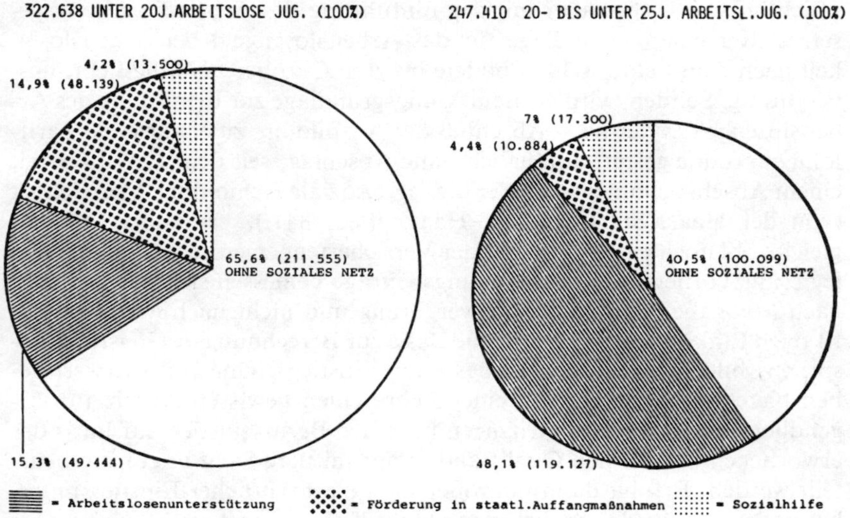

Quelle: von der Haar, Stark-von der Haar, 1982, S. 185

Schaubild 18: Arbeitslose Jugendliche mit und ohne soziales Netz 1980

misierten Solidargemeinschaft mit Zwangsmitgliedschaft: „Selbsthilfe und Eigenverantwortlichkeit anstelle sozialstaatlicher Sicherung mit einklagbaren Rechtsansprüchen ... wäre ein Rückschritt ins Mittelalter" (Niedrig, 1983, 83). Offensichtlich entwickelt diese Gesellschaft zunehmend Schwierigkeiten, ihre *eigene* Jugend zu integrieren. Das Markenzeichen „no future" hat schon seine Berechtigung, aber nicht als Krise des Systems, sondern als Krise jener Lotsen, die dieses System in den Abschwung gesteuert haben. Dagegen ist selbst die Marktwirtschaft nicht gefeit — leider!

Bei der Altersgruppe der 20 bis unter 25jährigen beträgt der Anteil der registrierten Arbeitslosen an dem untersuchten Segment fast 60 vH; der Anteil der Jugendlichen ohne soziales Netz reduziert sich auf 40 vH (Schaubild 17 und 18). Insgesamt stellt sich die Situation der schulentlassenen Jugendlichen in Hinblick auf das soziale Netz erheblich ungünstiger dar als für jene Jugendlichen, die erfolgreich ein Lehrverhältnis beendet haben, und dieser Personenkreis dürfte bei den 20 bis unter 25jährigen erheblich größer sein als bei den unter 20jährigen. Vor 1969 war die Beschäftigung in einem Lehrverhältnis nicht arbeitslosenversicherungspflichtig, wurde dies aber mit der Einführung des Arbeitsförderungsgesetzes. Bemessungsgrundlage für das Arbeitslosengeld bei Arbeitslosigkeit nach dem Lehrabschluß bildete bis zum Oktober 1974 die Lehrlingsvergütung. Seitdem wird als Bemessungsgrundlage zur Ermittlung des Arbeitslosengeldes der nach Abschluß der Ausbildung zu erwartende Tariflohn zugrunde gelegt, anfänglich ohne Abschlag, seit dem 1. 1. 1978 mit einem Abschlag von 25 vH. Wer dies als ,,soziale Demontage" bezeichnet (von der Haar, Stark-von der Haar, 1982, 84f.), verkennt, daß hier gleichwohl noch eine gegenüber der Versichertengemeinschaft hohe Privilegierung vorliegt: die Versicherungsbeiträge bemessen sich nach wie vor nach Maßgabe der Ausbildungsvergütung und nicht nach Maßgabe der fiktiven Einkommenshöhe, die die Basis zur Berechnung des Leistungsanspruchs bildet. Neben den verbesserten Einstiegschancen ins Erwerbsleben bietet die Absolvierung einer Lehre einen gewissen Anreiz für Jugendliche, auch wenn die Chancen für einen Berufseinstieg auf Basis der erworbenen beruflichen Qualifikation auf mittlere Sicht ungünstig beurteilt werden. Erfolgt dann in großer Zahl ein beruflicher Einstieg unterhalb oder jenseits der erworbenen Qualifikation, so ist ein Staueffekt bis weit in die neunziger Jahre zu erwarten. Frisch Qualifizierte konkurrieren weiterhin mit jenen, die in beruflichen oder sonstigen Park- und Warteschleifen nach wie vor einen Einstieg in das ursprünglich avisierte Berufsfeld anstreben. Zum vertikalen Sickereffekt (vgl. S. 28 und 38) tritt ein intertemporaler hinzu. Eine Entzerrungstendenz wird sich auf dem Arbeitsmarkt nur langsam und auch nur langfristig abzeichnen.

4.2. Ausländische Erwerbspersonen

Ähnlich wie in der Vergangenheit werden sich auch künftig die Beschäftigungschancen für ausländische Arbeitskräfte rapide verschlechtern:

— zum einen sind sie vorrangig in Wirtschaftsbereichen beschäftigt, die vom sektoralen Strukturwandel negativ betroffen sein werden (vgl. Kapitel 2.2.2.);
— zum anderen sind ihre Tätigkeiten infolge einer Nivellierung der Lohnhierarchie besonders starkem Rationalisierungsdruck ausgesetzt, da Tätigkeitsfelder überwiegen, die keine oder nur geringe berufsqualifizierende Abschlüsse erfordern (vgl. S. 34), und damit schwerpunktmäßig im unteren Teil der Lohnhierarchie angesiedelt sind (zur ,,Segmentierung nach unten" vgl. S. 67 und 79).

Diese doppelte Segmentierungstendenz hat in der Arbeitslosenstatistik bereits deutliche Spuren hinterlassen (vgl. Schaubild 16 oben sowie Tabelle 2). Bis zum Anwerbestopp war die Arbeitslosenquote der ausländischen Arbeitskräfte stets — und während der Rezession 1967 ausgeprägt — niedriger als die der deutschen Arbeitnehmer, seitdem haben sich die Verhältnisse — mit Ausnahme des Jahres 1976 — umgekehrt. Seit Anfang der achtziger Jahre ist die Schere in der Arbeitslosenquote zwischen den ausländischen und deutschen Arbeitskräften ständig weiter auseinandergeklafft. Diese Tendenz wird nicht nur andauern, sondern sich voraussichtlich noch beschleunigen.

Von der zunehmenden Arbeitslosigkeit ausländischer Erwerbstätiger sind weibliche Ausländer in sehr viel stärkerem Maße betroffen als männliche (Schaubild 19). Bei den männlichen Ausländern aus den ehemaligen Anwerbeländern (ohne Italien) sind nur die Türken höher von der Arbeitslosigkeit betroffen als der Durchschnitt der Ausländer (Stand Juni 1981, Schaubild 19), die Arbeitslosenquote der Jugoslawen, Spanier und Portugiesen ist hingegen niedriger als die der deutschen Arbeitnehmer. Deutlich höher als die Arbeitslosenquoten bei männlichen Arbeitskräften aus den ehemaligen Anwerbeländern stellt sich jedoch die Arbeitslosenquote der männlichen Ausländer aus den übrigen Ländern dar.

Deutlich anders stellt sich das Bild bei den ausländischen Frauen dar (Schaubild 19): unter den arbeitslosen weiblichen Ausländern dominiert die Arbeitlosigkeit der Türkinnen, die der weiblichen Ausländer aus den übrigen Ländern ist stark unterproportional.

Ausländische Arbeitskräfte, die der Sozialversicherungspflicht unterlegen haben, erhalten zunächst — nach der Dauer der Beitragszahlungen gestaffelt — bis maximal zu einem Jahr Arbeitslosengeld und danach — bei Bedürftigkeit (Subsidiaritätsprinzip) auch Arbeitslosenhilfe, dies allerdings zeitlich nicht unbegrenzt. Voraussetzung zum Bezug von Arbeitslosenhilfe (und -geld) ist die Verfügbarkeit für den Arbeitsmarkt. Die Verfügbarkeit kann verneint werden, wenn dem ausländischen Arbeitnehmer der nach seinen Kenntnissen und Fähigkeiten und nach dem Umfang seiner Arbeitsbereitschaft zugängliche Arbeitsmarkt verschlossen ist (§ 103, Abs. 1, Nr. 1 Arbeitsförderungsgesetz), mit der Maßgabe, daß der Anspruch auf Arbeitslosenhilfe erlischt. Um dies festzustellen, bedarf es jedoch mindestens einjähriger Vermittlungsbemühungen der Bundesanstalt für Arbeit (Becker, Braasch, 1980, 92f.). Hat das Arbeitsamt (rechtskräftig) die Verfügbarkeit verneint, erlischt der Anspruch auf Arbeitslosenhilfe. Da die Sozialhilfe nach dem Territorialprinzip gewährt wird, haben arbeitslose Ausländer dann — bei Bedürftigkeit — Anspruch auf Sozial-

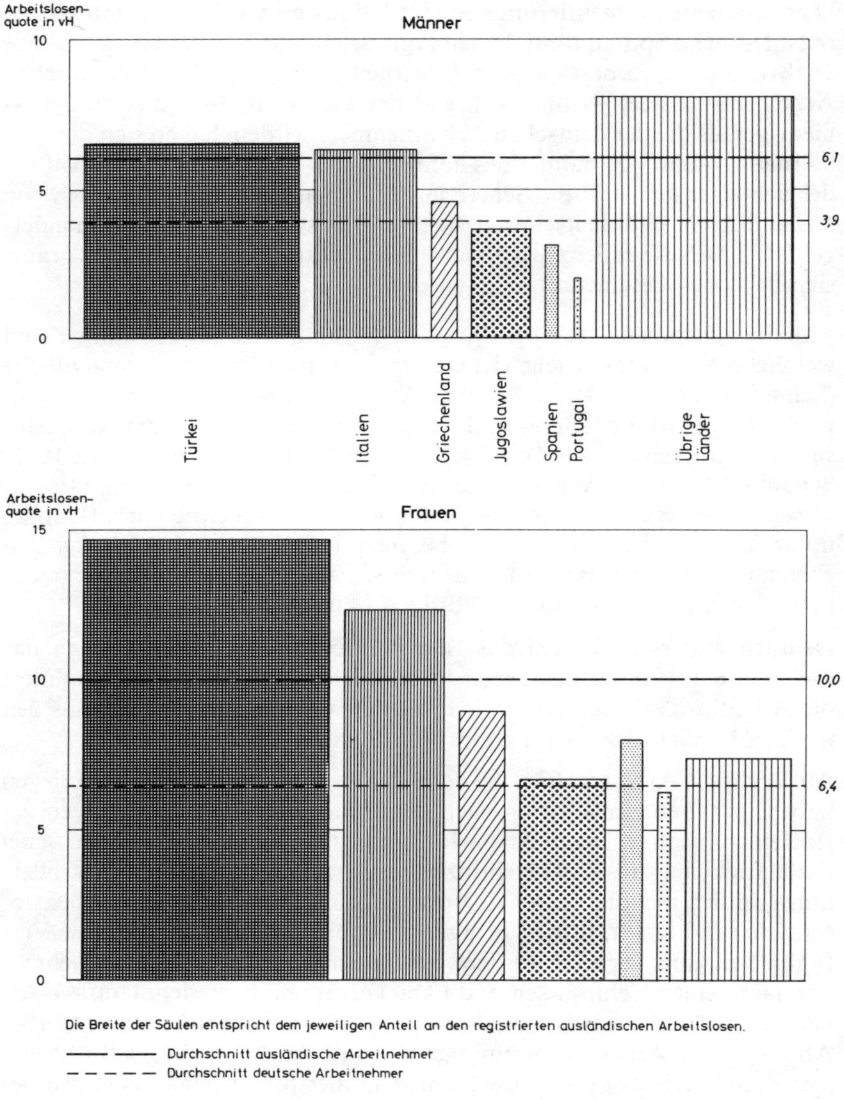

Quelle: Auszug und Umrechnung Tabelle A 4

Schaubild 19: Struktur der registrierten ausländischen Arbeitslosen nach dem Geschlecht und der Staatsangehörigkeit im Juni 1981

hilfe. Stammen die ausländischen Arbeitslosen und ihre Angehörigen aus Ländern außerhalb der Europäischen Gemeinschaft, so stellt der Bezug von Sozialhilfe dann allerdings einen Grund zur Einleitung aufenthaltsbeendender Maßnahmen dar (§ 10, Abs. 1 Ausländergesetz):

,,Ein Ausländer kann ausgewiesen werden, wenn ...

2. er wegen einer Straftat oder wegen einer Tat verurteilt worden ist, die im Geltungsbereich dieses Gesetzes eine Straftat wäre, ...

5. er gegen eine Vorschrift über die Ausübung eines Berufs oder Gewerbes oder einer unselbständigen Erwerbstätigkeit verstößt, ...

10. er den Lebensunterhalt für sich und seine unterhaltsberechtigten Angehörigen nicht ohne Inanspruchnahme der Sozialhilfe bestreiten kann oder bestreitet. ...“

Eine Aufenthaltsberechtigung (vgl. S. 20f.) schützt vor einer Ausweisung auf Basis der Punkte 5. und 10., nicht jedoch gegen eine Ausweisung auf der Basis von Punkt 2 (Begehung und Aburteilung einer Straftat).

Wer diesen ausländerrechtlichen Bestimmungen von vornherein das Etikett ,,inhuman“ aufdrücken möchte, sei daran erinnert, daß in das den Deutschen verfassungsrechtlich gewährte Recht auf Freizügigkeit (Artikel 11 GG) gemäß dem grundgesetzlichen Gesetzesvorbehalt dann eingegriffen werden darf (Absatz II), wenn

(1) eine ausreichende Lebensgrundlage nicht vorhanden ist und der Allgemeinheit daraus besondere Lasten entstehen würden;

(2) die Einschränkung erforderlich ist ... um strafbaren Handlungen vorzubeugen.

Dieser sehr weit gehende Gesetzesvorbehalt ermöglicht es, selbst für solche Deutschen, die in der DDR oder im Ausland politisch verfolgt werden, das Recht auf Zuzug in das Bundesgebiet bis hin zu einem Verbot der Einreise einzuschränken (Philipp, 1981, 1859). Von diesem Gesetzesvorbehalt ist auch zumindest teilweise schon Gebrauch gemacht worden. Ein hier zu nennender klassischer Fall ist das Gesetz über die Notaufnahme von Deutschen in das Bundesgebiet vom 22. 8. 1950. Dieses Gesetz befaßte sich mit der Regulierung des damals sehr starken Flüchtlingsstroms aus der sowjetischen Besatzungszone und schränkte die Freizügigkeit gegenüber diesen Deutschen in mehrfacher Hinsicht unter Berufung auf Art. 11, II GG empfindlich ein. Staatsräson also nur gegenüber dem eigenen Volke, Gesinnungsethik aber gegenüber dem Rest der Welt? Auch sollte die quantitative Komponente nicht ganz aus dem Auge verloren werden. Die Sozialhilfe als ,,Hilfe zum Lebensunterhalt“ gewährt als Regelsatz im Bundesdurchschnitt 338,— DM im Monat und erstattet die laufenden Aufwendungen für Wohnung (Miete und vergleichbare Kosten) in Höhe der tatsächlichen Kosten, hinzu treten Mehrbedarfszuschläge — gestaffelt nach dem Alter — für Familienangehörige zwischen 152,— und 304,— DM (Monatsberichte, April 1983, 37)[2].

Eine repräsentative Erhebung unter den Eltern von ausländischen Jugendlichen hinsichtlich ihres früheren Status im Heimatland kam zu folgendem Ergebnis (Schrader u. a., 1979, 77): ,,Der Nettomonatsverdienst als weiteres Kriterium für die Messung des Sozialstatus im Heimatland lag bei weit über der Hälfte der befragten Eltern unter umgerechnet 300,— DM und nur 10 vH konnten einen Monatsverdienst von über 600,— DM angeben. ... So geben auch neun von zehn Eltern ausschließlich finanzielle Gründe oder eben Arbeitslosigkeit als Aufenthaltsgrund in der BRD an.'' Der ökonomische Anreiz (sicher gibt es andere, die in eine andere Richtung weisen), die Bundesrepublik wegen der Überleitung auf die Sozialhilfe zu verlassen, ist also denkbar gering.

Andererseits sind die Auswirkungen der Arbeitslosigkeit ausländischer Arbeitnehmer von zunehmendem Gewicht. Bei (mindestens) 311 000 arbeitslosen Ausländern Anfang 1983 (Tabelle 2) ist absehbar, daß die Regelleistungen der Bundesanstalt für Arbeit bei der sich abzeichnenden Arbeitsmarktentwicklung (vgl. Kapitel 3.1.) eingestellt werden. Geht man von der wohl realistischen Annahme aus, daß pro ausländischen Arbeitslosen gut zwei Familienangehörige vorhanden sind, so wird sich die Zahl der Sozialhilfeempfänger der Leistungskategorie ,,Hilfen zum Lebensunterhalt'' (Tabelle 3) innerhalb kürzester Zeit in etwa verdoppeln. Es gehört wenig Phantasie dazu, sich die Konsequenzen für die Haushalte der Träger der Sozialhilfe — die kommunalen Gebietskörperschaften — auszumalen.

Angesichts der Gesamtentwicklung muß die Frage gestellt und beantwortet werden, ob bei langandauernder Arbeitslosigkeit dem Aufenthaltsrecht ausländischer Erwerbspersonen nicht die Basis infolge eines Fortfalls der Geschäftsgrundlage entzogen worden ist. Sind die Wiedereingliederungschancen in das Erwerbsleben für arbeitslose ausländische Er-

2 Da die Arbeitslosenhilfe nur marginale Familienmehrbedarfszuschläge vorsieht, kann zusätzlich zur Arbeitslosenhilfe auch Sozialhilfe in Anspruch genommen werden, wenn deren familienorientierte Regelsätze den gewährten Anspruch auf Arbeitslosenhilfe übersteigen. Ein Auslaufen des Anspruchs auf Arbeitslosenhilfe hat dann lediglich zur Folge, daß sich die Zahlungspflicht von der Bundesanstalt für Arbeit auf die kommunalen Gebietskörperschaften verlagert.

[illegible] besonders hoch, so sind die Eingliederungs-[illegible]n für jugendliche Ausländer eher noch pessi-[illegible] Hier liegt wohl auch der eigentliche gesell-[illegible] Kern der Diskussion.

4.3. Das Kernproblem der doppelten Schnittmenge: Jugendliche Ausländer — eine Zeitbombe?

Als besonders chancenlos stellt sich die Eingliederungsmöglichkeit in den deutschen Arbeitsmarkt für jenen Personenkreis dar, der diese segmentierenden Eigenschaften in sich vereinigt: für die ausländischen Jugendlichen. Bei den gravierenden Defiziten der schulischen und beruflichen Ausbildung, die sich perpetuieren (vgl. Kapitel 2.1.2.), sowie der voraussichtlichen Entwicklung auf dem Arbeitsmarkt (vgl. Kapitel 2.2.2. und 3) haben sie nicht nur keine ,,gesicherte'' Lebensperspektive, sondern in der überwiegenden Mehrheit überhaupt keine Lebensperspektive außer jener, sich in das wachsende Millionenheer der Empfänger von Sozialhilfe einzureihen, sofern dies als tolerable Einwicklung betrachtet wird. Diese Entwicklungslinie ist häufig als ,,tickende Zeitbombe'' bezeichnet worden und steht im krassen Gegensatz zu manchen Hoffnungen und Erwartungen.

Jene ,,gesellschaftspolitisch relevanten Kräfte'', die stets so vehement die ,,gesicherte Lebensperspektive'' für jenen Personenkreis gefordert haben, müssen sich schon fragen lassen, auf welche Geschäftsgrundlage dieses Ansinnen sich denn gründet. Das Recht auf Familiennachzug war in Hinblick auf Art. 6 GG gestattet worden (vgl. S. 7f.), von einer ,,gesicherten Lebensperspektive'' ist weder dort noch in irgend einem anderen Artikel des Grundgesetzes die Rede. ,,Gesicherte Lebensperspektive'' ist eine jener Wortschöpfungen aus der Ära der Vollkasko-Mentalität, die Wunschträume formulierte und Realität mißachtete, wenn nicht gar verachtete.

In der Realität läuft die Entwicklung dahin, daß sich immer größere Randgruppen herausbilden, bei denen sich die ,,sozio-ökonomischen Schnittmengen und Berührungspunkte'' mit der ,,bodenständigen Bevölkerung'' im Zeitablauf nicht vergrößern, sondern sich im Gegenteil vermindern. In der Sprache der Soziologen nennt man dies wohl einen Prozeß der ,,Unterschichtung'' (Schrader u.a., 1979, 22–26). Wenn nicht alle Untersuchungsergebnisse und Anzeichen trügen, befindet sich die Bundesrepublik nicht auf dem Weg in eine „multikulturelle", sondern auf dem in eine „randgruppenständige Gesellschaft". Es bedarf keiner ausgeprägten Phantasie, um die Eigendynamik dieses Entwicklungsprozesses zu erkennen. Wem es gleichwohl an Phantasie ermangelt, hätte reichlich Gelegenheit, die „front-line" von Amsterdam, Beirut, Brixton, Londonderry oder New York zu studieren. Diese Liste ließe sich beliebig verlängern (vgl. u.a. Quaritsch, 1982, 73). Die Integrations-Konzepte müssen weitgehend scheitern, weil ihre Fundamente, insbesondere in Hinblick auf den Arbeitsmarkt, auf Flugsand errichtet worden sind.

Erwartungen und Hoffnungen geweckt und eskaliert zu haben und auch jetzt noch zu propagieren, die mit Sicherheit an der Wirklichkeit vorbei konzipiert wurden, ist nicht ein Gütezeichen von Menschlichkeit, sondern von mangelnder Vernunft. Es ist dies die Solidität eines Kaufmanns, der fleißig Wechsel ausstellt in der Gewißheit, nicht über hinreichende Mittel zu verfügen, auch nur einen einzigen einlösen zu können. Irgendwann freilich gehen diese Wechsel zu Protest. Derartige Kaufleute pflegt man Bankrotteure zu nennen. — Wo aber Gaukler ihre Vorstellung beenden, da werden Sprüche zu Ansprüchen und Ansprüche zu Geschäftsgrundlagen. Dies freilich nur so lange, als die Zuschauer bereit sind, die dann allfällige Zeche zu begleichen.

Wenn die Eingliederungschancen der ausländischen Jugendlichen auf dem offiziellen Arbeitsmarkt sowie auf dem sekundären Arbeitsmarkt, egal ob im legalen oder illegalen Segment (vgl. Kapitel 3.4.), derart gering sind, könnte die Wahrscheinlichkeit zunehmen, daß ein Einstieg in die Schattenwirtschaft verstärkt dort gesucht wird, wo so etwas wie das Say'sche Theorem zum Tragen kommt, demzufolge sich das Angebot seine Nachfrage schafft. Gemeint ist jener Teil der Untergrundwirtschaft, bei dem nicht die mangelnde Offenbarung, sondern die Tätigkeit als solche im kriminellen Umfeld angesiedelt ist. Gemeint ist also die „klassische" Untergrundwirtschaft, die man als eine Art „quartären" Arbeitsmarkt bezeichnen könnte. Bevor dies speziell für die ausländischen Jugendlichen geprüft wird, soll allgemein der Frage nachgegangen werden, ob und welche Zusammenhänge zwischen Wirtschafts- und Kriminalitätsentwicklung aufgezeigt werden können.

5. Wirtschafts- und Kriminalitätsentwicklung

Über einen Zusammenhang zwischen Kriminalitäts- und Wirtschaftsentwicklung ist bereits relativ früh nachgedacht worden, und die meisten, die darüber forschten, hypothetisierten, daß — getreu dem Sprichwort, daß Müßiggang aller Laster Anfang sei und Not kein Gebot kenne — der Zusammenhang ein negativer sei: je schlechter die Wirtschaftslage, um so höher die Kriminalität und umgekehrt. Doch ganz so einfach stellen sich die Dinge nicht dar.

5.1. Gibt es eine „Konjunkturkriminalität"?

Die Weltwirtschaft sieht sich mit der stärksten und längsten wirtschaftlichen Rezession seit Ende des Zweiten Weltkrieges und mit einem wachsenden Heer von Arbeitslosen konfrontiert, die auch auf mittlere Sicht keine Chance haben werden, in den Arbeitsprozeß eingegliedert zu werden. Finanzielle und nicht-materielle Auswirkungen der Arbeitslosigkeit fördern, je länger die Krise anhält, je härter sie den einzelnen trifft und je geringer die Möglichkeit wird, Spannungen dieser Art in gesellschaftskonformer Weise abzubauen, in verstärktem Maße ein von der gesellschaftlichen Norm abweichendes Verhalten. Eine fast zwangsläufige Folge wirtschaftlicher Depression könnte deshalb in einer erhöhten Anfälligkeit für Kriminalität gesehen werden, insbesondere die große Zahl an Jugendlichen, die sich mit dem Problem „unbegrenzter" Freizeit auseinander zu setzen haben, lassen einen Anstieg der Jugendkriminalität befürchten (Martens 1978, 3).

Ob sich aber ein ursächlicher Zusammenhang zwischen wirtschaftlicher Entwicklung und Kriminalität empirisch nachweisen läßt, ist umstritten, obwohl dieser vermutete Zusammenhang schon seit langem Gegenstand wissenschaftlicher Untersuchungen ist. Die bisherigen Ergebnisse aber sind in ihrer Tendenz uneinheitlich, die verwendeten Indikatoren für die wirtschaftliche Entwicklung zu unterschiedlich — dies gilt vor allem für Studien aus der Zeit vor dem Zweiten Weltkrieg — als daß sich hieraus generelle Aussagen ableiten ließen, ob überhaupt und wie stark die Kriminalitätsentwicklung durch die Wirtschaftsentwicklung beeinflußt wird. Neuere Untersuchungen (z. B. Rager, Schwind/Ciesinger), die als Indikator auf die Arbeitslosigkeit abstellen, scheinen einen gewissen Zusammenhang nachzuweisen. Der Anteil Arbeitsloser an der Gesamtzahl der Straftatverdächtigen ist überproportional hoch. Die Beschränkung dieser Studien auf Arbeitslosigkeit als *Ursache* läßt allerdings weitere mögliche (soziale) Bestimmungsgründe für Kriminalität unberücksichtigt, was — ganz abgesehen von der Schwierigkeit bei der Ermittlung von gesichertem Datenmaterial (Dunkelziffern; echte, aber nicht registrierte Arbeitslosigkeit) — als nicht gänzlich unproblematisch erscheint. Kiminalität und Arbeitslosigkeit könnten beispielsweise gemeinsame und bisher unbekannte Ursachen haben oder — Ursache-Wirkung gerade umgedreht — frühere Straffälligkeit könnte erst zu Arbeitslosigkeit geführt haben. Zwar kommen die meisten — wenngleich auch nicht alle — Untersuchungen zu dem Ergebnis, daß in wirtschaftlichen Krisenzeiten der Anteil der Arbeitslosen an den Tatverdächtigen schneller ansteigt als die Arbeitslosigkeit selbst. Aber selbst wenn es zutrifft, daß die Kriminalitätsbelastung der Arbeitslosen höher ist als die der Restbevölkerung und die Kriminalität durch eine Zunahme der Arbeitslosigkeit steigt, so folgt daraus nicht zwingend, daß die Kriminalität insgesamt infolge der Arbeitslosigkeit zunimmt: denn auf die (noch) Erwerbstätigen kann die Zunahme der Arbeitslosigkeit durchaus disziplinierend wirken: Deliquenz kann den Arbeitsplatz kosten und so die individuellen Deliktfolgekosten erhöhen und daher kriminalitätsmindernd wirken. Welcher Effekt überwiegt, ist dabei offenbar auch raum- und zeitabhängig.

Derzeitiger Erkenntnisstand

Schon Anfang des 19. Jahrhunderts stellte *Quetelet* (Belgien, 1869, 279) fest, daß Massenelend als Folge wirtschaftlicher Erscheinungen zu einem Anstieg der Kriminalität führt, ohne jedoch exakte Angaben hinsichtlich der damaligen Wirtschaftslage machen zu können. Auch *Russel* (England, 1847, 38) beobachtete bei der Auswertung der Kriminalstatistik Englands und Wales' für das Krisenjahr 1842 eine Parallelität der Wirtschafts- und Kriminalitätsentwicklung. *Georg von Mayr* (Deutschland, 1867, 42) konnte für die Periode von 1835 bis 1861 nachweisen, daß eine wirtschaftliche Krisensituation zu erhöhter Kriminalität führt. Er benutzte als Indikator der wirtschaftlichen Entwicklung die Roggenpreise und stellte fest, daß jeder „Sechser", um den dieser Preis schwankt, einen Diebstahl mehr oder weniger (bezogen auf 100000 Einwohner Bayerns) induzierte. Negativ korreliert mit der wirtschaftlichen Entwicklung erschienen ihm dagegen Verbrechen und Vergehen gegen Personen.

Mit zunehmender Industrialisierung nahm die Bedeutung der Getreidepreise als Indikator der Wirtschaftlage ab. *Lafargue* (Frankreich, 1890, 107) benutzte einen Mittelwert aus der Höhe der Mehlpreise und der Anzahl der Konkurse. Als weitere Indikatoren wurden der Gesamt-Großhandelsindex (Esslinger, 1927) und die Reallöhne (Renger, 1933) herangezogen und mit der Entwicklung verschiedener Deliktgruppen verglichen, was wiederum einen signifikanten Zusammenhang zwischen der Anzahl der Vermögensdelikte und der wirtschaftlichen Situation aufzeigte. *Roesner* (Deutschland, 1930) konnte für den Zeitraum von 1882 bis 1913 eine weitgehende Parallelität zwischen dem trendbereinigten Verlauf der Diebstahlskriminalität und den jeweiligen Schwankungen der zwei von ihm gewählten Konjunkturindikatoren Großhandelspreisindex für Lebensmittel und für Industriestoffe nachweisen.

Gleitze (Deutschland, 1941) konnte für die Zeit der Weltwirtschaftskrise konjunkturzyklische Kriminalitätsentwicklung für einzelne Deliktarten nachweisen, wobei einzelne Delikte während der Krise eine Zunahme, andere wiederum eine Abnahme der Kriminalität zu verzeichnen hatten. Eine Aussage über die quantitative Stärke des Konjunktureinflusses sowie über den Anteil der Arbeitslosen an der Gesamtzahl der Tatverdächtigen konnte er jedoch nicht treffen. *Exner* (Deutschland, 1949, 81) kommt in einer Untersuchung des gleichen Zeitraums zu der Schlußfolgerung, daß eine Differenz von einer Million Arbeitslosen ein Mehr oder Weniger von 10000 Diebstahlsverurteilungen verursacht hat. Untersuchungen im Ausland ergaben für dieselbe Zeit allerdings entgegengesetzte Ergebnisse. *Maller* (USA, 1937) beobachtete im Höhepunkt der Krise eine Abnahme der Straftaten und *Reiwald* (Schweiz, 1948, 147) stellte fest, daß die Kriminalität während der Krise erheblich abgenommen hat.

Unmittelbar nach dem Zweiten Weltkrieg war ein starker Anstieg der Gesamtkriminalität zu beobachten (Schaffstein, 1965, 53). Insbesondere die Jugendkriminalität zeigte einen nie gekannten Höchststand (Bader, 1949). *Beermann* (Deutschland, 1952, 256) stellte in einer Untersuchung der Jugendkriminalität in Hamburg fest, daß ein Drittel aller von dieser Altersgruppe zwischen 1945 und 1951 begangenen Straftaten aus reiner materieller Not heraus begangen wurde. Rund 16 vH der jugendlichen Straftäter waren arbeitslos, obwohl die entsprechende Arbeitslosenquote nur bei 2 bis 4 vH lag, wobei sich diese Arbeitslosen weniger durch erhöhte kriminelle Energie als vielmehr durch eine erhöhte Rückfallquote auszeichneten.

Ab 1954 war dann allerdings trotz eines raschen Abbaus der Arbeitslosigkeit bei allen Altersgruppen ein weiterer Anstieg der Kriminalität zu beobachten. Während früher bei bestimmten Delikten in wirtschaftlichen Krisenzeiten eine Steigerung zu beobachten war, so konnte jetzt trotz wirtschaftlichen Aufschwungs eine weitere Zunahme der Straftatenhäufigkeit registriert werden, so daß alle späteren Untersuchungen sich mit der sogenannten „Wohlstandskriminalität" beschäftigten. Eine Ursache für diese Wohlstandskriminalität wurde vorrangig in der fortschreitenden Industrialisierung und der durch sie geförderten Urbanisierung gesehen. Die Anonymität der Städte und die Konzentration großer materieller Werte erleichtert und fördert danach die Begehung von Straftaten. Wo materieller Besitz als höchstes Ziel angesehen wird, wird „relative Armut" als besonders bedrückend empfunden. Nach *Hellmer* (1963, 108) ist daher die Vermögenskriminalität nicht dort am größten, wo die Armut am größten ist, sondern dort, wo materieller Besitz als höchstes Gut gilt, mag der Wohlstand auch noch so groß sein. Kriminelles Verhalten, das nicht zielgerichtet zur Befriedigung materieller Bedürfnisse bestimmt ist, sondern sich vorrangig, insbesondere bei jungen Menschen, aus einem Mangel an geistigen Idealen, einem Überfluß an unausgefüllter Freizeit sowie aus fehlendem Lebensmut und Verantwortung in Verbindung mit steigendem Alkohol- und Drogenkonsum, erklärt, das primär die Handlung eher als solche anstrebt und den damit erzielbaren Erfolg als Nebenergebnis betrachtet, all dies wird als ein Kennzeichen der Wohlstandskriminalität betrachtet (Schäfer, 1965; Kaiser, 1966, 340).

Erst die Rezession zum Beginn der siebziger Jahre offenbarte, daß auch in modernen Wirtschaftssystemen mit sozialen Notständen wie hoher Arbeitslosigkeit gerechnet werden muß, woraufhin in der wissenschaftlichen Forschung die Untersuchung des Zusammenhangs zwischen Arbeitslosigkeit und deren gesellschaftspolitischen Wirkungen wieder in den Mittelpunkt rückte. *Steinhilper* (Deutschland, 1976) verglich für die Bundesrepublik und einzelne Bundesländer die Zahl der registrierten Arbeitslosen mit der jeweiligen Kriminalitätshäufigkeitszahl und kam zu dem Ergebnis, daß aus diesen Statistiken ein Zusammenhang nicht nachweisbar ist. Steinhilper führt dies darauf zurück, daß bei derart großräumigen Vergleichen möglicherweise nachweisbare Unterschiede in Einzelregionen auf Landesebene nivelliert werden.

Eine Sonderuntersuchung des Bayrischen Landeskriminalamtes (Rager, 1977) über die Entwicklung der Jugendkriminalität für die Jahre 1973 bis 1976 kommt zu dem Ergebnis, daß innerhalb dieses Zeitraumes die Zahl der arbeitslosen Tatverdächtigen (14 bis 21 Jahre) erheblich zunahm, allerdings nicht ganz so stark wie die Arbeitslosenquote, während die Jugendkriminalität insgesamt nur um 1 vH (relativ) aufgrund einer stärkeren Zuwachsrate der weiblichen Tatverdächtigen anstieg. Männliche arbeitslose Jugendliche begehen im Vergleich zur Gruppe der Berufstätigen wesentlich häufiger schwere als einfache Diebstähle.

Eine Untersuchung der Kriminalpolizei Essen (Martens, 1978, 29) über den Zeitraum der ersten 9 Monate des Jahres 1975 konnte allerdings keinen so großen Anteil der Arbeitslosen an der Gesamtkriminalität nachweisen. Nur etwa 1 vH der Gesamttatverdächtigen könnte nach Ansicht der Verfasser als Folge ihrer Erwerbslosigkeit straffällig geworden sein. Die relativ niedrige Zahl der arbeitslosen Tatverdächtigen mag darauf zurückzuführen sein, daß beim Arbeitsamt nur als vermittlungsfähig registrierte Tatverdächtige als Arbeitslose eingestuft wurden.

Schwind/Ciesinger (1978) werteten eine Befragung von Tatverdächtigen aus, die die Bochumer Polizei 1975 durchgeführt hatte. Sie stellten fest, daß rd. 33 vH der Tatverdächtigen und sogar rd. 43 vH der heranwachsenden Tatverdächtigen (18 – 21) arbeitslos waren, obwohl die Arbeitslosenquote im Stadtgebiet Bochum 1975 bei nur rund 5 vH lag. Wieviele der arbeitslosen Tatverdächtigen bereits vorbestraft waren, geht aus der Bochumer Untersuchung allerdings nicht hervor.

Die wohl ausführlichste Untersuchung stammt von *Martens* (1978) und behandelt den Zeitraum von 1971 (Hochkonjunktur) bis 1976 (damaliger Höhepunkt der Rezession). Nach der Erarbeitung von zehn Arbeitshypothesen wird der Versuch unternommen, diese anhand empirischer Daten zu überprüfen. Trotz eines festgestellten weit überproportionalen Anteils der Arbeitslosen an der Gesamtzahl der Straftatverdächtigen konnte die Frage nach der Ursächlichkeit der Arbeitslosigkeit für die Delinquenz nicht endgültig beantwortet werden. Die vertiefende Untersuchung der Jugendkriminalität vermittelt zwar einige neue Erkenntnisse, insbesondere in Bezug auf die Deliktdifferenzierung, bestätigt aber nicht viel mehr als die Existenz einer vermuteten Konjunkturkriminalität (Martens, 1978, 179 ff.).

Untersuchungen aus dem Ausland sind in ihren Ergebnissen ebenso uneinheitlich. *Jones* (USA, 1932) konnte für einen Zeitraum von 1920 bis 1931 eine Entwicklung der Diebstahlsdelikte beobachten, die mit der Entwicklung der Arbeitslosenquote korrespondierte. Allerdings war dieser Trend für die jugendlichen Tatverdächtigen nicht konsistent: ab 1929 war deren Trend rückläufig. *Spector* (USA, 1975) konnte keinerlei signifikanten Zusammenhang feststellen. Eine Untersuchung von *Glaser, Rice* (1959) für die fünfziger Jahre in den USA stellte ebenfalls eine rückläufige Entwicklung der Jugendkriminalität in Zeiten ökonomischer Krisen fest. Auch *Dörmann* (Deutschland, 1975, 356 ff.) kommt in einer Analyse der registrierten Kinder- und Jugendkriminalität bis zum Jahr 1974 zu ähnlichen Ergebnissen. *Cloward, Ohlin* (USA, 1960, 84 f.) suchen dies so zu erklären, daß für Jugendliche in Prosperitätsperioden die Kluft zwischen Anspruchsniveau und realem Handlungsspielraum größer sei als in Zeiten ökonomischer Krisen.

Zwei neuere Untersuchungen aus dem Ausland legen einen engen Zusammenhang zwischen Konjunktur- und Kriminalitätsentwicklung nahe. *Brenner* (USA, 1976) untersuchte für die USA, Kanada, England, Wales und Schottland den Zeitraum von 1900 bis 1970. Als Indikator wählte er die Zahl der Beschäftigten, den Arbeitslohn, das Pro-Kopf-Einkommen und die Inflationsrate. Als Ergebnis stellte er fest, daß wirtschaftliche Unbeständigkeit und Ungleichheit die wichtigsten Bestimmungsgründe für Trendschwankungen in der Kriminalstatistik darstellen. 90 vH aller derartigen Trendveränderungen können nach Brenner mit dem gemeinsamen Index aus Arbeitslosigkeit, Wachstums- und Inflationsrate erklärt werden.

Cormack (England, 1976) konnte in einer Studie in einem Teil des schottischen Industriegürtels feststellen, daß der Anteil der Arbeitslosen an der Tatverdächtigenzahl in den Jahren 1974 und 1975 unverhältnismäßig hoch war, z. B. bei Gewaltdelikten 22 vH, bei Eigentumsdelikten 29 vH, und damit weit über der Arbeitslosenquote von 5,1 vH lag.

Bezugnehmend auf die schon früher angesprochenen Indikatorprobleme bei der Beschreibung der jeweiligen wirtschaftlichen Situation sei zum Abschluß noch ein wichtiger Vorschlag von *Lander* (USA, 1954) und ähnlich auch *Guttentag* (USA, 1968) erwähnt, der sich nicht nur auf rein wirtschaftliche Folgen der Konjunkturschwankungen beschränkt. Sie benutzten als sozioökonomischen Indikator die herrschenden Wohnverhältnisse (Zustand der Häuser, Miethöhe, Personendichte pro Wohnung) sowie das Schulbildungsniveau und als Anomie (Stör)- Indikator: Einwohnerfluktuation, Arbeitslosenquote, Anteil von Hauseigentümern und die ethnische Zusammensetzung der Bevölkerung eines Stadtteils. Erst wenn ungünstige Wohnverhältnisse mit einer anomischen Sozialstruktur zusammentreffen, steigt die Verbrechensrate steil an. Danach bestimmt eher der Mikrokosmos sozioökonomischer Strukturen kriminalistisches Verhalten; der Makrokosmos setzt dabei eher die Rahmenbedingungen, aber auch nicht mehr.

Die Arbeitslosenquote als Indikator der Konjunkturentwicklung zu wählen, erscheint aufgrund unserer Untersuchung des Zeitraums von 1964 bis

1981 als vertretbar (Schaubild 20). Die Kurven der Arbeitslosenquote und der Kapazitätsunterauslastung verlaufen mit ihren Minima und Maxima gleichgerichtet. Um den allgemeinen Trend des Kriminalitätsanstiegs aus der Analyse auszuklammern, wurden die prozentualen Abweichungen vom Trend der Delikthäufigkeit dargestellt. Die Beschränkung auf die Entwicklung der Gesamtkriminalität gestaltet einen Vergleich, wie auch bei anderen Untersuchungen, äußerst problematisch, da sich bei einer solchen Aggregation Unterschiede in der Konjunkturempfindlichkeit einzelner Deliktgruppen gegenseitig nivellieren oder aber auch verstärken können. Trotzdem wird ein gewisser Zusammenhang zwischen dem Verlauf der Kapazitätsunterauslastung und der Delikthäufigkeit ersichtlich. Wachsende Kapazitätsunterauslastung ging mit Ausnahme des Jahres 1970 immer mit einem Anstieg der Delikthäufigkeit einher, eine günstige Kapazitätsauslastung scheint mit einer gleichzeitigen Abnahme des Kriminalitätsanstiegs verbunden gewesen zu sein.

Insgesamt betrachtet, rechtfertigen die bislang vorliegenden Untersuchungen wohl folgende Erwartung: bei anhaltender Rezession muß durchaus mit einem — gemessen am Trend — überproportionalen Anstieg der Delikthäufigkeit gerechnet werden. Allerdings bewegen sich diese Abweichungen vom Trend in vergleichsweise engem Rahmen; mit einer massiven Zunahme der Delikthäufigkeit im Gefolge zunehmender und hoher Arbeitslosigkeit ist nicht zu rechnen. Dies gilt jedoch nur bei generalisierender Betrachtungsweise.

Im übrigen scheinen Änderungen des sozioökonomischen Umfeldes in Teilbereichen der Gesellschaft einen sehr viel ausgeprägteren Einfluß auf Häufigkeit und Richtung kriminellen Verhaltens auszuüben.

5.2. Kriminalitätsentwicklung bei deutschen Jugendlichen

Bei einer Untersuchung der Kriminalitätsbelastung[1] und Kriminalitätsentwicklung ist deren Alters- und Nationalitätenabhängigkeit zu berücksichtigen. Heranwachsende, Jugendliche ab 16 Jahren und Jungerwachsene von 21 bis 25 Jahren weisen bezogen auf ihren Bevölkerungsteil die

1 Die Kriminalitätsbelastung errechnet sich aus der Zahl der Tatverdächtigen bezogen auf je 100000 Einwohner des jeweils entsprechenden Bevölkerungsteils (ohne Kinder unter 8 Jahren).

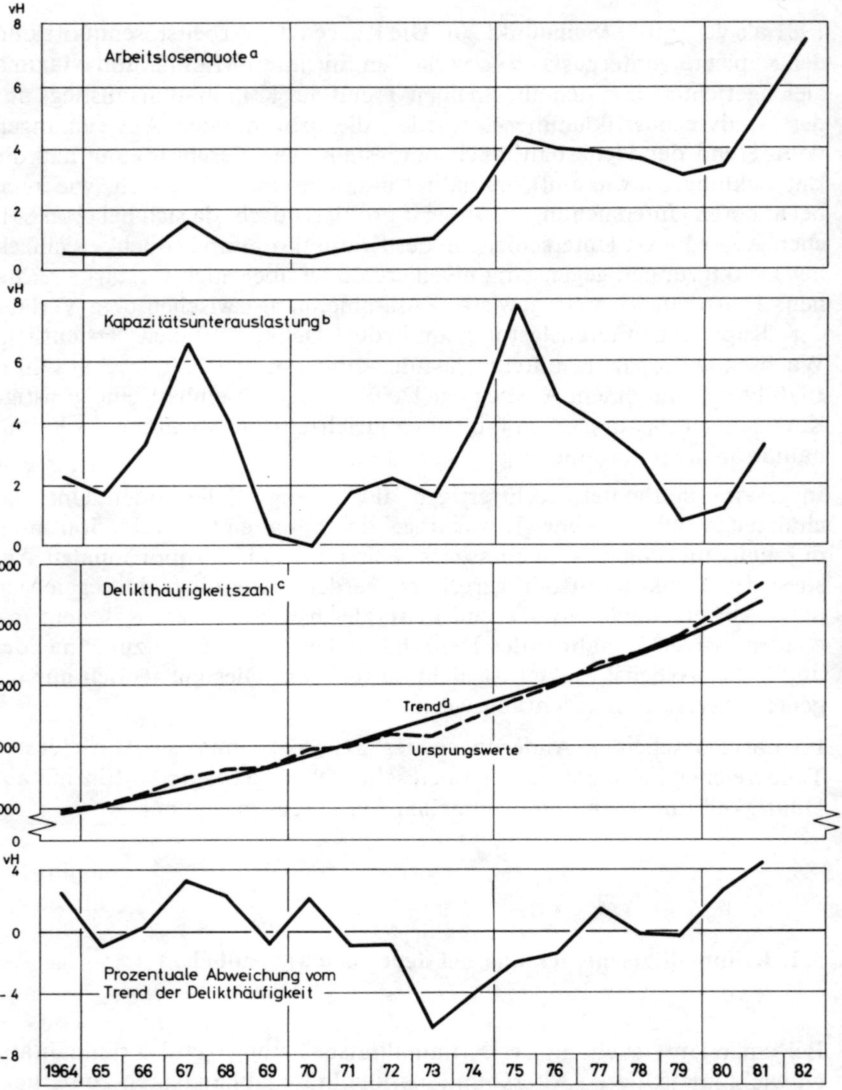

a Anteil der Arbeitslosen an den sozialversicherungspflichtig beschäftigten Arbeitnehmern in vH, Stichtag jeweils der 30. September. – b Ungenutztes Produktionspotential in vH des Gesamtpotentials. – c Anzahl der Delikte pro einhunderttausend Einwohner (ohne Kinder unter 8 Jahren). – d Trendfunktion $y = a \cdot e^{bx}$; a = 2929,66, b = 0,05, r^2 = 0,99.

Quelle: Amtliche Nachrichten der Bundesanstalt für Arbeit, lfd. Jahrgänge; Statistisches Bundesamt, unveröffentlichtes Zahlenmaterial (SVR), Polizeiliche Kriminalstatistik, lfd. Jahrgänge. — Eigene Berechnungen.

Schaubild 20: Konjunktur- und Kriminalitätsentwicklung in der Bundesrepublik Deutschland

… 60 Jahren die geringste statistische Delin- … länder sind generell stärker belastet als Deut- … Es existiert eine quasi glockenförmige Verteilung der Kriminalitätsbelastung über das Alter, wobei diese Belastung mit dem Alter zunimmt, bis sie dann bei den Heranwachsenden von 18 bis unter 21 Jahren ihren Höhepunkt erreicht und dann kontinuierlich abnimmt. Für den Zeitraum der Dekade 1971 bis 1982 und die Alterstruktur der gesamten männlichen Wohnbevölkerung[2] wird dies anhand der folgenden Zusammenstellung recht deutlich:

Altersgruppe		Kriminalitätsbelastungszahlen		Jahresdurchschnittliche Änderungsrate in vH
		1971	1982	
Kinder	bis unter 14	2 056,9	2 642,4	2,3
Jugendliche	14 – 16	5 939,5	7 658,5	2,3
	16 – 18	8 278,4	9 989,8	1,7
Heranwachsende	18 – 21	9 325,1	11 782,0	2,1
Erwachsene	21 – 25	7 128,5	9 234,6	2,4
	25 – 30	5 463,0	7 217,7	2,6
	30 – 40	3 464,8	5 563,4	4,4
	40 – 50	2 027,0	3 507,9	5,1
	50 – 60	1 246,9	1 845,2	3,6
	60 und mehr	528,4	878,4	4,7
Insgesamt		3 254,9	4 766,3	3,5

Personen unter 25 Jahren sind mit rund 2,2 vH jahresdurchschnittlicher Zunahme von 1971 bis 1982 nur unterdurchschnittlich am gesamten Kriminalitätsanstieg (3,5 vH) beteiligt, die Zunahme der Delikthäufigkeitszahl der Jugendlichen von 16 bis unter 18 mit 1,7 vH pro Jahr ist die niedrigste aller Altersgruppen. Wenn derzeit die Jugendvollzugsanstalten überquellen, so liegt dies demzufolge nicht an einer vergleichsweise starken Zunahme der ,,Jugendkriminalität'', sondern an der demographischen Komponente (vgl. auch Schaubild 1).

2 Eine Unterscheidung zwischen Deutschen und Ausländern läßt sich für den Zeitraum von 1971 bis 1982 nicht vornehmen, da die Kriminalstatistik altersgruppen- und nationalitätenspezifische Tatverdächtigenzahlen erst ab 1978 ausweist. Die Strafverfolgungsstatistik (Fachserie 10, Reihe 3) differenziert zwar auch nach den Altersgruppen, nicht jedoch hinsichtlich der *Staatsangehörigkeit*.

Bei der Betrachtung einzelner Deliktarten zeigt sich, daß bestimmte Delikte häufiger von Erwachsenen; andere häufiger von Jugendlichen — jeweils bezogen auf ihren Bevölkerungsanteil — begangen werden. Die folgende Analyse bezieht sich auf die deutsche Wohnbevölkerung; wegen der vergleichsweise geringen Bedeutung der Frauen in der Kriminalstatistik wurden nur Männer in die Betrachtung einbezogen (Schaubild 21). Deliktschwerpunkte der Erwachsenen sind Untreue, Straftaten im Amt, Verletzung der Unterhaltspflicht sowie Straftaten gegen strafrechtliche Nebengesetze auf dem Wirtschaftssektor, wo sie relativ häufiger als Jugendliche tatverdächtig werden. Bei allen anderen Deliktarten sind Jugendliche und Jungerwachsene, bezogen auf ihren Bevölkerungsanteil, überproportional vertreten, wobei auch hier Straftatenschwerpunkte erkennbar sind.

Besonders stark überrepräsentiert sind Jugendliche und Heranwachsende bei Diebstahlsdelikten ohne und unter erschwerenden Umständen, wo sie bis über viermal häufiger tatverdächtig werden als der Durchschnitt aller Altersgruppen. Im Vergleich zu allen anderen Deliktgruppen liegen hier auch die absolut höchsten Kriminalitätsbelastungswerte. Im Vergleich zur durchschnittlichen Kriminalitätsintensität ähnlich ungünstig sieht es bei den Delikten Raub, räuberische Erpressung und räuberischer Angriff auf Kraftfahrer, Begünstigung, Strafvereitelung und Hehlerei sowie Sachbeschädigung aus. Auch hier sind Jugendliche und Heranwachsende etwa dreifach überrepräsentiert, bei einer im Vergleich zu den Diebstahldelikten allerdings absolut gesehen relativ niedrigen Kriminalitätsbelastung. Heranwachsende und Jungerwachsene fallen vor allem bei Rauschgiftdelikten aus dem Rahmen, wo sie bis zu sechsmal häufiger tatverdächtig werden als der Durchschnitt aller Altersgruppen.

5.3. Kriminalitätsentwicklung bei jugendlichen Ausländern

Ein Vergleich der tatsächlichen Kriminalitätsbelastung der ausländischen Wohnbevölkerung mit der deutschen ist wegen des doppelten Dunkelfeldes in der polizeilichen Kriminalstatistik und in der Bevölkerungsstatistik nur mit Einschränkungen möglich. So treten in der Kriminalstatistik ausländische Personengruppen in Erscheinung, die in der ausländischen Wohnbevölkerung nicht enthalten sind: illegal anwesende Ausländer, Angehörige der Stationierungsstreitkräfte, Asylbewerber sowie Touristen.

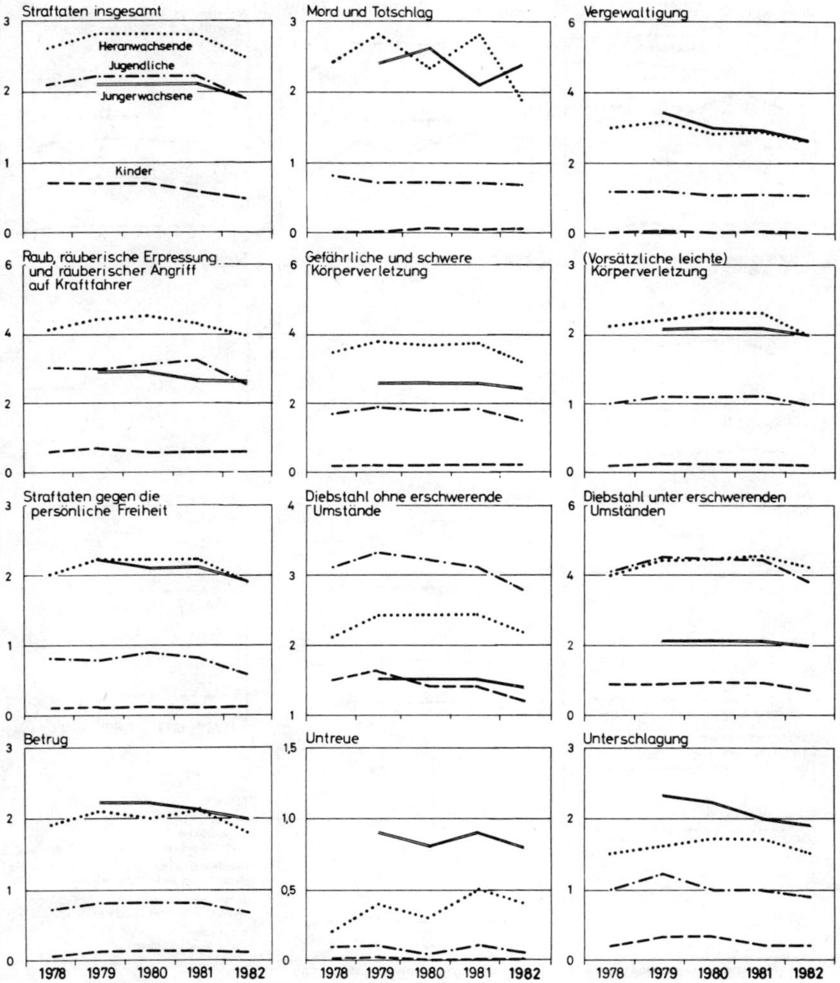

[a] Zahl der ermittelten Tatverdächtigen je 100.000 Einwohner des entsprechenden Bevölkerungsteils.

Quelle: Auszug und Umrechnung der Tabellen A 5 und A 6.

Schaubild 21: Relation der Kriminalitätsbelastungszahlen[a] *ausgewählter deutscher männlicher Tatverdächtigenaltersgruppen zu der aller männlichen deutschen Tatverdächtigen*

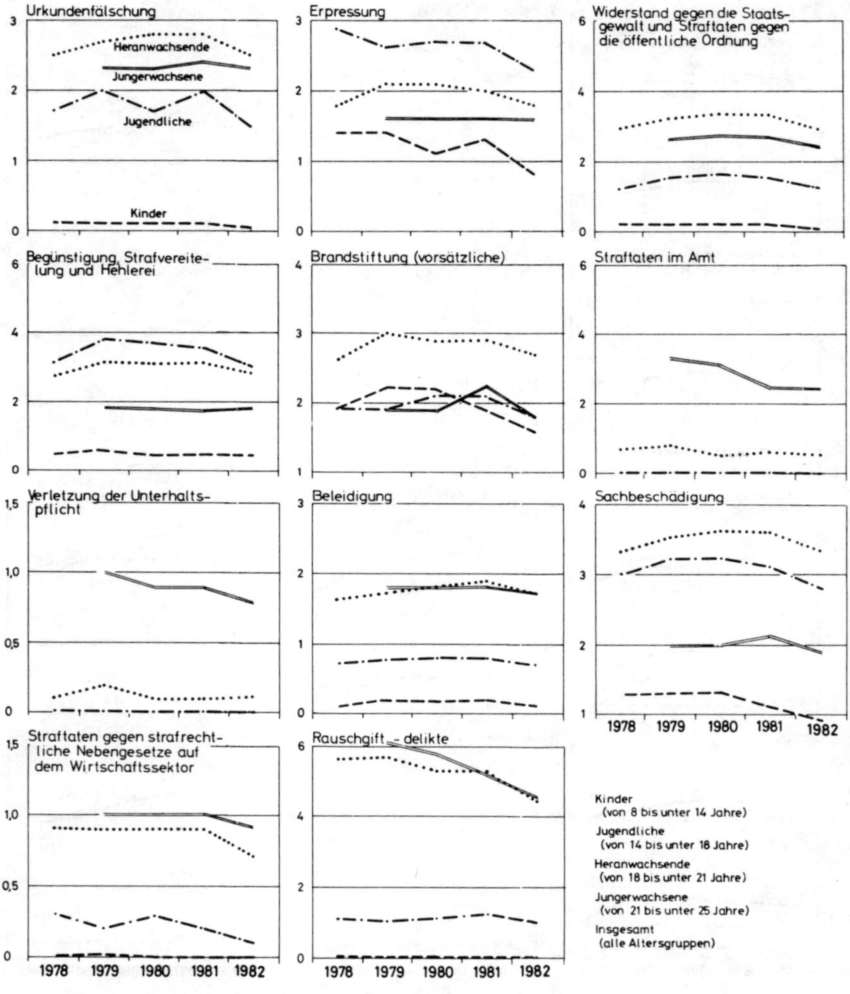

[a] Zahl der ermittelten Tatverdächtigen je 100.000 Einwohner des entsprechenden Bevölkerungsteils.

Quelle: Auszug und Umrechnung der Tabellen A 5 und A 6.

noch Schaubild 21: *Relation der Kriminalitätsbelastungszahlen*[a] *ausgewählter deutscher männlicher Tatverdächtigenaltersgruppen zu der aller männlichen deutschen Tatverdächtigen*

Bereinigt man für 1982 die Zahl der tatverdächtigen Ausländer (252195) um diese Personengruppe, so repräsentieren die verbliebenen tatverdächtigen Ausländer (197867) 12,3 vH der insgesamt ermittelten Tatverdächtigen. Da ihr Anteil an der Wohnbevölkerung 1982 nur 7,6 vH entsprach, war die ausländische Wohnbevölkerung bei den Tatverdächtigen um 62 vH höher repräsentiert, als es ihrem Bevölkerungsanteil entsprochen hätte. Diese Interpretation hätte dann allerdings immer noch die von der deutschen Bevölkerung abweichende Alters-, Geschlechts- und Sozialstruktur der Ausländer zu berücksichtigen (Bulletin, 1982, 366).

Diese Interpretationseinschränkungen entfallen aber weitgehend, wenn ein alters- und geschlechtsspezifischer Vergleich der Kriminalitätsbelastungszahlen vorgenommen wird, der den Gegenstand der folgenden Analyse bildet. Konzentriert sich die Analyse auf die Jugendlichen, so ist dem Dunkelfeld der Kriminalstatistik auch keine allzu gravierende Bedeutung beizumessen: der Täterkreis, der zwar in der Kriminalstatistik, nicht aber bei der Ermittlung der Wohnbevölkerung erfaßt wird, ist in diesen Altersgruppen vernachlässigbar gering (Albrecht, Pfeiffer, 1979, 20 – 30).

Eine detaillierte vergleichende Analyse der relativen Kriminalitätsbelastung deutscher und ausländischer Jugendlicher ist bisher von Albrecht und Pfeiffer (1979, im folgenden A/P abgekürzt) vorgelegt worden. Der von ihnen untersuchte Zeitraum umfaßt die Jahre 1973 bis 1977, die Analyse stützt sich dabei auf die — teils unvollständige — Datenbasis von fünf Großstädten. Die polizeiliche Kriminalstatistik weist die dort dargestellten Merkmale erstmalig ab dem Jahr 1978 aus; die relative Kriminalitätsbelastung deutscher und ausländischer Altersgruppen nach einzelnen Deliktarten wurde für den Zeitraum 1978 bis 1982 in Schaubild 22 zusammengestellt. Wegen des vergleichsweise geringen Umfanges weiblicher Tatverdächtiger wurde die Analyse auf die tatverdächtigen Männer beschränkt. Die so gewonnenen Ergebnisse differieren teilweise erheblich von jenen, die Albrecht und Pfeiffer ermittelt haben, was wohl auch auf den differierenden Zeitraum als auch auf die unterschiedliche Datenbasis zurückgeführt werden kann. Sofern die Ergebnisse stark differieren, wird in der folgenden Analyse darauf hingewiesen. Ein Vergleich der Altersgruppen bei den Straftaten insgesamt vermittelt folgendes Bild:

Kinder (8 bis unter 14 Jahre)

Bei Deutschen wie bei Nichtdeutschen sind die Kriminalitätsbelastungszahlen (im folgenden KBZ abgekürzt) absolut rückläufig, und zwar für Deutsche (im folgenden mit D abgekürzt) wie für Nichtdeutsche (im folgenden mit ND abgekürzt) etwa gleichermaßen. Das Verhältnis ND/D bleibt folglich gleich. Die Kriminalitätsbelastung ist für nichtdeutsche

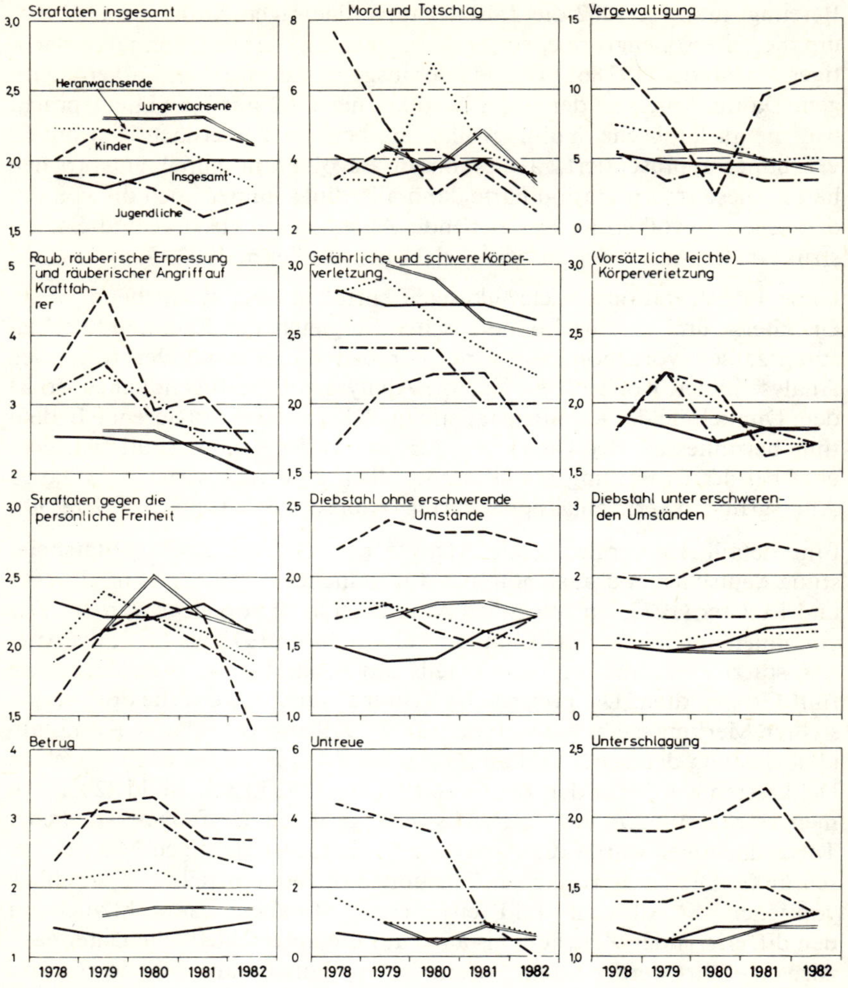

[a] Zahl der ermittelten Tatverdächtigen je 100.000 Einwohner des entsprechenden Bevölkerungsanteils.

Quelle: Auszug und Umrechnung der Tabellen A 5 und A 6.

Schaubild 22: Relation der Kriminalitätsbelastungszahlen[a] nichtdeutscher und deutscher männlicher Tatverdächtiger nach Alters- und Straftatengruppen von 1978 bis 1982

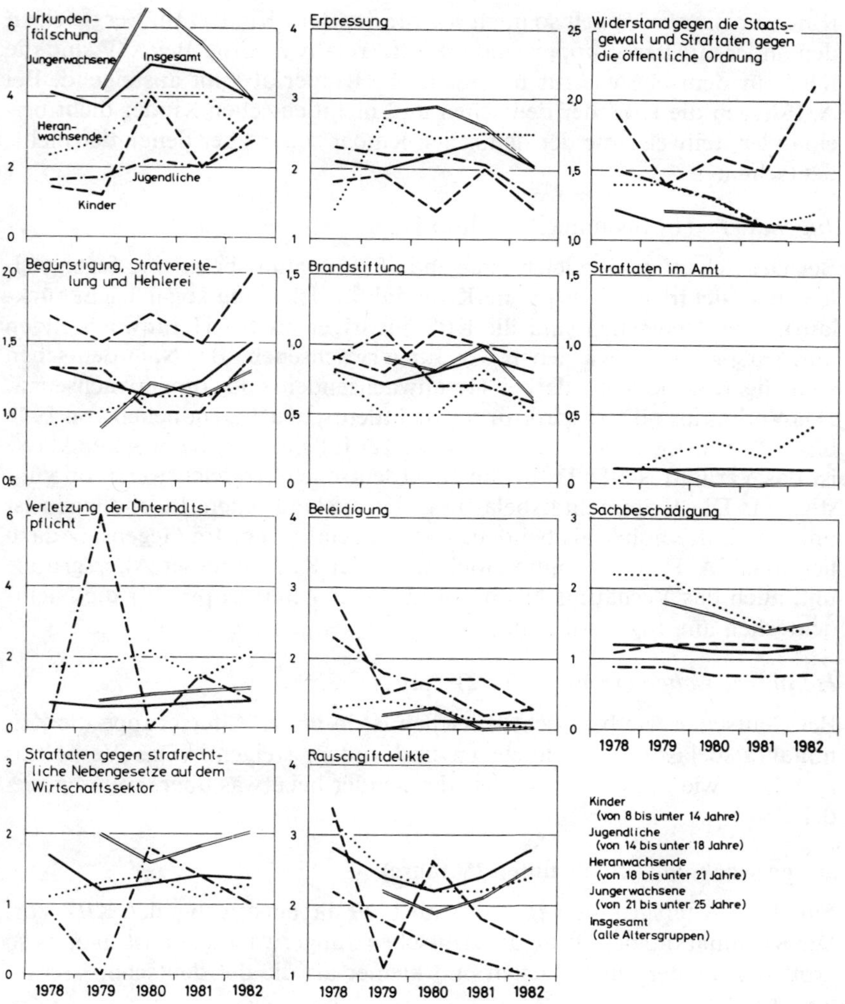

[a] Zahl der ermittelten Tatverdächtigen je 100.000 Einwohner des entsprechenden Bevölkerungsanteils.

Quelle: Auszug und Umrechnung der Tabellen A 5 und A 6.

noch Schaubild 22: Relation der Kriminalitätsbelastungszahlen[a] nichtdeutscher und deutscher männlicher Tatverdächtiger nach Alters- und Straftatengruppen von 1978 bis 1982

Kinder mehr als doppelt so hoch wie für deutsche Kinder. Im Vergleich zu den anderen Altersgruppen sind die KBZ relativ niedrig. Bei A/P sind die KBZ für deutsche wie für nichtdeutsche Kinder absolut ansteigend. Bei A/P liegen die KBZ der deutschen und nichtdeutschen Kinder dicht beieinander, teilweise die der deutschen Kinder sogar über denen der nichtdeutschen.

Jugendliche (14 bis unter 18 Jahre)

Bei Deutschen ist eine leicht steigende Kriminalitätsbelastung festzustellen, bei Nichtdeutschen ist die Kriminalitätsbelastung sogar leicht rückläufig. Bei Deutschen sind die KBZ niedriger als bei Heranwachsenden und entsprechen etwa denen der Jungerwachsenen. Bei Nichtdeutschen sind die KBZ kleiner als bei Heranwachsenden und Jungerwachsenen. Das Verhältnis ND/D wird für die nichtdeutschen Jugendlichen von 1978 bis 1982 günstiger (ND/D von 1,9 auf 1,7 fallend). In dieser Altersklasse ist das Verhältnis ND/D für die Nichtdeutschen vergleichsweise am günstigsten: Die Kriminalitätsbelastung der ausländischen Jugendlichen ist um die Hälfte höher als bei deutschen Jugendlichen. Im Gegensatz dazu liegt nach A/P das absolute Höchstmaß der KBZ in dieser Altersgruppe und auch das Verhältnis ND/D ist in dieser Altersgruppe für die Nichtdeutschen am ungünstigsten.

Heranwachsende (18 bis unter 21 Jahre)

Bei Deutschen wie bei Nichtdeutschen ist in dieser Altersgruppe die Kriminalitätsbelastung am höchsten und zudem steigend. Das Verhältnis ND/D ist wie in der Altersklasse der Kinder bei etwas über zwei angesiedelt.

Jungerwachsene (21 bis unter 25 Jahre)

Für diese Altersgruppe liegen erst ab 1979 die entsprechenden KBZ vor. Die Kriminalitätsbelastung der deutschen Jungerwachsenen ist in etwa so groß wie die der Jugendlichen und kleiner als die der deutschen Heranwachsenden.

Die Kriminalitätsbelastung der nichtdeutschen Jungerwachsenen ist etwas höher als die der nichtdeutschen Jugendlichen und niedriger als die der nichtdeutschen Heranwachsenden. Die Kriminalitätsbelastungszahlen steigen für Deutsche wie für Nichtdeutsche etwa gleichermaßen und damit ist ND/D überwiegend 2,3.

A/P untersuchen in ihrer Arbeit diese Altersgruppe nicht, sie beschäftigen sich nur mit den Altersklassen unter 21 Jahren.

Was die Delinquenzstrukturen anlangt, so fällt auf, daß die ausländischen jugendlichen Jahrgänge insbesondere bei vergleichsweise schweren Delikten (Straftaten gegen das Leben, Vergewaltigung, schwere Körperverletzung und Raub) erheblich (in etwa viermal) stärker belastet sind als deutsche Vergleichsgruppen. In diesen Deliktbereichen tritt allerdings auch die ausländische Wohnbevölkerung insgesamt erheblich häufiger in Erscheinung als die deutsche.

Was den „klassischen" Bereich der Eigentumsdelikte (Diebstahl mit und ohne erschwerende Umstände, Betrug, Untreue und Unterschlagung) anlangt, so sind die jugendlichen Altersgruppen der Ausländer nicht nur deutlich stärker belastet als ihre deutschen Altersgenossen, sondern auch als die ausländische Wohnbevölkerung insgesamt. Kann bei den Roheitsdelikten zum Teil (insbesondere bei den Körperverletzungsdelikten) noch auf eine unterschiedliche ethnische Mentalität hingewiesen werden, so bilden sich bei den Vermögensdelikten Entwicklungen sui generis heraus.

In einem Punkt sind sich Kriminologen und kriminalpolitische Praktiker relativ einig: die bislang schon in Erscheinung getretene relativ hohe Kriminalitätsbelastung ist erst die Spitze dessen, was als Eisberg oder große Welle an Ausländerkriminalität noch bevorsteht. Diese Erwartung stützt sich gemeinhin auf folgende Grundtendenzen:

— die erste Generation kennt die wirtschaftlichen Verhältnisse der Herkunftsländer noch aus eigener Erinnerung und hat ihre wirtschaftliche Situation in der Bundesrepublik als Aufstieg empfunden. Die zweite und dritte Generation ziehen diesen Vergleich nicht mehr, sondern empfinden die ökonomische Situation ihrer Familien im Vergleich zu deutschen Standards eher als unterprivilegiert;
— die Vorstellungen über ihre Stellung im deutschen Wirtschafts- und Sozialleben richten sich für die zweite und dritte Generation eher an der deutschen Struktur als am sozialen Umfeld der Elterngeneration aus. Erwartungshaltung und Eingliederungschancen (die erheblich schlechter sind als für die Elterngeneration) geraten zunehmend in Diskrepanz.

Hieraus resultieren mit hoher Wahrscheinlichkeit Frustrationsstau und Aggressionsdruck, die ein Abgleiten in die Kriminalität begünstigen[3]. Ab-

3 Zu dieser eher pessimistischen Einschätzung der künftigen Entwicklung vgl. insbesondere auch Autorengruppe Ausländerforschung (1981, 133 – 145). Zur kriminalpolitischen Prognose vgl. auch Bundeskriminalamt, Kriminalistisches Institut/Verbindungsstelle zum Prognose-Gremium (Hrsg.), Stand und Entwicklung der Delinquenz ausländischer Jugendlicher, Wiesbaden 1983, Mimeo.

schließend sollen hierzu die Stellungnahmen einiger Autoren wiedergegeben werden. Der LKA-Chef Hamacher äußerte: ,,Bei dieser Ausgangssituation wäre es eine Überraschung, wenn die Ausländerkriminalität nicht immer schneller steigen würde.'' Der Soziologieprofessor Hamburger skizziert die Ausgangslage wie folgt:

,,Junge Ausländer, die schon lange in Deutschland leben, glauben nicht mehr an die Gerechtigkeit in dieser Gesellschaft. Für sie ist Kriminalität eine Form der ,erfolgreichen Anpassung''' (beide zitiert nach Spiegel, 1982, 197). Bereits 1978 warnte der CDU-Abgeordnete Hasinger: ,,Unter uns wächst eine Generation der Hoffnungslosigkeit heran. Diese Generation stößt auf eine Gesellschaft, die mangelnde berufliche Qualifizierung, Arbeitslosigkeit, Isolation, Entwurzelung, Gettoisierung und Abweisung der in ihr wachsenden ausländischen Kinder und Jugendlichen nur oberflächlich und am Rande zur Kenntnis nimmt. Nicht zu erwarten ist, daß die Betroffenen dies auf Dauer hinnehmen werden'' (Zitiert nach Schieren, 1982, 142). Und erst kürzlich umriß Bodenbender (1982, 37) die Entwicklungstendenzen folgendermaßen: ,,Wenn die Entwicklungen so weiterlaufen wie bisher, daß nämlich fast 75 vH aller Ausländerkinder keine berufliche Qualifizierung erhalten, wird in der Bundesrepublik ein neues Subproletariat entstehen. Jeder, der in Kategorien sozialer Prozesse denken kann, der weiß, daß das, was sich hier anbahnt, ,sozialer Zündstoff mit Zeitzünder' ist''.

Der Zündstoff läßt sich schwerlich im nachhinhein beseitigen, allenfalls kann versucht werden, seine Sprengkraft zu mindern. Die sozialen Kontrollinstanzen werden hier vor einer besonderen Herausforderung stehen.

6. Jugendstrafvollzug als „Letzte Instanz“?

Der Durchschlag der vergleichsweise hohen Kriminalitätsbelastung ausländischer Jugendlicher auf den Jugendstrafvollzug beginnt sich bereits abzuzeichnen (Tabelle 4). Der Anteil der Ausländer im Strafvollzug betrug 1982 knapp 10 vH, was ihren Anteil an der Wohnbevölkerung (7,4 vH) nur etwas überstiegen hat. Trägt man der Tatsache Rechnung, daß ein nicht unbedeutender Teil der Strafgefangenen vor Strafantritt nicht der ausländischen Wohnbevölkerung zuzurechnen war (vgl. S. 100), so dürfte die ausländische Wohnbevölkerung in den deutschen Strafanstalten eher unterrepräsentiert gewesen sein.

Beim Jugendstrafvollzug ändert sich der Sachverhalt. Die Altersgruppe der 18 bis unter 21jährigen Ausländer ist im Jugendstrafvollzug 1982 mit 8,1 vH etwas stärker repräsentiert als in der Wohnbevölkerung (6,6 vH). Bei der Altersgruppe der 14 bis unter 18jährigen Ausländer sind diese 1981 mit 12,1 vH bereits doppelt und 1982 mit 15 vH schon fast dreifach so stark vertreten, als es ihrem Bevölkerungsanteil entsprochen hätte (5,9 vH). Die eigentliche Umschwungstendenz wird aber aus der Kombination von differierenden Kriminalitätsbelastungszahlen (Schaubild 22), die in Zukunft eher zu- denn abnehmen werden (vgl. S. 107), sowie der demographischen Komponente (Schaubild 1) erwachsen. Die Wohnbevölkerung, die ins strafmündige Alter hineinwächst, wird drastisch abnehmen, der Anteil der ausländischen Jugendlichen an dieser Wohnbevölkerung aber drastisch zunehmen (in der Spitze auf bis zu 15 vH). Ab Mitte der achtziger Jahre werden sich infolgedessen die Jugendstrafanstalten zu leeren beginnen, der Anteil ausländischer Jugendlicher drastisch zunehmen. Auch hier wird die regionale Konzentrationstendenz voll zum Tragen kommen: in Berlin, Frankfurt und Teilen des Ruhrgebiets kann dann der Anteil der ausländischen Jugendlichen im Jugendstrafvollzug bereits die Mehrheit bilden.

Ob die Jugendstrafanstalten auf diesen raschen Strukturwandel besser vorbereitet sein werden als der schul- und berufsbildende Bereich, kann mit Fug und Recht angezweifelt werden. Es müßte schon an ein Wunder grenzen, wenn der Jugendstrafvollzug mit seinen therapeutischen Möglichkeiten resozialisierenden Behandlungsvollzuges jene „integratorischen Lücken“ wenn nicht beseitigen so doch zumindest mindern könnte, die mit der bisherigen Entwicklung einhergegangen sind. Und was die

Tabelle 4: Männliche Strafgefangene und Sicherungsverwahrte nach Altersgruppen, Staatsangehörigkeit und Art des Vollzuges in der Bundesrepublik Deutschland in den Jahren 1971 bis 1982

Jahr	Freiheitsstrafe[a]			Jugendstrafe[b]									Sicherungsverwahrung			Insges. im Strafvollzug		
	Insges.	Ausländer[c]		von 14 bis unter 18 J.			von 18 bis unter 21 J.			21 Jahre und älter			Insges.	Ausländer		Insges.	Ausländer	
				Insges.	Ausländer		Insges.	Ausländer		Insges.	Ausländer							
	absolut		Quote in vH	absolut		Quote in vH	absolut		Quote in vH	absolut		Quote in vH	absolut		Quote in vH	absolut		Quote in vH
1971	26 753	1 008	3,8	715	17	2,4	2 879	84	2,9	1 211	37	3,1	496	15	3,0	32 054	1 161	3,6
1972	27 060	1 184	4,4	789	30	3,8	2 968	88	3,0	1 224	50	4,1	379	18	4,7	32 420	1 370	4,2
1973	29 074	1 466	5,0	914	36	3,9	3 330	125	3,8	1 378	51	3,7	349	12	3,4	35 045	1 690	4,8
1974	29 894	1 723	5,8	845	29	3,4	3 213	135	4,2	1 459	49	3,4	372	17	4,6	35 783	1 953	5,5
1975	28 090	1 679	6,0	797	41	5,1	3 029	123	4,1	1 448	56	3,9	333	13	3,9	33 697	1 912	5,7
1976	30 628	1 850	6,0	808	54	6,7	3 355	157	4,7	1 622	75	4,6	298	7	2,3	36 711	2 143	5,8
1977	32 543	2 004	6,2	782	49	6,3	3 276	132	4,0	1 779	66	3,7	269	5	1,9	38 649	2 256	5,8
1978	33 714	2 155	6,4	851	55	6,5	3 399	141	4,1	1 933	74	3,8	268	4	1,5	40 165	2 429	6,0
1979	34 482	2 272	6,6	853	66	7,7	3 315	133	4,0	1 976	72	3,6	253	8	3,2	40 879	2 551	6,2
1980	34 341	2 500	7,3	728	63	8,7	3 383	205	6,1	2 120	113	5,3	207	6	2,9	40 779	2 887	7,1
1981	35 309	2 955	8,4	695	84	12,1	3 307	227	6,9	2 222	124	5,6	205	6	2,9	41 738	3 396	8,1
1982	37 322	3 623	9,7	771	116	15,0	3 545	288	8,1	2 255	151	6,7	190	5	2,6	44 083	4 183	[illegible]

[a] Einschl. Jugendstrafe bei Verurteilten, die gemäß § 92 JGG aus dem Jugendstrafvollzug ausgenommen sind. – [b] Einschl. Freiheitsstrafen bei Verurte[illegible]ten, die gemäß § 114 JGG in der Jugenstrafanstalt vollzogen wird. – [c] Einschließlich Staatenlose.

Quelle: Statistisches Bundesamt, Fachserie 10: Rechtspflege, Reihe 4: Strafvollzug, lfd. Jgg. — Eigene Berechnungen.

Vermittlung schulischer und beruflicher Fähigkeiten anlangt, so ist der Jugendstrafvollzug in das Umfeld jener Arbeitsmarktsituation eingebunden, die uns voraussichtlich noch lange Zeit begleiten wird (vgl. Kapitel 3). Was der Jugendstrafvollzug in den späten achtziger Jahren leisten kann und soll, bemißt sich letztendlich auch an der Frage, wie die Begehung, Aburteilung und Ahndung einer Straftat aufenthaltsrechtlich gestaltet wird. Ein Ausländer der wegen einer Straftat verurteilt worden ist und das 16. Lebensjahr vollendet hat, kann, wie bereits erwähnt, ausgewiesen werden. Dies ist eine Kann-Bestimmung, und von ihr wird in den einzelnen Bundesländern recht unterschiedlich Gebrauch gemacht: in einigen Bundesländern werden nur 30 vH ausländischer Rechtsbrecher nach Strafverbüßung abgeschoben, in anderen dagegen 95 vH (Spiegel, 1982, 202f.).

Gleichwohl, diese Möglichkeit entspringt geltendem Gesetz und unterscheidet die Bundesrepublik nun doch in entscheidenden Punkten von denen eines Einwanderungslandes. Um dieses Überdruckventil wirkungsvoll zu verstopfen, haben dann auch Integrationsbefürworter das griffige Schlagwort von der Ausweisung als einer „sozialen Hinrichtung" in Umlauf gesetzt (Albrecht, Pfeiffer, 1979, 95).

Dem kann wohl entgegengehalten werden, dem Gesichtspunkt, „daß der im Bundesgebiet lebende Ausländer sich nur unter großen Schwierigkeiten oder gar nicht mehr in die sozialen, wirtschaftlichen und kulturellen Verhältnisse des Heimatlandes hineinfinden könnte, kommt kein entscheidendes Gewicht zu, wenn die Hindernisse für eine Integration in der Bundesrepublik Deutschland mindestens ebenso groß sind wie im Herkunftsland". (Kommission, 1983, 201).

Von den in großer Zahl rückwandernden Volksdeutschen aus den Ostblockstaaten, die dort in aller Regel schon seit Generationen ansässig waren, wird wohl auch niemand im Ernst behaupten wollen, sie sähen ihrer „sozialen Hinrichtung" entgegen, obgleich die Wiedereingliederungsschwierigkeiten durchaus nicht unbeträchtlich sind. Clausula rebus sic stantibus — nur für Deutsche?

Es wäre naheliegend, die aufenthaltsrechtlichen Konsequenzen einer Straftat nach wie vor einer Einzelfallprüfung zu unterwerfen. Dieses Instrument der nachträglichen Steuerung global und undifferenziert nachträglich einzuschränken oder gar zu beseitigen, hieße, sich einer Entwicklung mit großer und unübersehbarer Eigendynamik hilflos auszuliefern.

Zusammenfassung in Thesen

1. In den achtziger Jahren — und vermutlich auch darüber hinaus — wird ein Problemstau zu bewältigen sein, der in den siebziger Jahren angelegt oder verstärkt worden ist. Das Problembewußtsein ist dabei aber nur mit den Problemen selbst gewachsen, die Problemlösungskapazitäten, etwa in Form fiskalischen Interventionsspielraums, haben sich dabei aber ebenso drastisch vermindert.

2. Was die Wachstumsschwäche anlangt, so scheint mittlerweile die wahrscheinlich richtige Diagnose die Oberhand zu gewinnen: die Wachstumsschwäche folgte der Investitionsschwäche mit der Folge eines Defizits an rentablen Arbeitsplätzen. Die Investitionsschwäche folgte aus einem ungünstigen Investitionsklima als Resultat von expansivem Staatskonsum und zunehmender Redistribution im Sozialhaushalt. Gleichwohl scheinen hier die Problemlösungskapazitäten in Hinblick auf gewünschte Einkommensverteilung („soziale Symmetrie") blockiert. Dies läßt wohl den Schluß zu, daß die Beseitigung der Krankheit Stagnation mindestens so lange dauern wird, wie ihre Inkubation. Auf dem Arbeitsmarkt wird die Problemlage nicht gemildert, sondern verschärft.

3. Um des kurzfristigen Erfolges willen werden Umverteilungsmodelle der Arbeitszeit propagiert und favorisiert, so daß diese Schlupflochstrategie sehr wahrscheinlich auch — auf ganzer Front, versteht sich — ergriffen wird. Dies wird die Krankheit mit Sicherheit nur verlagern: die offizielle Wirtschaft wird in noch größere Kostenbelastungen hineinwachsen und die Schattenwirtschaft wird zu neuer Blüte gelangen — mit allen Folgen, die damit auch nicht zuletzt für den Fiskus verbunden sein werden.

4. Der Selektionsdruck auf dem Arbeitsmarkt, der bislang nicht gerade eben schwach war, wird weiter zunehmen und seine Segmentierungsspur vertiefen: die Einstiegschancen der Jugendlichen und die Weiterbeschäftigungschancen für ausländische Arbeitnehmer sind durch die Wachstumsschwäche erheblich gemindert worden.

5. Die Richtung und Tragweite voluntaristischer Denkansätze und Ideengebäude verkannt zu haben, ist sicherlich kein Spezifikum der Ausländerpolitik gewesen; hier zeichnen sich aber besonders gravierende Dis-

proportionalitäten ab. Sektoraler Strukturwandel, Rationalisierung und Automation werden die Kluft zwischen den Eingliederungswünschen ausländischer Erwerbspersonen und der Absorptionsfähigkeit des Arbeitsmarktes ständig und rapide vergrößern. Ob freiwillige Rückkehr ins Herkunftsland, verbunden mit Formen von Rückkehrhilfen, den Problemdruck mindern wird, bleibt abzuwarten[1]. Für die wachsende Zahl arbeitslos gewordener Ausländer kann auch eine unfreiwillige Reimmigration nach angemessener Zeit und erfolglosen Vermittlungsversuchen nicht von vornherein ausgeschlossen werden.

6. Die Eigendynamik des Familiennachzuges hat ein ganzes Bündel von sich gegenseitig bedingenden und verstärkenden Problemlagen geschaffen. Bei den derzeitigen Defiziten an schulischer und beruflicher Ausbildung und bei der sich abzeichnenden Arbeitsmarktentwicklung haben Ausländer der zweiten und dritten Generation auf unabsehbare Zeit so gut wie keine Chance, in den offiziellen Arbeitsmarkt eingegliedert zu werden. Es besteht wenig Grund zu der Annahme, die strukturellen Ausbildungsdefizite ließen sich drastisch vermindern, ohne daß das Nachzugsberechtigungsalter von Kindern ausländischer Arbeitnehmer drastisch auf das sechste Lebensjahr herabgesetzt wird. Es wird auch die Frage gestellt und beantwortet werden müssen, ob man den Aufenthalt erwachsen gewordener Ausländerkinder „verfestigen" solle, ohne daß eine Chance besteht, sie in das Erwerbsleben einzugliedern. Die Frustration fehlspezifizierter Erwartungsstrukturen, hier eine „gesicherte Lebensperspektive" erlangen zu können, wird mit Sicherheit zu sozialem Sprengstoff mit hoher Brisanz führen; in den polizeilichen Kriminalstatistiken ist dieser durchaus schon zu erkennen.

7. Ein gewisses Überdruckventil stellt in diesem Fall die Möglichkeit aufenthaltsrechtlicher Reaktionen dar. Werden diese Möglichkeiten politisch zugebaut, sind eruptive Prozesse, wie sie u. a. in England bereits an der Tagesordnung sind, mit ziemlicher Sicherheit vorprogrammiert. Dem sozialen Frieden in der Bundesrepublik wäre dann — neben vielen anderen Gründen — keine sonderlich günstige Prognose zu stellen.

---

1 Die am 30. 6. 1984 auslaufenden Rückkehrhilfen erbrachten knapp 17 000 Anträge, von denen etwa 85 vH positiv beschieden wurden. Die zusammen mit der vorzeitigen Beitragserstattung (S. 12) für 1984 erwarteten (Brutto-) Fortzüge werden mit 300 000 Personen veranschlagt (vgl. auch Tabelle 1).

Anhang

Anhangtabellen

Tabelle A 1: Sektoraler Strukturwandel der sozialversicherungspflichtig beschäftigten Arbeitnehmer (Männer und Frauen) nach der Staatsangehörigkeit 1980 bis 1990

Wirtschaftszweig	Versicherungspfl. Arbeitnehmer insgesamt 1980	Darunter: Ausländer (Quote vH) 1980	Veränderung (in vH) 1980 bis 1990	Versicherungspfl. Arbeitnehmer insgesamt 1990	Darunter: Ausländer – Variante I[a] (nach Quote 1980) 1990	Darunter: Ausländer – Variante II[b] (Quote vH) 1990
Land-, Forstwirtschaft	215 202	16 432 (7,6)	– 47 775 (–22,2)	167 427	12 724	0 (0)
Fischerei, Fischzucht	3 608	825 (22,9)	– 801 (–22,2)	2 807	643	24 (0,9)
Energiewirtschaft	238 459	3 252 (1,4)	– 19 554 (–8,2)	218 905	3 065	0 (0)
Bergbau	247 795	32 112 (13,0)	+ 10 903 (+4,4)	258 698	33 631	32 112 (12,4)
Chemische Industrie	611 055	54 735 (9,0)	+ 62 328 (+10,2)	673 383	60 604	54 735 (8,1)
Kunststoffverarbeitung	340 076	63 687 (18,7)	+ 23 465 (+6,9)	363 541	67 982	63 687 (17,5)
Steine und Erden	209 112	25 821 (12,3)	– 29 276 (–14,0)	179 836	22 120	0 (0,0)
Feinkeramik	75 409	10 889 (14,4)	– 13 800 (–18,3)	61 609	8 872	0 (0,0)
Glas	76 779	11 815 (15,4)	0 (0)	76 779	11 815	11 815 (15,4)
Eisen- u. Stahlerzeugung	329 587	49 746 (15,1)	– 47 461 (–14,4)	282 126	42 601	2 285 (0,8)
Gießerei	118 407	31 748 (26,8)	– 21 195 (–17,9)	97 212	26 053	10 553 (10,9)
Zieherei, Stahlverformung u.ä.	274 155	48 800 (17,8)	– 34 269 (–12,5)	239 886	42 700	14 531 (6,1)
Stahl- und Leichtmetallbau	357 558	37 249 (10,4)	– 44 695 (–12,5)	312 863	32 538	0 (0)
Maschinenbau	1 026 249	104 362 (10,2)	+ 33 866 (+3,3)	1 060 115	108 132	104 362 (9,8)
Straßenfahrzeugbau	946 061	152 772 (16,1)	– 15 137 (–1,6)	930 924	149 879	137 635 (14,8)
Schiffbau	59 727	7 498 (12,6)	– 956 (–1,6)	58 771	7 405	6 542 (11,1)
Luftfahrzeugbau	54 927	3 427 (6,2)	– 879 (–1,6)	54 048	3 351	2 548 (4,7)
EDV-Anlagen, Büromaschinen	76 712	6 811 (8,9)	+ 3 222 (+4,2)	79 934	7 114	6 811 (8,5)
Elektrotechnik	1 020 497	148 369 (14,5)	+ 92 865 (+9,1)	1 113 362	161 438	148 369 (13,3)
Feinmechanik und Optik	195 181	19 504 (10,0)	– 7 027 (–3,6)	188 154	18 815	12 477 (6,6)
Uhren	20 345	2 715 (13,3)	– 732 (–3,6)	19 613	2 608	1 983 (10,1)
EBM-Waren	386 819	67 060 (17,3)	– 52 994 (–13,7)	333 825	57 752	14 066 (4,2)
Musikinstrumente, Spielwaren	31 118	3 663 (11,8)	– 4 263 (–13,7)	26 855	3 169	0 (0)
Schmuckwaren	24 628	1 628 (6,6)	– 3 374 (–13,7)	21 254	1 403	0 (0)
Sägewerke, Holzverarbeitung	452 973	41 965 (9,3)	– 79 723 (–17,6)	373 250	34 712	0 (0)

noch Tabelle A 1: Sektoraler Strukturwandel der sozialversicherungspflichtig beschäftigten Arbeitnehmer (Männer und Frauen) nach der Staatsangehörigkeit 1980 bis 1990

Wirtschaftszweig	Versicherungspfl. Arbeitnehmer insgesamt 1980	Darunter: Ausländer (Quote vH) 1980	Veränderung (in vH) 1980 bis 1990	Versicherungspfl. Arbeitnehmer insgesamt 1990	Darunter: Ausländer, Variante I[a] (nach Quote 1980) 1990	Darunter: Ausländer, Variante II[b] (Quote vH) 1990
Herstellung v. Zellstoff, Papier	63 053	9 798 (15,5)	- 16 835 (-26,7)	46 218	7 164	0 (0)
Papierverarb., Buchbinderei	106 298	17 387 (16,4)	+ 2 551 (+2,4)	108 849	17 851	17 387 (16,0)
Druckerei, Vervielfältigung	222 618	16 252 (7,3)	+ 5 343 (+2,4)	227 961	16 641	16 252 (7,1)
Leder, Schuhe	100 554	13 354 (13,3)	- 13 876 (-13,8)	86 678	11 788	0 (0)
Textilverarbeitung	312 384	60 595 (19,4)	- 88 717 (-28,4)	223 667	43 391	0 (0)
Bekleidungsgewerbe	292 422	29 560 (10,1)	- 68 719 (-23,5)	223 703	22 594	0 (0)
Nahrungs- u. Genußmittel	733 596	64 508 (8,8)	- 14 672 (-2,0)	718 924	63 265	49 836 (6,9)
Baugewerbe	1 672 395	200 262 (12,0)	- 354 548 (-21,2)	1 317 847	158 142	0 (0)
Handel	2 923 335	123 342 (4,2)	+ 114 010 (+3,9)	3 037 345	127 568	123 342 (4,1)
Eisenbahnen	163 805	17 306 (10,6)	- 3 604 (-2,2)	160 201	16 981	13 702 (8,6)
Deutsche Bundespost	222 157	8 779 (3,8)	+ 14 662 (+6,6)	236 819	8 999	8 779 (3,7)
Straßenverkehr	254 662	14 287 (5,6)	+ 14 006 (+5,5)	268 668	15 045	14 287 (5,3)
Schiffahrt	67 343	9 091 (13,5)	- 6 936 (-10,3)	60 407	8 155	2 155 (3,6)
Spedition	204 327	12 245 (6,0)	+ 11 238 (+5,5)	215 565	12 934	12 245 (5,7)
Luftfahrt und sonst. Verkehr	93 749	11 095 (11,8)	+ 5 156 (+5,5)	98 749	11 671	11 095 (11,2)
Kredit- u. Finanzierungsinst.	548 645	9 233 (1,7)	+ 20 300 (+3,7)	568 945	9 672	9 233 (1,6)
Versicherungsgewerbe	224 504	3 997 (1,8)	+ 19 756 (+8,8)	244 260	4 397	3 997 (1,6)
Gaststätten u. Beherbergungsgewerbe	404 095	87 626 (21,7)	+ 5 657 (+1,4)	409 752	88 916	87 626 (21,4)
Reinigung, Körperpflege	308 356	35 897 (11,6)	+ 15 418 (+5,0)	323 774	37 558	35 897 (11,1)
Wissenschaft, Kunst, Publizistik	799 504	42 827 (5,4)	- 7 995 (-1,0)	791 509	42 741	34 877 (4,4)
Gesundheits-, Veterinärwesen	1 027 050	69 986 (6,8)	+ 51 353 (+5,0)	1 078 403	73 331	69 986 (6,5)
Rechts- u. Wirtschaftsberatg.	223 102	4 539 (2,0)	+ 18 071 (+8,1)	241 173	4 823	4 539 (1,9)
Sonst. Dienstleistungen	822 397	54 482 (6,6)	+ 66 614 (+8,1)	889 011	58 675	54 482 (6,1)
Organisationen ohne Erwerbscharakter, private Haushalte	362 637	13 385 (3,7)	+ 28 648 (+7,9)	391 285	14 478	13 385 (3,4)
Gebietskörperschaften	1 189 128	44 746 (3,8)	+ 59 456 (+5,0)	1 248 584	47 446	44 746 (3,6)
Sozialversicherung	161 533	2 018 (1,2)	+ 8 077 (+5,0)	169 610	2 035	2 018 (1,2)

noch Tabelle A 1: Sektoraler Strukturwandel der sozialversicherungspflichtig beschäftigten Arbeitnehmer (Männer und Frauen) nach der Staatsangehörigkeit 1980 bis 1990

Wirtschaftszweig	Versicherungspfl. Arbeitnehmer insgesamt 1980	Darunter: Ausländer (Quote vH) 1980	Veränderung (in vH) 1980 bis 1990	Versicherungspfl. Arbeitnehmer insgesamt 1990	Darunter: Ausländer Variante I[a] (nach Quote 1980) 1990	II[b] (Quote vH) 1990
Ohne Angabe	2 303	305 (13,2)	- 23 (-1,0)	2 280	301	283 (12,4)
Insgesamt	20 898 391	1 923 787 (9,2)	- 313 027 (-1,5)	20 585 364	1 851 688	1 254 684 (6,1)

[a]Unter der Annahme, daß Beschäftigungsänderungen ausländische Arbeitnehmer proportional ihrem Anteil von 1980 betreffen. – [b]Unter der Annahme, daß Arbeitsplatzverluste die ausländischen Arbeitnehmer betreffen und diese an Arbeitsplatzgewinnen nicht partizipieren.

Quelle: Bundesanstalt für Arbeit (Hrsg.), Amtliche Nachrichten der Bundesanstalt für Arbeit, lfd. Jgg. — M. Halstrick und R. Rettig, Die Entwicklung der Wirtschaft der Bundesrepublik Deutschland bis zum Jahr 1990. In: Mitteilungen des Rheinisch-Westfälischen Instituts für Wirtschaftsforschung, Jg. 32 (1981), S. 117 – 139. — Eigene Berechnungen.

Tabelle A 2: Arbeitslose (absolut und Arbeitslosenquote[a]) in der Bundesrepublik Deutschland nach der Staatsangehörigkeit, dem Geschlecht und nach Altersgruppen

Stichtag	Arbeitslose insges.				Ausländer insgesamt				Jugendliche unter 20 Jahren				Jugendliche unter 20 Jahren insges.	
Ende ...	Männer		Frauen		Männer		Frauen		Männer		Frauen			
	absolut	Quote	absolut	Quote	absolut	Quote	absolut	Quote	absolut	Quote	absolut	Quote	absolut	Quote
31.1.1973	223 145	.	133 207	.	10 440	0,6	9 292	1,3	.	.	.	.	.	.
30.6.1974	232 851	1,8	217 833	2,7	26 118	1,6	25 274	3,3	.	.	.	.	.	.
30.6.1975	574 356	4,4	427 779	5,3	96 492	6,4	59 662	8,4	.	.	.	.	.	.
30.6.1976	472 692	3,7	448 345	5,6	49 118	3,6	40 837	6,3	.	.	.	.	.	.
30.6.1977	449 126	3,2	299 975	5,0	46 817	3,5	36 286	5,8	34 880	3,8	45 157	5,6	80 037	3,8
30.6.1978	407 252	2,9	290 100	4,8	48 992	3,7	37 630	6,1	28 330	3,1	39 867	5,1	68 197	3,2
30.6.1979	333 526	2,3	429 647	4,9	39 967	2,9	40 841	6,4	20 347	2,2	36 016	4,6	56 363	2,7
Januar 1980	557 357	3,9	479 162	5,5	68 808	.	46 518	.	34 742	.	44 268	.	79 010	3,7
Februar 1980	526 532	3,7	465 988	5,3	68 382	.	46 248	.	33 607	.	42 166	.	75 773	3,6
März 1980	434 333	3,0	441 576	5,0	64 824	4,4	45 541	6,7	27 755	.	38 731	.	66 486	3,1
April 1980	388 993	2,7	436 381	5,0	64 021	.	45 090	.	23 233	.	35 467	.	58 700	2,8
Mai 1980	352 648	2,5	414 120	4,7	59 989	.	43 878	.	21 267	.	32 387	.	53 654	2,5
Juni 1980	355 582	2,5	425 814	4,8	54 260	3,7	42 868	6,3	23 572	2,2	36 380	5,3	59 952	2,7
Juli 1980	385 981	2,7	467 096	5,2	48 430	.	42 172	.	30 363	.	46 973	.	77 336	3,4
August 1980	389 500	2,7	475 019	5,3	50 136	.	42 338	.	31 459	.	50 322	.	81 781	3,6
September '80	367 797	2,6	454 768	5,1	54 309	3,7	45 780	6,9	30 480	.	48 312	.	78 792	3,5
Oktober 1980	400 321	2,8	487 754	5,4	60 422	.	50 474	.	29 754	.	47 286	.	77 040	3,4
November 1980	457 372	3,2	510 161	5,7	69 226	.	54 518	.	34 730	.	48 761	.	83 491	3,7
Dezember 1980	583 189	4,1	535 113	6,0	83 215	5,9	57 247	8,8	42 541	.	50 197	.	92 738	4,1
Januar 1981	729 353	5,1	579 212	6,5	93 768	.	60 973	.	49 172	.	53 482	.	102 654	4,5
Februar 1981	724 281	5,0	575 638	6,4	96 448	.	62 105	.	50 812	.	52 783	.	103 595	4,6
März 1981	642 995	4,5	567 145	6,3	94 875	6,7	63 456	9,7	48 334	.	52 648	.	100 982	4,5
April 1981	572 735	4,0	573 746	6,4	89 836	.	65 013	.	38 982	.	48 010	.	86 992	3,8
Mai 1981	541 585	3,8	568 084	6,3	86 803	.	64 825	.	35 344	.	45 322	.	80 666	3,6
Juni 1981	545 862	3,8	579 839	6,5	86 829	6,1	65 234	10,0	38 663	3,7	50 564	5,7	89 227	3,9
Juli 1981	604 831	4,2	64 133	7,2	92 475	.	66 742	.	50 264	.	65 605	.	115 869	5,1
August 1981	627 441	4,4	661 482	7,4	97 323	.	68 513	.	58 193	.	72 622	.	130 815	5,8
September '81	616 170	4,3	640 204	7,1	105 126	7,3	73 837	11,2	60 781	.	72 030	.	132 811	5,9
Oktober 1981	678 611	4,7	687 288	7,7	114 164	.	78 945	.	60 530	.	71 255	.	131 785	5,8
November 1981	773 358	5,4	716 618	8,0	125 797	.	83 527	.	67 092	.	72 551	.	139 643	6,2
Dezember 1981	955 281	6,7	748 581	8,4	143 701	10,2	86 419	13,3	79 854	.	76 737	.	156 591	6,9
Januar 1982	1 153 004	7,9	796 750	8,6	159 135	.	90 573	.	87 543	.	77 793	.	165 336	7,6
Februar 1982	1 144 321	7,8	790 995	8,6	160 855	.	91 422	.	89 372	.	75 699	.	165 071	7,6
März 1982	1 040 106	7,1	771 264	8,4	156 996	11,3	91 111	14,2	82 637	.	72 602	.	155 239	7,2
April 1982	944 785	6,5	765 274	8,3	149 094	.	90 927	.	69 997	.	65 952	.	135 949	6,3
Mai 1982	897 685	6,1	748 115	8,1	143 107	.	89 165	.	64 305	.	60 862	.	125 167	5,8
Juni 1982	893 546	6,0	756 743	8,0	140 070	10,0	88 556	13,8	67 689	6,3	67 493	7,6	135 182	6,3

noch Tabelle A 2: Arbeitslose (absolut und Arbeitslosenquote[a]) in der Bundesrepublik Deutschland nach der Staatsangehörigkeit, dem Geschlecht und nach Altersgruppen

Stichtag Ende ...	Arbeitslose insges.				Ausländer insgesamt				Jugendliche unter 20 Jahren				Jugendliche unter 20 Jahren insges.	
	Männer		Frauen		Männer		Frauen		Männer		Frauen			
	absolut	Quote	absolut	Quote	absolut	Quote	absolut	Quote	absolut	Quote	absolut	Quote	absolut	Quote
Juli 1982	945 162	6,3	812 275	8,6	140 212	.	89 654	.	82 981	.	85 739	.	168 720	7,9
August 1982	967 284	6,5	829 816	8,7	142 024	.	90 072	.	91 536	.	93 506	.	185 042	8,6
September 1982	983 035	6,6	836 997	8,8	149 188	10,7	94 467	14,8	92 566	.	94 648	.	187 214	8,7
Oktober 1982	1 039 819	7,0	880 183	9,3	158 049	.	99 493	.	92 001	.	94 800	.	186 801	8,7
November 1982	1 126 238	7,6	911 926	9,6	168 697	.	103 909	.	96 221	.	94 630	.	190 851	8,9
Dezember 1982	1 280 910	8,6	942 442	9,9	186 476	13,6	106 886	16,9	105 860	.	97 162	.	203 022	9,5
Januar 1983	1 490 652	10,0	996 423	10,5	201 342	.	109 891	.	113 612	.	99 037	.	212 649	9,9
Februar 1983	1 538 712	10,3	997 124	10,5	206 899	.	110 724	.	119 484	.	96 869	.	216 353	10,1
März 1983	1 408 143	9,4	978 356	10,3	202 339	14,8	110 623	17,6	110 505	.	92 570	.	203 075	9,5
April 1983	1 279 322	8,6	974 446	10,3	192 437	.	110 652	.	90 748	.	84 395	.	175 143	8,2
Mai 1983	1 199 758	8,0	948 943	10,0	182 466	.	107 771	.	80 626	.	77 316	.	157 942	7,4
Juni 1983	1 173 434	7,9	953 671	10,0	177 390	13,0	107 117	16,9	82 873	.	85 379	.	168 252	7,8
Juli 1983	1 195 999	7,9	1 006 224	10,3	173 274	.	107 190	.	94 629	.	103 816	.	198 445	9,4
August 1983	1 182 034	7,8	1 014 186	10,4	170 441	.	106 374	.	99 289	.	110 654	.	209 943	10,0
September 1983	1 144 974	7,6	989 166	10,2	168 069	.	106 349	.	93 553	.	105 588	.	199 141	9,4
Oktober 1983	1 153 035	7,6	994 721	10,2	170 029	.	106 823	.	87 903	.	98 836	.	186 739	8,9
November 1983	1 198 928	8,0	994 403	10,2	174 884	.	107 719	.	88 434	.	93 986	.	182 420	8,7
Dezember 1983	1 343 884	8,9	1 005 102	10,3	188 495	.	107 896	.	97 021	.	93 473	.	190 494	9,0
Januar 1984	1 509 742	10,0	1 029 566	10,6	196 962	.	108 590	.	99 942	.	91 483	.	191 425	9,1
Februar 1984	1 521 946	10,1	1 014 647	10,4	196 876	.	106 847	.	102 807	.	87 115	.	189 922	9,0

[a] Arbeitslose in vH der jeweiligen Arbeitnehmergruppe.

Quelle: Bundesanstalt für Arbeit (Hrsg.), Amtliche Nachrichten der Bundesanstalt für Arbeit, lfd. Jgg. — Eigene Berechnungen.

Tabelle A 3: Arbeitslose (Männer und Frauen, absolut und Arbeitslosenquote[a]) in der Bundesrepublik Deutschland nach der Staatsangehörigkeit

Stichtag Ende ...	Arbeitslose insgesamt		Ausländer insgesamt		Griechenland		Italien		Jugoslawien		Portugal		Spanien		Türkei	
	absolut	Quote	absolut	Quote	absolut	Quote	absolut	Quote	absolut	Quote	absolut	Quote	absolut	Quote	absolut	Quote
31.1.1973	356 352	1,6	19 732	0,8	2 318	0,9	4 156	1,0	2 577	0,6	181	0,3	1 163	0,6	5 086	1,0
30.6.1974	450 684	2,1	51 592	2,2	6 472	2,7	11 267	3,2	7 145	1,5	593	0,7	2 579	1,6	14 929	2,4
30.6.1975	1 002 135	4,4	156 154	7,0	18 680	8,4	29 093	8,9	29 383	6,6	2 426	3,3	7 314	5,3	48 785	8,1
30.6.1976	921 037	4,0	89 955	4,4	9 747	5,2	18 262	6,2	12 622	3,1	1 341	2,1	4 388	3,8	23 579	4,3
30.6.1977	749 101	3,8	83 103	4,2	7 296	4,3	16 832	5,6	10 899	2,8	1 140	1,9	3 579	3,4	23 040	4,3
30.6.1978	697 352	3,5	86 622	4,4	6 546	4,3	16 483	5,4	10 668	2,8	1 154	1,9	3 246	3,4	25 808	4,8
30.6.1979	763 173	3,3	80 808	4,1	5 848	3,9	14 570	4,8	9 507	2,5	1 144	1,9	3 053	3,3	24 067	4,5
Januar 1980	1 036 519	4,5	115 326	5,7	6 058	4,1	18 412	5,9	13 705	3,6	1 315	2,2	3 141	3,3	37 077	6,6
Februar 1980	992 520	4,3	114 630	5,7	5 925	4,1	18 064	5,7	13 150	3,5	1 193	2,0	3 003	3,2	37 753	6,7
März 1980	875 909	3,8	110 365	5,5	5 734	3,9	16 824	5,3	11 506	3,1	1 140	1,9	2 944	3,2	37 684	6,7
April 1980	825 374	3,6	109 111	5,4	5 658	3,9	15 845	5,0	10 646	2,8	1 155	1,9	2 887	3,1	38 029	6,7
Mai 1980	766 768	3,3	103 867	5,1	5 476	3,9	15 409	4,9	9 841	2,6	1 152	1,9	2 745	3,0	36 239	6,4
Juni 1980	781 396	3,4	97 128	4,8	5 423	3,8	15 108	4,8	9 539	2,6	1 168	2,0	2 763	3,0	35 244	5,9
Juli 1980	853 077	3,7	90 602	4,5	5 426	3,8	15 041	4,7	9 731	2,6	1 263	2,1	2 880	3,1	30 738	5,4
August 1980	864 519	3,7	92 474	4,5	5 436	3,9	15 217	4,9	9 832	2,7	1 318	2,2	2 817	3,1	32 501	5,6
September 1980	822 565	3,5	100 089	4,8	5 771	4,1	17 164	5,5	10 473	2,8	1 273	2,1	2 879	3,2	36 869	6,3
Oktober 1980	888 075	3,8	110 896	5,4	6 212	4,4	19 310	6,2	11 770	3,2	1 497	2,5	3 126	3,5	40 936	7,0
November 1980	967 533	4,2	123 744	5,8	6 736	4,8	21 683	6,7	13 855	3,7	1 677	2,8	3 427	3,8	45 927	7,6
Dezember 1980	1 118 302	4,8	140 462	6,5	7 204	5,1	24 336	7,5	17 922	4,8	1 856	3,1	3 652	4,0	51 542	8,5
Januar 1981	1 308 565	5,6	154 741	7,2	7 811	5,5	26 941	8,3	20 652	5,6	1 967	3,2	3 989	4,4	56 319	9,3
Februar 1981	1 299 919	5,6	158 553	7,3	8 031	5,8	27 566	8,5	21 187	5,8	1 970	3,3	4 022	4,5	58 255	9,3
März 1981	1 210 140	5,2	158 331	7,3	8 360	6,0	27 256	8,4	19 990	5,4	1 966	3,3	4 115	4,6	58 737	9,4
April 1981	1 146 481	4,9	154 849	7,1	8 399	6,1	26 198	8,1	18 515	5,0	1 977	3,3	3 980	4,5	58 149	9,3
Mai 1981	1 109 667	4,8	151 628	7,0	8 341	6,0	25 487	7,9	17 584	4,8	1 954	3,3	3 949	4,4	56 715	9,1
Juni 1981	1 125 701	4,8	152 063	7,0	8 394	6,1	24 991	7,7	17 131	4,7	2 027	3,4	4 061	4,5	56 269	9,0
Juli 1981	1 246 164	5,3	159 217	7,5	8 728	6,4	25 114	7,7	17 217	4,8	2 158	3,6	4 220	4,8	59 723	9,6
August 1981	1 288 923	5,5	165 836	7,8	8 791	6,5	25 191	7,7	17 381	4,8	2 246	3,8	4 411	5,0	63 284	10,1
September 1981	1 256 374	5,4	178 963	8,5	9 355	6,9	27 258	8,4	18 821	5,2	2 270	3,8	4 506	5,1	70 043	11,2
Oktober 1981	1 365 899	5,9	193 109	9,1	10 029	7,4	30 325	9,3	20 939	5,8	2 558	4,3	4 714	5,4	74 810	12,0
November 1981	1 489 976	6,4	209 324	9,9	10 737	7,9	33 571	10,3	24 807	6,9	2 797	4,7	5 097	5,8	80 342	12,9
Dezember 1981	1 703 862	7,3	230 120	11,1	11 594	8,7	36 524	11,6	31 107	8,7	3 089	5,3	5 474	6,3	87 130	13,9
März 1982	1 811 370	7,6	248 107	11,9	12 667	9,6	38 861	12,3	35 632	10,0	3 372	5,9	5 805	6,8	94 713	14,9
Juni 1982	1 650 289	6,8	228 626	10,9	12 261	9,3	35 213	11,3	29 253	8,2	3 374	6,0	5 744	6,7	87 785	13,4
September 1982	1 820 030	7,5	243 655	11,8	12 957	9,9	35 910	11,9	28 930	8,2	3 674	6,6	6 113	7,3	97 084	14,9
Dezember 1982	2 223 352	9,1	293 362	14,2	15 028	11,5	43 530	14,4	41 262	11,8	4 452	8,0	7 376	8,8	113 694	17,4
März 1983	2 386 499	9,8	312 962	15,2	16 108	12,3	45 624	15,1	46 251	13,2	4 846	8,7	7 733	9,2	121 052	18,5
Juni 1983	2 127 105	8,7	284 507	14,0	15 551	12,1	41 044	13,9	36 432	10,4	4 799	8,8	7 288	8,8	112 181	17,2
September 1983	2 134 140	8,6	274 418	13,7	15 265	12,0	38 628	13,9	33 423	9,7	5 117	9,7	7 269	8,9	109 533	16,7
Dezember 1983	2 348 986	9,5	296 391	14,9	15 427	12,3	42 011	15,0	40 655	11,9	5 140	9,9	7 586	9,4	117 926	18,0

[a] Arbeitslose in vH der jeweiligen Arbeitnehmergruppe

Quelle: Bundesanstalt für Arbeit (Hrsg.), Amtliche Nachrichten der Bundesanstalt für Arbeit, lfd. Jgg. — Eigene Berechnungen.

Tabelle A 4: Ausländische Arbeitslose (absolut und Arbeitslosenquote[a]) in der Bundesrepublik Deutschland nach der Staatsangehörigkeit und dem Geschlecht

Stichtag Ende ...	Ausländer insgesamt				Griechenland				Italien				Jugoslawien			
	Männer		Frauen		Männer		Frauen		Männer		Frauen		Männer		Frauen	
	absolut	Quote	absolut	Quote	absolut	Quote	absolut	Quote	absolut	Quote	absolut	Quote	absolut	Quote	absolut	Quote
31.1.1973	10 440	0,6	9 292	1,3	914	0,6	1 404	1,2	2 328	0,8	1 828	1,7	1 445	0,5	1 132	0,7
30.6.1974	26 118	1,6	25 274	3,3	2 399	7,6	4 073	17,0	5 976	2,3	5 291	5,5	4 204	1,3	2 941	1,8
30.6.1975	96 492	6,4	59 662	8,4	8 388	6,7	10 292	10,5	17 453	7,4	11 640	12,7	20 964	7,3	8 419	5,3
30.6.1976	49 118	3,6	40 837	6,3	4 185	3,9	5 562	6,8	10 396	4,9	7 866	9,6	6 780	2,6	5 842	4,0
30.6.1977	46 817	3,5	36 286	5,8	3 229	3,3	4 067	5,6	10 008	4,6	6 824	8,5	5 782	2,4	5 117	3,6
30.6.1978	48 992	3,7	37 630	6,1	2 874	3,2	3 672	5,7	9 737	4,3	6 746	8,4	5 325	2,2	5 343	3,8
30.6.1979	39 967	2,9	40 841	6,4	2 240	2,6	3 608	5,9	7 556	3,3	7 014	8,5	3 779	1,6	5 728	4,1
Januar 1980	68 808	.	46 518	.	2 530	.	3 528	.	11 062	.	7 350	.	7 409	.	6 296	.
Februar 1980	68 382	.	46 248	.	2 469	.	3 456	.	10 729	.	7 335	.	7 054	.	6 096	.
März 1980	64 824	4,4	45 541	6,7	2 316	2,8	3 418	5,8	9 597	4,0	7 227	8,3	5 560	2,4	5 946	4,3
April 1980	64 021	.	45 090	.	2 241	.	3 417	.	8 838	.	7 007	.	4 620	.	5 626	.
Mai 1980	59 989	.	43 878	.	2 102	.	3 374	.	8 510	.	6 899	.	4 250	.	5 591	.
Juni 1980	54 260	3,7	42 868	6,3	2 106	2,6	3 317	5,8	8 391	3,5	6 717	7,8	4 048	1,6	5 491	4,0
Juli 1980	48 430	.	42 172	.	2 150	.	3 276	.	8 439	.	6 602	.	4 170	.	5 561	.
August 1980	50 136	.	42 338	.	2 168	.	3 268	.	8 668	.	6 549	.	4 179	.	5 653	.
September 1980	54 309	3,7	45 780	6,9	2 306	2,9	3 465	6,2	9 775	4,1	7 389	8,5	4 479	2,0	5 994	4,4
Oktober 1980	60 422	.	50 474	.	2 492	.	3 720	.	11 061	.	8 249	.	5 226	.	6 544	.
November 1980	69 226	.	54 518	.	2 797	.	3 939	.	12 872	.	8 811	.	6 666	.	7 169	.
Dezember 1980	83 215	5,9	57 247	8,8	3 082	3,9	4 122	7,5	15 192	6,6	9 144	10,9	10 212	4,6	7 710	5,7
Januar 1981	93 768	.	60 973	.	3 461	.	4 350	.	17 163	.	9 778	.	12 301	.	8 351	.
Februar 1981	96 448	.	62 105	.	3 574	.	4 457	.	17 574	.	9 992	.	12 789	.	8 398	.
März 1981	94 875	6,7	63 456	9,7	3 672	4,7	4 688	8,6	16 809	7,2	10 447	12,0	11 394	5,1	8 596	6,3
April 1981	89 836	.	65 013	.	3 569	.	4 830	.	15 537	.	10 661	.	9 602	.	8 913	.
Mai 1981	86 803	.	64 825	.	3 526	.	4 815	.	14 786	.	10 701	.	8 753	.	8 831	.
Juni 1981	86 629	6,1	65 234	10,0	3 544	4,6	4 850	8,9	14 413	6,3	10 578	12,3	8 244	3,7	8 887	6,6
Juli 1981	92 475	.	66 742	.	3 715	.	5 013	.	14 397	.	10 717	.	8 160	.	9 057	.
August 1981	97 323	.	68 513	.	3 744	.	5 047	.	14 663	.	10 528	.	8 330	.	9 015	.
September 1981	105 126	7,3	73 837	11,2	4 033	5,2	5 322	9,8	15 823	7,0	11 435	13,4	9 012	4,1	9 809	7,3
Oktober 1981	114 164	.	78 945	.	4 397	.	5 632	.	17 879	.	12 446	.	10 454	.	10 485	.
November 1981	125 797	.	83 527	.	4 853	.	5 884	.	20 597	.	12 974	.	13 515	.	11 292	.
Dezember 1981	143 701	10,2	86 419	13,3	5 403	7,0	6 191	11,5	23 312	10,6	13 212	16,2	19 346	8,9	11 761	8,8
März 1982	156 996	11,3	91 111	14,2	6 125	8,1	6 542	12,4	24 929	11,6	13 932	17,0	23 412	10,8	12 220	9,5
Juni 1982	140 070	10,0	88 556	13,8	5 843	7,7	6 418	12,1	22 037	10,3	13 176	16,2	17 399	8,0	11 854	9,0
September 1982	149 168	10,7	94 467	14,8	6 344	8,4	6 613	12,7	22 481	10,7	13 429	17,0	16 424	7,6	12 506	9,5
Dezember 1982	186 476	13,6	106 866	16,9	7 587	10,1	7 441	14,3	28 704	14,1	14 826	19,8	26 592	12,4	14 670	11,2
März 1983	202 339	14,8	110 623	17,6	8 432	11,4	7 676	15,0	30 450	14,9	15 174	19,9	30 631	14,5	15 420	11,9
Juni 1983	177 390	13,0	107 117	16,9	8 045	10,9	7 506	14,8	26 409	13,0	14 635	19,2	21 722	10,2	14 710	11,4
September 1983	168 069	.	106 349	.	7 885	.	7 380	.	24 684	.	13 944	.	18 460	.	14 963	.
Dezember 1983	188 495	.	107 896	.	8 122	.	7 305	.	28 059	.	15 191	.	25 464	.	15 191	.

noch Tabelle A 4: Ausländische Arbeitslose (absolut und Arbeitslosenquote[a]) in der Bundesrepublik Deutschland nach der Staatsangehörigkeit und dem Geschlecht

Stichtag Ende ...	Ausländer insgesamt				Portugal				Spanien				Türkei			
	Männer		Frauen		Männer		Frauen		Männer		Frauen		Männer		Frauen	
	absolut	Quote	absolut	Quote	absolut	Quote	absolut	Quote	absolut	Quote	absolut	Quote	absolut	Quote	absolut	Quote
31.1.1973	10 440	0,6	9 292	1,3	72	0,2	109	0,5	461	0,4	702	1,3	2 370	0,6	2 716	2,1
30.6.1974	26 118	1,6	25 274	3,3	191	0,3	402	1,5	938	0,9	1 641	3,2	6 760	1,5	8 169	4,9
30.6.1975	96 492	6,4	59 662	8,4	1 058	2,2	1 368	5,7	3 782	4,1	3 532	7,8	29 960	6,8	18 825	11,6
30.6.1976	49 118	3,6	40 837	6,3	465	1,1	876	4,1	1 998	2,6	2 390	6,3	11 828	2,9	11 751	8,0
30.6.1977	46 817	3,5	36 286	5,8	459	1,1	681	3,3	1 694	2,4	3 579	10,1	11 500	2,9	11 540	7,9
30.6.1978	48 992	3,7	37 630	6,1	449	1,1	705	3,5	1 541	2,3	1 705	5,5	12 324	3,1	13 484	9,1
30.6.1979	39 967	2,9	40 841	6,4	361	0,9	783	3,7	1 251	2,0	1 802	6,0	9 840	2,4	14 227	9,1
Januar 1980	68 808	.	46 518	.	485	.	830	.	1 407	.	1 734	.	20 190	.	16 887	.
Februar 1980	68 362	.	46 248	.	433	.	760	.	1 361	.	1 642	.	20 587	.	17 166	.
März 1980	64 824	4,4	45 541	6,7	410	1,0	730	3,4	1 302	2,1	1 642	5,6	20 456	4,7	17 228	10,2
April 1980	64 021	.	45 090	.	402	.	753	.	1 248	.	1 639	.	20 963	.	17 066	.
Mai 1980	59 989	.	43 878	.	405	.	747	.	1 151	.	1 594	.	19 784	.	16 455	.
Juni 1980	54 260	3,7	42 868	6,3	409	1,1	759	3,5	1 187	2,0	1 576	5,4	17 042	3,8	16 202	9,5
Juli 1980	48 430	.	42 172	.	490	.	773	.	1 272	.	1 608	.	14 820	.	15 918	.
August 1980	50 136	.	42 338	.	487	.	831	.	1 252	.	1 565	.	16 455	.	16 064	.
September 1980	54 309	3,7	45 780	6,9	490	1,3	783	3,7	1 212	2,0	1 667	5,9	19 256	4,2	17 613	10,3
Oktober 1980	60 422	.	50 474	.	561	.	936	.	1 339	.	1 787	.	21 207	.	19 729	.
November 1980	69 226	.	54 518	.	649	.	1 028	.	1 570	.	1 857	.	24 374	.	21 553	.
Dezember 1980	83 215	5,9	57 247	8,8	784	2,1	1 072	5,1	1 723	2,9	1 929	6,9	28 666	6,3	22 856	13,2
Januar 1981	93 768	.	60 973	.	846	.	1 121	.	1 965	.	2 024	.	31 884	.	24 435	.
Februar 1981	96 448	.	62 105	.	827	.	1 143	.	1 951	.	2 071	.	33 129	.	25 126	.
März 1981	94 875	6,7	63 456	9,7	806	2,2	1 160	5,6	1 993	3,4	2 122	7,5	33 076	7,2	25 661	14,5
April 1981	89 836	.	65 013	.	778	.	1 199	.	1 819	.	2 161	.	31 938	.	26 211	.
Mai 1981	86 803	.	64 825	.	748	.	1 206	.	1 801	.	2 148	.	30 665	.	26 050	.
Juni 1981	86 829	6,1	65 234	10,0	746	2,0	1 281	6,2	1 831	3,1	2 230	8,0	30 165	6,6	26 084	14,7
Juli 1981	92 475	.	66 742	.	805	.	1 353	.	2 051	.	2 169	.	32 931	.	26 792	.
August 1981	97 323	.	68 513	.	907	.	1 339	.	2 015	.	2 396	.	35 629	.	27 655	.
September 1981	105 126	7,3	73 837	11,2	880	2,4	1 390	6,8	2 086	3,6	2 420	8,7	39 813	8,4	30 230	16,7
Oktober 1981	114 164	.	78 945	.	1 024	.	1 534	.	2 205	.	2 509	.	42 652	.	32 158	.
November 1981	125 797	.	83 527	.	1 139	.	1 658	.	2 488	.	2 609	.	46 155	.	34 187	.
Dezember 1981	143 701	10,2	86 419	13,3	1 341	3,8	1 748	8,7	2 828	5,0	2 646	9,7	51 540	10,9	35 590	19,6
März 1982	156 996	11,3	91 111	14,2	1 506	4,4	1 866	9,5	3 065	5,5	2 740	10,3	56 592	12,1	38 121	20,9
Juni 1982	140 070	10,0	88 556	13,8	1 519	4,4	1 855	9,4	3 018	5,4	2 726	10,2	50 717	10,8	37 068	20,1
September 1982	149 188	10,7	94 467	14,8	1 727	5,1	1 947	10,1	3 273	5,9	2 840	10,8	56 780	12,0	40 304	21,7
Dezember 1982	186 476	13,6	106 686	16,9	2 282	6,8	2 170	11,4	4 119	7,5	3 257	12,4	68 707	14,6	45 187	24,4
März 1983	202 339	14,8	110 623	17,6	2 547	7,7	2 299	12,3	4 425	8,1	3 308	12,9	74 243	15,8	46 609	25,3
Juni 1983	177 390	13,0	107 117	16,9	2 567	7,8	2 232	12,1	4 068	7,5	3 220	12,7	67 042	14,3	45 139	24,4
September 1983	168 069	.	106 349	.	2 747	.	2 370	.	4 066	.	3 203	.	64 881	.	44 652	.
Dezember 1983	188 495	.	107 896	.	2 813	.	2 327	.	4 473	.	3 113	.	72 390	.	45 536	.

[a] Arbeitslose in vH der jeweiligen Arbeitnehmergruppe.

Quelle: Bundesanstalt für Arbeit (Hrsg.), Amtliche Nachrichten der Bundesanstalt für Arbeit, lfd. Jgg. — Eigene Berechnungen.

Tabelle A 5: Kriminalitätsbelastungszahlen[a] der männlichen Tatverdächtigen nach der Staatsangehörigkeit[b] und der Straftatengruppe in der Bundesrepublik Deutschland in den Jahren 1974 bis 1982

Jahr	Straftaten insgesamt				Mord u. Totschlag				Vergewaltigung				Raub, räuberische Erpressung und räuber. Angriff auf Kraftfahrer			
	Insges.	D	ND	ND/D	Insges.	D	ND	ND/D	Insges.	D	ND	ND/D	Insges.	D	ND	ND/D
1974	3 370,4	3 218,9	4 943,2	1,5	9,4	7,6	27,6	3,6	21,5	16,5	73,5	4,5	53,0	48,2	102,4	2,1
1975	3 482,8	3 319,4	5 310,7	1,6	10,2	8,3	30,5	3,7	20,9	16,0	75,9	4,8	58,4	52,5	124,5	2,4
1976	3 667,6	3 496,1	5 712,0	1,6	9,5	7,9	29,0	3,7	20,5	16,4	70,1	4,3	53,6	49,1	108,0	2,2
1977	3 842,9	3 654,5	6 106,9	1,7	9,0	7,3	29,2	4,0	20,2	15,5	76,4	4,9	56,2	51,8	108,9	2,1
1978	3 869,3	3 632,9	6 946,4	1,9	8,8	7,2	29,4	4,1	19,3	14,8	78,4	5,3	58,5	53,0	130,1	2,5
1979	3 625,2	3 392,7	6 228,4	1,8	8,1	6,7	23,7	3,5	17,3	13,1	63,5	4,8	53,7	47,8	119,1	2,5
1980	3 908,8	3 628,9	6 772,6	1,9	8,6	6,9	26,0	3,8	17,7	13,6	60,5	4,5	59,4	53,0	124,6	2,4
1981	4 164,9	3 812,3	7 741,5	2,0	9,4	7,4	29,7	4,0	17,8	13,6	60,9	4,5	68,0	60,3	145,9	2,4
1982	4 783,2	4 392,2	8 765,0	2,0	10,4	8,5	29,9	3,5	18,9	14,4	64,6	4,5	78,1	69,8	162,7	2,3
	Gefährliche u. schwere Körperverletzung				(Vorsätzliche leichte) Körperverletzung				Straftaten gegen die persönliche Freiheit				Diebstahl ohne erschwerende Umstände			
1974	176,6	154,5	406,5	2,6	217,1	204,5	348,5	1,7	99,2	90,4	190,2	2,1	841,5	822,0	1 043,7	1,3
1975	200,2	176,5	465,2	2,6	218,3	205,6	361,2	1,8	106,8	98,2	202,5	2,1	864,2	838,3	1 155,1	1,4
1976	197,5	175,8	456,4	2,6	235,9	222,5	394,9	1,8	107,1	98,2	213,1	2,2	935,7	915,6	1 175,4	1,3
1977	207,1	184,3	480,3	2,6	262,7	248,7	430,2	1,7	116,7	108,1	220,2	2,0	995,8	975,8	1 235,5	1,3
1978	206,3	182,3	518,6	2,8	269,9	253,5	483,5	1,9	113,5	104,2	234,8	2,3	1 007,3	972,1	1 466,2	1,5
1979	201,7	177,0	478,1	2,7	278,4	262,0	462,1	1,8	115,4	105,3	229,3	2,2	923,8	892,1	1 278,8	1,4
1980	232,1	202,4	536,5	2,7	322,5	302,4	528,3	1,7	131,7	118,8	263,6	2,2	945,8	910,6	1 305,5	1,4
1981	241,5	208,9	571,6	2,7	331,8	310,1	551,3	1,8	142,6	128,1	289,5	2,3	1 027,8	975,6	1 558,0	1,6
1982	256,6	224,1	588,3	2,6	349,9	327,5	578,8	1,8	161,8	147,1	312,1	2,1	1 214,3	1 145,4	1 918,4	1,7
	Diebstahl unter erschwerenden Umständen				Betrug				Untreue				Unterschlagung			
1974	609,7	623,3	468,5	0,8	421,4	415,8	479,4	1,2	7,4	7,7	4,1	0,5	82,6	81,8	90,4	1,1
1975	622,4	630,5	532,0	0,8	438,7	432,6	506,8	1,2	7,1	7,4	3,8	0,5	83,5	82,5	94,7	1,1
1976	618,8	625,7	536,6	0,9	473,2	467,0	547,0	1,2	7,3	7,6	3,8	0,5	85,0	84,4	91,1	1,1
1977	646,8	655,4	543,4	0,8	463,5	457,1	540,0	1,2	7,1	7,4	4,2	0,6	82,5	81,9	88,8	1,1
1978	636,6	635,7	649,2	1,0	464,8	450,9	645,5	1,4	7,3	7,4	5,3	0,7	78,9	77,7	95,4	1,2
1979	561,5	565,5	516,5	0,9	428,2	418,1	540,8	1,3	6,2	6,4	3,3	0,5	70,8	70,2	77,8	1,1
1980	574,8	573,2	590,6	1,0	453,8	441,0	583,8	1,3	6,4	6,7	3,4	0,5	72,9	71,7	85,1	1,2
1981	628,0	617,3	736,8	1,2	500,2	482,0	685,2	1,4	7,2	7,5	4,0	0,5	77,7	76,2	92,6	1,2
1982	748,5	729,9	938,7	1,3	628,0	601,0	904,1	1,5	8,4	8,8	4,8	0,5	96,8	94,5	121,5	1,3

noch Tabelle A 5: Kriminalitätsbelastungszahlen[a] der männlichen Tatverdächtigen nach der Staatsangehörigkeit[b] und der Straftatengruppe in der Bundesrepublik Deutschland in den Jahren 1974 bis 1982

Jahr	Urkundenfälschung				Erpressung				Widerstand gegen die Staatsgewalt u.Straftaten gegen d.öffentl.Ordng.				Begünstigung, Strafvereitelung und Hehlerei			
	Insges.	D	ND	ND/D	Insges.	D	ND	ND/D	Insges.	D	ND	ND/D	Insges.	D	ND	ND/D
1974	61,0	52,9	144,5	2,7	6,9	6,6	10,4	1,6	160,4	159,5	170,3	1,1	54,3	53,7	60,6	1,1
1975	62,2	55,2	140,7	2,5	7,5	7,1	11,6	1,6	177,4	176,0	193,0	1,1	52,3	51,3	63,1	1,2
1976	68,5	59,5	175,0	2,9	7,1	6,7	10,8	1,6	177,9	177,6	182,0	1,0	55,6	54,4	70,1	1,3
1977	73,4	64,3	182,9	2,8	7,8	7,4	12,8	1,7	186,8	186,5	190,3	1,0	57,6	56,7	69,0	1,2
1978	74,8	61,3	250,6	4,1	7,1	6,6	13,8	2,1	188,6	186,4	217,2	1,2	59,6	58,3	76,0	1,3
1979	67,5	55,1	205,7	3,7	6,9	6,4	12,5	2,0	180,8	179,6	194,4	1,1	55,3	54,5	64,7	1,2
1980	77,6	57,7	281,3	4,9	7,1	6,4	13,9	2,2	208,7	206,4	232,8	1,1	59,3	58,7	65,3	1,1
1981	84,4	63,2	299,5	4,7	7,5	6,7	15,9	2,4	226,1	223,7	250,4	1,1	63,7	62,6	74,1	1,2
1982	100,5	79,0	319,8	4,0	8,7	7,9	16,9	2,1	244,8	240,8	286,2	1,2	79,5	75,9	116,5	1,5
	Brandstiftung (dar.: vorsätzliche Brandstiftung)				Straftaten im Amt				Verletzung der Unterhaltspflicht				Beleidigung			
1974	30,9	31,9	20,5	0,6	7,7	8,4	0,4	0,1	69,6	72,8	36,4	0,5	84,7	84,5	86,7	1,0
	(7,1)	(7,4)	(3,9)	(0,5)												
1975	29,1	29,8	21,8	0,7	6,7	7,3	0,2	0,0	64,8	67,5	35,6	0,5	94,0	93,4	100,4	1,1
	(7,6)	(7,9)	(4,7)	(0,6)												
1976	37,0	38,1	24,0	0,6	7,8	8,3	0,8	0,1	64,9	67,2	38,3	0,6	96,5	96,1	100,6	1,0
	(9,1)	(9,5)	(4,8)	(0,5)												
1977	30,4	31,1	22,6	0,7	7,4	7,9	0,9	0,1	65,7	67,5	43,2	0,6	109,3	109,0	113,0	1,0
	(8,1)	(8,3)	(5,8)	(0,7)												
1978	30,7	31,1	24,6	0,8	7,0	7,5	0,4	0,1	63,1	64,4	46,1	0,7	113,0	111,7	129,0	1,2
	(8,5)	(8,7)	(6,3)	(0,7)												
1979	29,5	30,2	22,3	0,7	6,6	7,1	0,4	0,1	53,5	55,2	34,3	0,6	114,7	114,3	119,3	1,0
	(7,8)	(8,3)	(5,8)	(0,7)												
1980	30,9	31,5	24,1	0,8	6,7	7,3	0,9	0,1	52,4	54,2	33,4	0,6	132,4	131,4	142,1	1,1
	(9,4)	(9,8)	(5,8)	(0,6)												
1981	28,4	28,7	25,6	0,9	7,4	8,1	0,5	0,1	55,3	56,9	39,5	0,7	138,3	137,4	147,5	1,1
	(9,2)	(9,4)	(7,0)	(0,7)												
1982	33,8	34,2	29,8	0,9	7,4	8,0	0,8	0,1	59,4	60,8	45,7	0,8	157,4	156,2	170,0	1,1
	(11,5)	(11,7)	(9,2)	(0,8)												
	Sachbeschädigung				Straftaten gegen strafrechtliche Nebengesetze a.d. Wirtsch.sektor				Rauschgiftdelikte							
1974	220,6	220,5	220,7	1,0	19,2	19,6	15,3	0,8	82,8	71,9	195,7	2,7				
1975	233,3	231,2	256,4	1,1	17,3	17,4	16,0	0,9	84,7	75,3	189,6	2,5				
1976	240,2	238,6	259,8	1,1	18,7	18,8	17,3	0,9	97,1	88,2	203,2	2,3				
1977	276,6	274,4	302,7	1,1	19,2	18,6	26,8	1,4	109,8	100,6	221,0	2,2				
1978	286,8	282,2	346,8	1,2	19,5	18,5	32,0	1,7	122,2	108,1	305,3	2,8				
1979	271,2	267,4	312,9	1,2	17,5	17,1	21,3	1,2	129,8	116,2	281,9	2,4				
1980	312,3	308,9	346,6	1,1	19,5	19,0	24,5	1,3	150,6	135,8	302,6	2,2				
1981	316,3	312,2	358,9	1,1	22,8	22,0	31,3	1,4	154,8	137,1	334,6	2,4				
1982	336,8	330,6	400,2	1,2	31,6	30,6	41,4	1,4	185,3	160,2	441,1	2,8				

[a] Zahl der ermittelten Tatverdächtigen je 100 000 Einwohner des entsprechenden Bevölkerungsanteils ohne Kinder unter 8 Jahre. – [b] D=Deutsche, ND=Nichtdeutsche, d.h. Personen ausländischer Staatsangehörigkeit und Staatenlose.

Quelle: Bundeskriminalamt (Hrsg.), Polizeiliche Kriminalstatistik für die Bundesrepublik Deutschland, lfd. Jgg. — Eigene Berechnungen.

Tabelle A 6: Kriminalitätsbelastungszahlen[a] der männlichen Tatverdächtigen nach den Altersgruppen, der Staatsangehörigkeit[b] und der Straftatengruppe in der Bundesrepublik Deutschland in den Jahren 1978 bis 1982

Jahr	Kinder[c]				Jugendliche[d]				Heranwachsende[e]				Jungerwachsene[f]			
	Insgesamt	D	ND	ND/D	Insgesamt	D	ND	ND/D	Insgesamt	D	ND	ND/D	Insgesamt	D	ND	ND/D
	Straftaten insgesamt															
1978	2 689,2	2 540,2	5 120,4	2,0	7 953,8	7 639,2	14 278,4	1,9	9 935,3	9 315,5	20 085,8	2,2	.	.	.	.
1979	2 574,6	2 388,5	5 161,9	2,2	7 948,6	7 584,5	14 654,8	1,9	10 179,6	9 489,2	20 760,7	2,2	7 854,7	7 116,9	16 109,3	2,3
1980	2 574,5	2 362,7	5 038,1	2,1	8 334,0	7 944,4	14 051,1	1,8	10 864,5	10 044,8	22 175,0	2,2	8 469,9	7 542,8	17 685,1	2,3
1981	2 603,3	2 346,2	5 045,3	2,2	8 784,9	8 378,0	13 620,3	1,6	11 588,1	10 788,1	21 082,3	2,0	8 863,8	7 844,9	17 982,2	2,3
1982	2 642,4	2 344,9	5 029,8	2,1	8 847,7	8 347,4	14 415,1	1,7	11 782,0	11 074,1	19 841,2	1,8	9 234,6	8 319,5	17 699,4	2,1
	Mord und Totschlag															
1978	0,1	0,1	1,1	7,7	6,5	5,8	20,5	3,5	19,5	17,1	58,8	3,4	.	.	.	.
1979	0,2	0,1	0,5	5,0	5,7	4,9	21,1	4,3	21,8	19,0	64,6	3,4	20,6	16,1	70,7	4,4
1980	0,3	0,3	0,9	3,0	5,7	4,7	20,4	4,3	22,2	16,1	105,5	6,7	22,1	17,7	66,0	3,7
1981	0,3	0,2	0,8	4,0	6,6	5,5	19,9	3,6	25,9	20,6	87,8	4,3	21,4	15,5	74,1	4,8
1982	0,4	0,4	1,1	2,8	6,8	6,0	15,0	2,5	19,5	16,2	57,2	3,5	24,5	20,0	66,0	3,3
	Vergewaltigung															
1978	0,6	0,4	4,3	12,2	20,8	17,2	94,2	5,5	61,0	44,6	329,7	7,4	.	.	.	.
1979	0,9	0,6	4,6	7,7	18,1	16,2	53,3	3,3	56,2	41,6	280,6	6,7	60,6	44,2	243,4	5,5
1980	0,7	0,6	1,3	2,2	18,0	14,9	64,0	4,3	52,4	38,0	250,8	6,6	58,9	41,4	232,7	5,6
1981	1,4	0,8	7,5	9,4	18,2	15,5	50,4	3,3	51,1	39,2	191,0	4,9	55,8	40,0	196,9	4,9
1982	1,1	0,5	5,5	11,0	18,4	15,5	51,2	3,3	48,8	36,9	184,7	5,0	49,9	38,1	156,6	4,2
	Raub, räuberische Erpressung und räuberischer Angriff auf Kraftfahrer															
1978	38,9	34,0	117,1	3,5	177,7	160,8	516,9	3,2	243,3	217,1	672,8	3,1	.	.	.	.
1979	40,7	32,7	151,7	4,6	164,5	145,3	518,8	3,6	240,7	210,2	709,2	3,4	155,6	137,3	360,3	2,6
1980	38,1	33,1	96,0	2,9	180,5	161,8	455,7	2,8	287,6	236,4	734,0	3,1	284,8	155,2	406,5	2,6
1981	45,8	38,2	117,9	3,1	219,4	194,8	511,4	2,6	287,5	258,3	629,4	2,4	185,9	164,8	374,3	2,3
1982	46,6	40,7	93,8	2,3	199,6	176,3	459,5	2,6	304,7	276,6	624,4	2,3	200,9	162,3	373,1	2,0
	Gefährliche und schwere Körperverletzung															
1978	34,5	33,2	57,2	1,7	330,9	310,4	742,1	2,4	696,7	632,0	1 757,4	2,8	.	.	.	.
1979	36,2	33,6	72,0	2,1	355,7	332,2	788,7	2,4	740,0	664,1	1 903,9	2,9	541,2	465,2	1 392,4	3,0
1980	42,6	39,0	84,3	2,2	400,1	367,9	873,6	2,4	732,9	757,2	1 997,6	2,6	721,0	531,2	1 523,9	2,9
1981	41,7	37,5	81,9	2,2	406,2	375,7	768,3	2,0	859,3	774,0	1 859,2	2,4	630,5	545,1	1 394,8	2,6
1982	43,8	40,5	69,6	1,7	368,9	341,9	669,2	2,0	795,6	724,2	1 608,3	2,2	608,2	531,6	1 317,2	2,5
	(Vorsätzliche leichte) Körperverletzung															
1978	37,9	36,2	65,3	1,8	268,6	258,7	467,8	1,8	570,8	536,5	1 132,4	2,1	.	.	.	.
1979	38,8	35,9	79,6	2,2	292,6	276,1	596,8	2,2	625,9	583,2	1 280,4	2,2	619,4	578,1	1 081,0	1,9
1980	41,7	38,5	79,4	2,1	334,2	319,2	554,5	1,7	841,0	687,5	1 359,5	2,0	621,9	666,9	1 258,8	1,9
1981	47,0	44,5	70,8	1,6	360,1	343,4	612,9	1,8	748,7	708,6	1 218,5	1,7	718,9	667,7	1 177,0	1,8
1982	42,4	39,5	65,9	1,7	333,2	315,5	530,7	1,7	697,8	660,7	1 120,5	1,7	694,1	644,2	1 156,0	1,8

noch Tabelle A 6: Kriminalitätsbelastungszahlen[a] der männlichen Tatverdächtigen nach den Altersgruppen, der Staatsangehörigkeit[b] und der Straftatengruppe in der Bundesrepublik Deutschland in den Jahren 1978 bis 1982

Jahr	Kinder[c]				Jugendliche[d]				Heranwachsende[e]				Jungerwachsene[f]			
	Insgesamt	D	ND	ND/D	Insgesamt	D	ND	ND/D	Insgesamt	D	ND	ND/D	Insgesamt	D	ND	ND/D
								Straftaten gegen die persönliche Freiheit								
1978	12,9	12,5	20,0	1,6	84,0	80,4	154,6	1,9	218,4	206,5	413,0	2,0	.	.	.	.
1979	12,0	11,1	23,8	2,1	91,9	87,0	182,7	2,1	255,5	234,8	573,4	2,4	294,4	227,9	489,5	2,1
1980	13,0	11,8	26,9	2,3	113,1	105,0	231,1	2,2	270,0	265,4	594,5	2,2	178,2	251,3	618,5	2,5
1981	12,2	11,0	23,7	2,2	110,3	103,7	203,5	2,0	311,7	285,9	614,1	2,1	303,7	271,0	596,2	2,2
1982	13,7	13,1	18,0	1,4	99,5	93,1	170,8	1,8	297,0	276,8	527,4	1,9	315,7	265,6	594,6	2,1
								Diebstahl ohne erschwerende Umstände								
1978	1 574,9	1 471,9	3 238,9	2,2	3 080,3	2 979,6	5 104,4	1,7	2 178,6	2 080,8	3 779,4	1,8	.	.	.	.
1979	1 527,1	1 397,2	3 333,2	2,4	3 037,9	2 917,7	5 251,9	1,8	2 244,3	2 144,1	3 781,1	1,8	1 394,5	1 315,4	2 279,6	1,7
1980	1 449,7	1 312,1	3 048,7	2,3	2 982,4	2 876,2	4 541,0	1,6	2 270,4	2 161,3	3 776,4	1,7	1 448,1	1 349,0	2 432,9	1,8
1981	1 521,3	1 352,2	3 127,6	2,3	3 200,3	3 070,7	4 740,5	1,5	2 462,7	2 358,2	3 687,8	1,6	1 537,3	1 423,3	2 557,6	1,8
1982	1 573,5	1 383,3	3 100,3	2,2	3 374,4	3 185,7	5 474,1	1,7	2 593,3	2 500,2	3 653,2	1,5	1 675,9	1 568,4	2 670,2	1,7
								Diebstahl unter erschwerenden Umständen								
1978	610,5	576,8	1 161,5	2,0	2 672,9	2 616,4	3 808,6	1,5	2 573,0	2 556,0	2 851,7	1,1	.	.	.	.
1979	562,9	529,5	1 028,2	1,9	2 592,8	2 541,9	3 530,3	1,4	2 501,5	2 495,3	2 597,6	1,0	1 178,8	1 189,7	1 056,5	0,9
1980	570,8	522,9	1 127,0	2,2	2 672,1	2 600,9	3 716,8	1,4	2 529,6	2 496,4	2 988,2	1,2	1 203,8	1 210,4	1 137,5	0,9
1981	603,8	530,7	1 298,0	2,4	2 820,7	2 744,7	3 723,5	1,4	2 805,6	2 768,3	3 242,1	1,2	1 307,2	1 314,0	1 246,6	0,9
1982	593,3	516,2	1 212,2	2,3	2 864,5	2 743,3	4 212,9	1,5	3 118,3	3 064,5	3 730,2	1,2	1 419,4	1 495,5	1 453,3	1,0
								Betrug								
1978	23,8	21,7	52,3	2,4	333,6	304,6	917,1	3,0	924,7	871,2	1 801,5	2,1	.	.	.	.
1979	27,3	23,8	76,6	3,2	358,5	323,5	1 003,6	3,1	924,9	859,4	1 928,4	2,2	976,3	931,3	1 479,4	1,6
1980	28,1	23,8	79,0	3,3	378,5	336,2	998,6	3,0	945,3	867,4	2 019,9	2,3	1 008,2	949,9	1 588,1	1,7
1981	33,9	28,4	77,1	2,7	417,3	373,7	934,8	2,5	1 060,0	990,7	1 872,9	1,9	1 089,8	1 018,8	1 725,2	1,7
1982	37,3	31,4	84,6	2,7	449,2	404,3	948,5	2,3	1 149,6	1 075,4	1 994,5	1,9	1 259,8	1 176,6	2 010,1	1,7
								Untreue								
1978	0,1	0,1	-	0	0,8	0,7	3,1	4,4	1,6	1,5	2,5	1,7	.	.	.	.
1979	0,1	0,1	-	0	0,4	0,4	-	-	2,3	2,3	2,2	1,0	5,6	5,8	2,7	0,5
1980	0	0	-	0	0,2	0,2	0,7	3,5	1,8	1,9	-	-	4,7	5,1	1,2	0,2
1981	0,1	0	0,4	-	0,6	0,6	0,6	1,0	3,9	3,9	4,0	1,0	7,0	7,1	6,1	0,9
1982	0,1	0,1	-	0	0,4	0,4	-	0	3,0	3,1	2,3	0,7	6,4	6,6	4,1	0,6
								Unterschlagung								
1978	19,6	18,7	35,1	1,9	82,7	81,1	114,6	1,4	118,1	117,3	132,4	1,1	.	.	.	.
1979	21,1	19,9	37,5	1,9	84,3	82,7	113,9	1,4	114,0	113,3	124,7	1,1	161,5	160,8	169,3	1,1
1980	20,8	19,3	37,7	2,0	77,2	74,9	110,5	1,5	122,9	119,7	167,5	1,4	160,2	158,6	176,1	1,1
1981	20,0	18,0	38,8	2,2	82,1	79,2	117,3	1,5	130,9	128,4	161,2	1,3	156,3	153,9	177,9	1,2
1982	23,6	21,8	57,7	1,7	88,4	85,9	115,7	1,3	142,7	139,3	182,4	1,3	183,7	180,0	218,0	1,2

noch Tabelle A 6: Kriminalitätsbelastungszahlen[a] der männlichen Tatverdächtigen nach den Altersgruppen, der Staatsangehörigkeit[b] und der Straftatengruppe in der Bundesrepublik Deutschland in den Jahren 1978 bis 1982

Jahr	Kinder[c]				Jugendliche[d]				Heranwachsende[e]				Jungerwachsene[f]			
	Insgesamt	D	ND	ND/D	Insgesamt	D	ND	ND/D	Insgesamt	D	ND	ND/D	Insgesamt	D	ND	ND/D
Urkundenfälschung																
1978	3,1	3,1	4,3	1,4	109,1	106,3	165,8	1,6	162,0	153,1	307,6	2,3	.	.	.	.
1979	3,9	3,9	4,6	1,2	114,5	110,5	187,3	1,7	164,7	149,4	398,6	2,7	156,8	124,3	520,1	4,2
1980	3,8	3,0	12,1	4,0	108,3	100,4	224,6	2,2	197,2	162,8	671,0	4,1	201,8	132,6	888,9	6,7
1981	5,2	4,7	9,5	2,0	134,2	124,3	252,2	2,0	223,4	179,9	734,2	4,1	223,6	154,2	845,2	5,5
1982	4,3	3,4	11,7	3,4	133,1	116,1	322,1	2,8	227,0	198,9	547,3	2,8	231,5	180,4	704,7	3,9
Erpressung																
1978	9,8	9,4	16,7	1,8	20,3	18,9	49,1	2,6	12,2	11,9	17,2	1,4	.	.	.	.
1979	9,6	9,1	17,2	1,9	18,1	16,8	40,4	2,4	14,7	13,4	35,6	2,7	11,8	10,3	28,6	2,8
1980	7,5	7,3	9,9	1,4	18,8	17,3	41,4	2,4	14,9	13,6	32,0	2,4	12,3	10,5	30,6	2,9
1981	9,8	9,0	18,2	2,0	19,9	18,3	39,3	2,1	15,1	13,5	33,8	2,5	12,5	10,8	28,1	2,6
1982	6,9	6,6	9,5	1,4	19,2	18,2	29,5	1,6	16,3	14,5	36,6	2,5	14,2	12,9	26,6	2,1
Widerstand gegen die Staatsgewalt und Straftaten gegen die öffentliche Ordnung																
1978	30,0	28,5	54,0	1,9	232,9	227,5	340,8	1,5	554,4	541,8	761,0	1,4	.	.	.	.
1979	30,9	30,0	43,1	1,4	267,7	262,6	362,7	1,4	593,3	578,5	820,6	1,4	481,5	472,0	588,8	1,2
1980	38,3	36,5	59,7	1,6	332,7	326,7	420,8	1,3	688,2	672,5	905,4	1,3	548,6	563,2	672,1	1,2
1981	36,2	34,7	50,6	1,5	345,6	343,1	375,9	1,1	745,5	739,1	820,4	1,1	611,7	606,0	662,7	1,1
1982	33,4	29,9	61,9	2,1	316,0	314,0	337,7	1,1	708,3	697,5	831,2	1,2	593,1	586,9	650,9	1,1
Begünstigung, Strafvereitelung und Hehlerei																
1978	28,0	27,0	46,4	1,7	185,7	183,4	230,3	1,3	158,7	159,3	148,3	0,9	.	.	.	.
1979	32,3	31,2	47,2	1,5	210,7	207,4	271,8	1,3	168,6	168,3	172,6	1,0	98,5	99,0	92,5	0,9
1980	30,9	29,4	49,4	1,7	216,3	216,2	218,0	1,0	181,4	179,8	204,3	1,1	108,7	107,1	124,3	1,2
1981	32,6	31,7	46,3	1,5	222,6	222,1	227,6	1,0	195,2	193,7	212,0	1,1	116,8	115,2	130,9	1,1
1982	34,9	31,4	63,7	2,0	232,4	225,7	306,0	1,4	214,9	210,9	260,3	1,2	141,1	137,1	178,1	1,3
Brandstiftung (darunter: - (vorsätzliche) Brandstiftung)																
1978	83,6	84,1	79,4	0,9	39,4	39,7	33,8	0,9	40,8	41,2	34,3	0,8	.	.	.	.
	(16,7)	(16,7)	(17,8)	(1,1)	(16,8)	(16,9)	(14,3)	(0,8)	(22,3)	(22,4)	(20,8)	(0,9)	.	.	.	.
1979	87,6	88,6	74,1	0,8	41,2	41,1	43,2	1,1	45,4	46,7	24,5	0,5	39,3	39,6	36,0	0,9
	(18,5)	(18,5)	(17,8)	(1,0)	(15,9)	(16,0)	(14,7)	(0,9)	(23,9)	(25,0)	(6,7)	(0,3)	(15,0)	(15,5)	(9,5)	(0,6)
1980	94,1	93,7	99,2	1,1	47,9	48,8	34,9	0,7	49,7	51,4	27,1	0,5	40,2	40,8	34,2	0,8
	(21,6)	(21,4)	(23,8)	(1,1)	(20,3)	(21,0)	(10,2)	(0,5)	(27,4)	(28,8)	(7,7)	(0,3)	(17,8)	(18,5)	(11,2)	(0,6)
1981	76,1	76,0	77,5	1,0	41,6	42,7	28,2	0,7	46,3	47,2	36,3	0,8	42,9	43,0	41,9	1,0
	(17,9)	(17,7)	(19,8)	(1,1)	(18,8)	(19,3)	(12,9)	(0,7)	(26,4)	(27,0)	(18,5)	(0,7)	(19,5)	(20,3)	(12,3)	(0,6)
1982	81,3	82,2	74,7	0,9	45,0	46,7	26,1	0,6	54,4	56,5	30,5	0,5	44,6	46,2	29,2	0,6
	(19,1)	(19,1)	(19,0)	(1,0)	(20,5)	(21,1)	(13,9)	(0,7)	(30,1)	(31,4)	(15,3)	(0,5)	(20,1)	(21,2)	(10,2)	(0,5)

noch Tabelle A 6: Kriminalitätsbelastungszahlen[a] der männlichen Tatverdächtigen nach den Altersgruppen, der Staatsangehörigkeit[b] und der Straftatengruppe in der Bundesrepublik Deutschland in den Jahren 1978 bis 1982

Jahr	Kinder[c]				Jugendliche[d]				Heranwachsende[e]				Jungerwachsene[f]			
	Insgesamt	D	ND	ND/D	Insgesamt	D	ND	ND/D	Insgesamt	D	ND	ND/D	Insgesamt	D	ND	ND/D
								Straftaten im Amt								
1978	-	-	-	-	0	0,1	-	0	5,1	5,4	-	0	.	.	.	.
1979	-	-	-	-	0,3	0,3	-	0	5,5	5,8	1,1	0,2	21,4	23,2	1,4	0,1
1980	-	-	-	-	0,3	0,3	-	0	3,3	3,4	1,0	0,3	20,5	22,5	-	0
1981	-	-	-	-	0,1	0,1	-	0	4,4	4,7	0,8	0,2	17,7	19,7	-	0
1982	-	-	-	-	0,1	0,1	-	0	3,6	3,8	1,5	0,4	17,1	18,9	-	0
								Verletzung der Unterhaltspflicht								
1978	-	-	-	-	0,3	0,4	-	0	9,8	9,4	15,9	1,7	.	.	.	.
1979	-	-	-	-	0,4	0,3	1,8	6,0	9,3	8,9	15,6	1,8	56,7	57,5	48,3	0,8
1980	-	-	-	-	0,4	0,4	-	0	8,4	7,8	16,5	2,1	50,3	50,9	44,8	0,9
1981	-	-	-	-	0,4	0,4	0,6	1,5	8,8	8,5	12,1	1,4	53,9	53,7	55,2	1,0
1982	-	-	-	-	0,8	0,8	0,6	0,8	9,7	8,9	19,1	2,1	46,8	46,4	50,2	1,1
								Beleidigung								
1978	9,7	8,8	25,3	2,9	84,3	79,5	181,2	2,3	180,8	177,4	236,5	1,3	.	.	.	.
1979	9,7	9,4	14,2	1,5	95,7	92,0	163,4	1,8	201,7	196,4	281,7	1,4	202,8	200,2	231,8	1,2
1980	11,7	11,1	18,8	1,7	115,2	110,7	181,0	1,6	241,6	237,4	299,2	1,3	244,9	238,4	310,4	1,3
1981	12,8	12,1	20,2	1,7	117,2	115,4	138,4	1,2	265,8	263,7	290,9	1,1	247,0	246,5	252,1	1,0
1982	10,9	10,5	13,9	1,3	113,3	110,6	142,4	1,3	268,2	267,5	277,1	1,0	259,8	259,2	265,1	1,0
								Sachbeschädigung								
1978	380,3	378,1	434,5	1,1	848,8	852,7	770,7	0,9	990,3	928,7	1 998,8	2,2	.	.	.	.
1979	350,6	345,8	417,5	1,2	854,4	858,0	788,7	0,9	1 014,0	945,1	2 069,8	2,2	571,9	537,5	957,2	1,8
1980	398,2	391,3	479,2	1,2	982,6	994,3	811,1	0,8	1 158,5	1 101,8	1 941,4	1,8	657,9	621,0	1 024,4	1,6
1981	347,5	340,2	417,2	1,2	956,3	974,6	739,0	0,8	1 179,4	1 133,7	1 715,0	1,5	679,9	652,5	925,0	1,4
1982	320,4	313,0	380,3	1,2	905,2	923,1	705,4	0,8	1 121,2	1 090,0	1 477,0	1,4	668,0	635,7	966,7	1,5
								Straftaten gegen strafrechtliche Nebengesetze auf dem Wirtschaftssektor								
1978	0,2	0,2	-	0	5,6	5,7	5,1	0,9	16,6	16,5	18,4	1,1	.	.	.	.
1979	0,1	-	1,0	-	3,6	3,8	-	0	15,0	14,7	18,9	1,3	18,7	17,4	34,0	2,0
1980	0	0	-	0	5,1	4,8	8,7	1,8	17,5	17,1	24,2	1,4	19,8	18,7	30,6	1,6
1981	0	0	-	0	4,8	4,6	6,4	1,4	20,8	20,7	21,8	1,1	22,7	21,0	37,3	1,8
1982	0,1	0,1	-	0	4,4	4,4	4,5	1,0	23,2	22,6	29,8	1,3	29,4	26,8	52,7	2,0
								Rauschgiftdelikte								
1978	0,7	0,6	2,1	3,4	122,1	115,4	256,9	2,2	685,7	610,0	1 924,0	3,2	.	.	.	.
1979	0,9	0,9	1,0	1,1	123,1	118,0	217,6	1,8	720,9	661,6	1 628,9	2,5	772,5	705,1	1 526,3	2,2
1980	2,0	1,9	4,9	2,6	148,6	144,5	209,3	1,4	778,2	718,3	1 604,5	2,2	851,8	785,1	1 514,5	1,9
1981	1,7	1,6	2,8	1,8	166,3	163,7	198,2	1,2	791,7	723,3	1 593,3	2,2	794,9	715,6	1 504,3	2,1
1982	1,6	1,5	2,2	1,5	166,9	166,4	171,9	1,0	780,2	702,3	1 667,0	2,4	833,1	725,5	1 828,4	2,5

[a] Zahl der ermittelten Tatverdächtigen je 100 000 Einwohner des entsprechenden Bevölkerungsanteils. - [b] D = Deutsche; ND = Nichtdeutsche. - [c] Über 8 bis unter 14 Jahre. - [d] Von 14 bis unter 18 Jahre. - [e] Von 18 bis unter 21 Jahre. - [f] Von 21 bis unter 25 Jahre.

Quelle: Bundeskriminalamt (Hrsg.), Polizeiliche Kriminalstatistik für die Bundesrepublik Deutschland, lfd. Jgg. — Eigene Berechnungen.

Literaturverzeichnis

Albrecht, Peter-Alexis, Christian Pfeiffer, Die Kriminalisierung junger Ausländer: Befunde und Reaktionen sozialer Kontrollinstanzen. München 1979.

Allgemeine Verwaltungsvorschrift, zur Ausführung des Ausländergesetzes (AuslVwV). Vom 7. Juli 1967 (GMBl. S. 368).

Amtliche Nachrichten der Bundesanstalt für Arbeit (ANBA), Nürnberg, lfd. Jgg.

Arbeitserlaubnisverordnung: Verordnung über die Arbeitserlaubnis für nichtdeutsche Arbeitnehmer in der Fassung vom 12. September 1980 (BGBl. I, S. 1755 ff.), zuletzt geändert durch: Sechste Verordnung zur Änderung der Arbeitserlaubnisordnung vom 24. September 1981 (BGBl. I, S. 1042).

Arbeitsförderungsgesetz (AFG) vom 25. Juni 1969 (BGBl. I. S. 582), zuletzt geändert durch Sozialgesetzbuch (SGB). Zusammenarbeit der Leistungsträger und ihre Beziehungen zu Dritten vom 4. 11. 1982 (BGBl. I, S. 1450).

Ausländergesetz (AuslG) vm 28. April 1965 in der Fassung vom 21. Juli 1982 (BGBl. I, S. 953).

Autorengruppe Ausländerforschung (Hrsg.), Zwischen Getto und Knast. Jugendliche Ausländer in der Bundesrepublik. — Ein Handbuch — Reinbek bei Hamburg, 1981.

Bader, Karl Siegfried, Soziologie der deutschen Nachkriegskriminalität. Tübingen 1949.

Bahadir, Sefik Alp, ,,Arbeitslosigkeit und Ausländerbeschäftigung. Zur Problematik der Ausländerbeschäftigung in der Bundesrepublik Deutschland aus arbeitsmarktpolitischer Sicht''. In: *Freund, Wolfgang Slim* (Hrsg.), Gastarbeiter: Integration oder Rückkehr? Grundfragen der Ausländerpolitik. Neustadt 1980, S. 25 – 32.

Becker, Egon, Bernd Wagner, Ökonomie der Bildung. Frankfurt, New York 1977.

Becker, Friedrich, Dietrich Braasch, Recht der ausländischen Arbeitnehmer. Eine systematische Darstellung. Neuwied, Darmstadt 1980.

Beermann Fritz, ,,Arbeitsschicksal und Kriminalität der Jugendlichen''. In: Arbeitslosigkeit und Berufsnot der Jugend. 2. Bd. Köln 1952, S. 233 – 268.

Berger, Johannes, ,,Der Grundgedanke der Marxschen Krisentheorie''. In: Alternative Wirtschafts-Politik: Methodische Grundlagen-Analysen und Diskussion. Berlin 1979.

Bericht der Kommission ,Ausländerpolitik' aus Vertretern von Bund, Ländern und Gemeinden. Der Bundesminister des Inneren. Gesch. Z. V II 1 – 937 040 – 1/1 vom 2. März 1983.

Blaug, Mark, An Introduction to the Economics of Education. London 1970.

Bleienstein, Fritz u. a., Dokumentation zur Situation ausländischer Schüler an den Schulen in Frankfurt am Main. Hrsg. Der Oberbürgermeister der Stadt Frankfurt am Main, Staatliches Schulamt. Frankfurt am Main 1983.

Bodenbender, Wolfgang, ,,Die politischen und gesellschaftlichen Rahmenbedingungen der Ausländerbeschäftigung''. In: *Ronneberger, Vogel,* 1982, S. 33 – 35.

Boss, Alfred, Das Arbeitskräfteangebot in der Bundesrepublik Deutschland in den achtziger Jahren. Institut für Weltwirtschaft, Kieler Arbeitspapiere, Nr. 158, November 1982.

—, *Norbert Walter,* Zur wirtschaftlichen Entwicklung in der Bundesrepublik Deutschland in den achtziger Jahren. Institut für Weltwirtschaft, Kieler Arbeitspapiere, Nr. 169, Februar 1983.

Brecht, Berthold, ,,Die Dreigroschenoper''. In: Die Stücke von Berthold Brecht in einem Band. Frankfurt am Main 1978, S. 165 – 202.

Brenner, M. Harvey, Time-Series Analysis (1900 – 1970). Effects of the Economy on Criminal Behavior and the Administration of Criminal Justice in the United States, Canada, England, Wales and Scotland, UNSDRI-Publication Nr. 15, Rome 1976.

Broicher, Martin, Leiharbeit-Formen und Auswirkungen. Betriebliche Fallstudien im Bau- und Metallverarbeitenden Gewerbe. Köln 1980.

Bulletin. Presse- und Informationsdienst der Bundesregierung. Nr. 44: Die Kriminalität in der Bundesrepublik Deutschland. Bonn, den 13. Mai 1983, S. 361 – 388.

Bundeskriminalamt (Hrsg.), Polizeiliche Kriminalstatistik, Bundesrepublik Deutschland, Wiesbaden, lfd. Jgg.

—, Kriminalistisches Institut/Verbindungsstelle zum Prognose-Gremium (Hrsg.), Stand und Entwicklung der Delinquenz ausländischer Jugendlicher. Wiesbaden 1983. Mimeo.

Bundesminister für Bildung und Wissenschaft (Hrsg.), Grund- und Strukturdaten, Bonn, lfd. Jgg.

Bundesvereinigung der Deutschen Arbeitgeberverbände (Hrsg.), Das Ausländerproblem. Die Grundauffassung der Arbeitgeber. Köln 1983.

Cassel, Dieter, Schattenwirtschaft — eine Wachstumsbranche? Duisburg 1982.

Cloward, Richard A., Lloyd E. Ohlin, Delinquency and Opportunity. New York — London, 1960.

Cormack, M., ,,The association betweeen crime and unemployment: A pilot study in Scotland''. In: Economic Crises and Crime, Correlations Between the State of the Economy, Deviance, and the Control of Deviance, UNSDRI-Publication No. 15, Rome 1976.

Deutsches Institut für Wirtschaftsforschung (DIW), Wochenbericht 37/82, Ausländer und Ausländerbeschäftigung in der Bundesrepublik Deutschland. 49. Jg. (1982), S. 455 – 465.

Dickopp, Karl-Heinz, Erziehung ausländischer Kinder als pädagogische Herausforderung — Das Krefelder Modell. Düsseldorf 1982.

Döding, Günter, „Es bleibt keine andere Wahl, als Arbeit besser zu verteilen". Die Welt, Hamburg, 18. März 1983.

Dörmann, U., „Zur Kriminalitätsentwicklung". In: Kriminalistik, Bd. 8 (1975), S. 356ff.

Eglau, Hans-Otto, Kampf der Giganten. Europa, USA und Japan im Wirtschaftswettstreit. Düsseldorf 1982.

Elstermann, Gert, Die Altersstruktur der Forscher. Forum des Hochschulverbandes, Heft 10, Bonn 1977.

Ertel, Manfred, Manfred Weber, „Von der Reform blieb nur die Expansion — Die Bildungpolitik der sozialliberalen Koalition". In: *Wolfgang Bickerich* (Hrsg.), Die 13 Jahre — Bilanz der sozialliberalen Koalition. Hamburg 1982.

Esslinger, F., Zusammenhänge zwischen Teuerung und Kriminalität. München 1927.

Exner, Franz, Kriminologie, Berlin 1949.

Fleisher, Belton M., „The Effects of Unemployment on Juvenile Delinquency". In: Journal of Political Economy, Vol. 71 (1963), S. 543–555.

Föhl, Carl, „Stabilisierung und Wachstum bei Einsatz von Gastarbeitern". In: Kyklos, Vol. 20 (1967), S. 119–146.

Frisch, Max, Stich-Worte. Frankfurt 1975.

Gehmacher, Ernst, Daniel Kubat, Ursula Mehrländer (Hrsg.), Ausländerpolitik im Konflikt. Arbeitskräfte oder Einwanderer? Konzepte der Aufnahme- und Entsendeländer. Bonn 1978.

Geißler, Heiner (Hrsg.), Ausländer in Deutschland — für eine gemeinsame Zukunft. Band I: Entwicklungen und Prognosen. München, Wien 1982.

Giersch, Herbert, Konjunktur- und Wachstumspolitik in der offenen Wirtschaft — Allgemeine Wirtschaftspolitik, Band 2. Wiesbaden 1977.

—, „Löhne, Jobs und Jobkiller. — Orientierungen in einer Zeit der Orientierungslosigkeit". Frankfurter Allgemeine Zeitung (FAZ), 11. Dezember 1982, S. 15.

—, „Die gefesselte Marktwirtschaft. Über das Dilemma sozialer Politik in einer freiheitlichen Wirtschaftsordnung". Frankfurter Allgemeine Zeitung (FAZ), 19. Februar 1983 (a), S. 11.

—, „Arbeit, Lohn und Produktivität". In: Weltwirtschaftliches Archiv, Bd. 119 (1983, b), Heft 1, S. 1–18.

Gijsel, Peter de, Jörg Münstermann, Der verschleierte Arbeitsmarkt in ausgewählten Ländern der EG. Hauptbericht. Brüssel 1981.

Glaser, Daniel, Kent Rice, „Crime, age and employment". In: American Sociological Review, Vol. 24 (1959), S. 679–686.

Gleitze, Bruno, Die Konjunkturkriminalität. Stuttgart, Berlin 1941. Wiederabgedruckt als WWI-Studie zur Wirtschaftsforschung, Nr. 12. Köln 1966.

Glismann, Hans H., Horst Rodemer, „Zum Zusammenhang zwischen Wachstum, Lohnentwicklung und staatlichem Verbrauch in wichtigen Industrieländern — eine Verlaufsanalyse seit 1950". In: Die Weltwirtschaft, Heft 1, 1978, S. 56–71.

—, —, Der wirtschaftliche Niedergang in der Bundesrepublik Deutschland und in der Weimarer Republik. Institut für Weltwirtschaft, Kieler Arbeitspapiere, Nr. 154, August 1982.
—, —, *Frank Wolter,* ,,Lange Wellen wirtschaftlichen Wachstums". In: *Dietmar Petzina, Ger van Roon* (Hrsg.), Konjunktur, Krise, Gesellschaft. Bochumer Historische Studien, Bd. 25, Stuttgart 1981, S. 66 – 107.
—, —, —, Zur Natur der Wachstumsschwäche in der Bundesrepublik Deutschland. Eine empirische Analyse langer Zyklen wirtschaftlicher Entwicklung. Kieler Diskussionsbeiträge Nr. 55, Kiel, Juni 1978.
Grundgesetz für die Bundesrepublik Deutschland (GG) vom 23. 5. 1949 (BGBl. I S. 1, in der Fassung vom 23. 8. 1976 (BGBl. I, S. 2383 ff.).
Gutachten des wissenschaftlichen Beirats beim Bundesministerium für Wirtschaft. — Reihe 6: Probleme der Ausländerbeschäftigung. Göttingen 1974.
— Reihe 38: Konjunkturpolitik — neu betrachtet. Göttingen 1983.
Guttentag, Marcia, ,,The Relationship of Unemployment to Crime and Delinquency". In: Journal of Social Issue, No. 1 (1968), s. 105 – 114.

Haar, Heinrich von der, Elke Stark — von der Haar, Jugendarbeitslosigkeit und soziale Sicherung. Eine Studie zur materiellen und sozialen Notlage arbeitsloser Jugendlicher. Berlin 1982.
Habbe, Christian (Hrsg.), Ausländer. Die verfemten Gäste. Hamburg 1983.
Haberler, Gottfried, Prosperität und Depression. Eine theoretische Untersuchung der Konjunkturbewegungen. 2. erweit. Aufl. Tübingen, Zürich 1955.
Häuser, K., ,,Maßnahmen zur Berufsvorbereitung und sozialen Eingliederung junger Ausländer (MBSE). — Wunsch und Wirklichkeit". In: Die berufsbildende Schule, 33. Jg., H. 5, 1981.
Halstrick, Marianne, Rudi Rettich, Die Entwicklung der Wirtschaft in der Bundesrepublik Deutschland bis zum Jahr 1990. Mitteilungen des Rheinisch-Westfälischen Instituts für Wirtschaftsforschung. Jg. 32 (1981), S. 117 – 139.
Hansen, Alvin H., Full Recovery or Stagnation? New York 1938.
Harms, Uwe, ,,Wirtschaftliche Aspekte des Gastarbeiterproblems". In: Hamburger Jahrbuch für Wirtschafts- und Gesellschaftspolitik, 11. Jg. (1966), S. 277 – 283.
Hellmer, Joachim, Jugendkriminalität. 4. Aufl., Neuwied, Darmstadt 1978.
—, ,,Kriminalität und Kultur". In: Monatszeitschrift für Kriminologie und Strafrechtsreform, Bd. 46 (1963), S. 97 – 117.
Hiemenz, Ulrich, Klaus-Werner Schatz, ,,Internationale Arbeitsteilung als Alternative zur Ausländerbeschäftigung — Der Fall der Bundesrepublik Deutschland". In: Die Weltwirtschaft, 1977, Heft 1, S. 35 – 58.
Hirt, Dieter, ,,Die Rolle der Schule in der Ausländerpolitik". In: *Ronneberger, Vogel,* 1982, S. 111 – 116.
Hiß, Dieter, ,,Hereinnahme von Arbeitskräften — eine vernünftige Maßnahme". In: Wirtschaftsdienst, 40. Jg. (1965), S. 635 – 638.
Holfort, Friedhelm, Benachteiligung ohne Ende? Zur sozialen Integration ausländischer Kinder. Düsseldorf 1982.

Hundhausen, Gerd, Methodologische und methodische Probleme der wissenschaftlichen Erfolgswürdigung in der Wirtschaftspolitik — Spezifiziert am Beispiel der wohlfahrtsökonomischen Bildungsökonomie und deren Anwendung auf das Bildungssystem. Bochum 1981.

Institut für Arbeitsmarkt- und Berufsforschung der Bundesanstalt für Arbeit (Hrsg.), Arbeitsmarktstatistische Zahlen in Zeitreihenform, Jahreszahlen für die Bundesrepublik Deutschland. Nürnberg, lfd. Jgg.

Jones, V., „Relation of economic depression to delinquency, crime, and drunkenness in Massachusetts". In: Journal of Social Psychology, Heft 3 1932, S. 259–282.

Kaiser, Günther, Jugendkriminalität. Rechtsbrüche, Rechtsbrecher und Opfersituation im Jugendalter. 3. Aufl. Weinheim und Basel 1982.

—, „Kriminalität in der Wohlstandsgesellschaft". In: Kriminalistik, Bd. 20 (1966), S. 399–343.

Kaltefleiter, Werner, „Weniger arbeiten — eine Fehlkalkulation: Die Auswirkungen der Arbeitszeitverkürzung werden falsch eingeschätzt". Frankfurter Allgemeine Zeitung (FAZ), 8. Januar 1983, S. 11.

Keynes, The General Theory of Employment, Interest and Money. London — New York 1936. Reprint 1961.

Klauder, Wolfgang, Tendenzen und Probleme der Ausländerbeschäftigung. Materialien aus der Arbeitsmarkt- und Berufsforschung (Mat AB4/1982). Nürnberg 1982.

—, „Die Brisanz des Ausländerproblems in der Bundesrepublik". In: Wirtschaftsdienst. 62. Jg. (1982), S. 272–279.

—, *Peter Schnur, Angela Thein,* Perspektiven 1980–2000. Neue Alternativrechnung zur Arbeitsmarktentwicklung. 2. Nachtrag zu Quint AB 1. — Nürnberg 1982.

Köhler Vargas, Christel, Joachim Reichling, Henning von Vieregge, „Chancen und Grenzen der Integration türkischer Jugendlicher". In: Beilage zu Wochenzeitung Das Parlament. B 25/82 vom 26. Juni 1982, S. 27–34.

Krause — Brewer, Fides, Das Rentenrisiko. Stuttgart 1980.

Kreuzaler, Ernst, „Die Ausländerbeschäftigung konsolidieren: Bemerkungen zu einigen arbeitsmarkt- und wirtschaftspolitischen Aspekten." In: Bundesarbeitsblatt, Heft 7/8. Juli/August 1973, S. 354–359.

Kriegsmann, Klaus-Peter, Axel Dietmar Neu, Globale, regionale und sektorale Wettbewerbsfähigkeit der deutschen Wirtschaft — Konzepte und Ergebnisse. Frankfurt/M., Bern 1982.

Kühlewind, Gerhard, Manfred Tessaring, Argumente für und gegen eine beschäftigungsorientierte Bildungspolitik. Literaturanalyse. Göttingen 1975.

Kunz, Harald J., Die Ökonomik individueller und organisierter Kriminalität. Köln, Berlin, Bonn, München 1976.

Lafargue, Paul, „Die Kriminalität in Frankreich 1840–1886. Untersuchungen über ihre Entwicklung und ihre Ursachen". In: Neu Zeit, Bd. 8 (1890).

Lander, Bernard, Towards an understanding of juvenile delinquency. New York 1954. Repr. New York 1970.

Langfeldt, Enno, The Unobserved Economy in the Federal Republic of Germany: A Preliminary Assessment, Mimeo, Institut für Weltwirtschaft, Kiel 1982.

Laurien, Hanna-Renate, ,,Eröffnungsansprache''. In: *Ronneberger, Vogel,* 1982, S. 13 – 20.

Leuschner, Dieter, ,,Volkswirtschaftliche Kosten und Erträge der Beschäftigung ausländischer Arbeitnehmer''. In: Zeitschrift für die gesamte Staatswissenschaft, Bd. 129 (1973), S. 702 – 713.

Lueg, Heiner, ,,Ausländische Kinder in Bildung und Ausbildung''. In: *Geißler* (Hrsg.) 1982, S. 84 – 106.

Maller, Julius Bernard, ,,Juvenile Delinquency in New York City: A Summary of a comprehensive Report''. In: Journal of Psychology, Vol. 3, (1937), S. 1 – 25.

Mandel, Ernest, Long waves of capitalist development. The Marxist interpretation. Cambridge 1980.

Marquard, Odo, Schwierigkeiten mit der Geschichtsphilosophie. (2. Aufl.), Frankfurt am Main 1982.

Martens, Ulrich, Wirtschaftliche Krise, Arbeitslosigkeit und Kriminaltätsbewegung. Sonderband der BKA-Forschungsreihe. Wiesbaden 1978.

Marx, Karl, Das Kapital, 1. Bd., 10. Aufl. Hamburg 1922.

—, *Friedrich Engels,* ,,Manifest der Kommunistischen Partei (1848)'', abgedruckt in: Marx-Engels III: Studienausgabe. Geschichte und Politik. Frankfurt am Main 1966, S. 59 – 87.

Mattern, Cornelia, Gernot Weißhuhn, Einführung in die ökonomische Theorie von Bildung, Arbeit und Produktion. Frankfurt am Main, Berlin, München 1980.

Mayer, Hans Ludwig, Hubertus Wollny, ,,Amtliches statistisches Grundlagenmaterial für Erwerbspersonenprognosen''. In: *Wolfgang Klauder, Dieter Mertens* (Hrsg.), Probleme der Messung und Vorausschätzung des Erwerbspersonenpotentials. Beiträge zur Arbeitsmarkt- und Berufsforschung, Nürnberg 1980, S. 162 – 171.

Mayr, Georg von, Statistik der gerichtlichen Polizei im Königreich Bayern und in einigen anderen Ländern. Heft 16 der Beiträge zur Statistik des Königreichs Bayern. München 1867.

Mehrländer, Ursula (Hrsg.), Situation der ausländischen Arbeitnehmer und ihrer Familienangehörigen in der Bundesrepublik Deutschland. — Repräsentativuntersuchung '80. Bonn 1981.

—, Türkische Jugendliche — keine beruflichen Chancen in Deutschland? Bonn 1983.

Meier, Bern, Die ,,eisernen Gehilfen''. Entwicklung und Einsatz von Industrierobotern. Köln 1982.

Meier — Braun, Karl-Heinz, ,,Gastarbeiter'' oder Einwanderer? Anmerkungen zur Ausländerpolitik in der Bundesrepublik Deutschland. Frankfurt/M., Berlin, Wien 1980.

Merx, Volker, Ausländerbeschäftigung und Flexibilität des Arbeitsmarktes der Bundesrepublik Deutschland. Köln 1972.

Monatsberichte der Deutschen Bundesbank, Die Aufwendungen für Sozialhilfe seit Beginn der siebziger Jahre. April 1983, S. 36–44.

Nehring, Sighard, „Probleme der internationalen Arbeitslosigkeit". In: *Hans H. Glismann u. a.,* Weltwirtschaftslehre. München 1980, S. 289–393.

Niedrig, Heinz, „Noch Hoffnung für Sozialpolitik?" In: Theorie und Praxis der sozialen Arbeit, 34. Jg. (1983), Heft 3, S. 82–84.

NJW: Neue Juristische Wochenschrift. In Verbindung mit dem Deutschen Anwaltsverein, lfd. Jgg.

Oetker, Arend, Kürzere Arbeitszeit gefährdet die Wettbewerbsposition. Die Welt, Hamburg, 18. März 1983.

Peters, Anke (Hrsg.), Materialien zur Ausländerbeschäftigung. Beiträge zur Arbeitsmarkt- und Berufsforschung (Beitr. AB 68), Nürnberg 1982.

—, Ausländische Arbeitnehmer. Sonderheft 3, Literaturdokumentation zur Arbeitsmarkt- und Berufsforschung (LitDokAB S3/1982). Nürnberg 1982.

Pfeiffer, Ingo, „Ausländer in Berlin". In: DIW, Vierteljahreshefte zur Wirtschaftsforschung, Heft 2/3, Berlin 1983, S. 184–195.

Philipp, Wolfgang, „In vier Jahren droht eine türkische Einwanderungswelle. Das Assoziierungsabkommen mit der Europäischen Gemeinschaft und die Folgen". Frankfurter Allgemeine Zeitung (FAZ), 2. Februar 1983.

—, „Ist das Grundrecht auf Asyl verfassungswidrig?" In: NJW. 34. Jg. (1981), 1857–1862.

„*Probleme* der ausländischen Arbeitskräfte in der Bundesrepublik. Bericht über den wissenschaftlichen Teil der 29. Mitgliederversammlung der Arbeitsgemeinschaft deutscher wirtschaftswissenschaftlicher Forschungsinstitute e.V. in Bad Godesberg am 24. und 25. Juni 1966". In: Beiheift zur Konjunkturpolitik, Heft 13, Berlin 1966.

Quaritsch, Helmut, Einwanderungsland Bundesrepublik Deutschland? 2. Aufl., München 1982.

Quetelet, Lambert, Adolphe, Jacques, Physique Sociale, Bd. II, Brüssel 1869.

Rager, L., „Jugendarbeitslosigkeit und Kriminalität". In: Die neue Polizei, Heft 3/1977, S. 43–45.

Reiwald, P., „Verbrechensverhütung als Teil der Gesellschaftspsychohygiene". In: *H. Meng* (Hrsg.), Die Prophylaxe des Verbrechens, Basel 1948, S. 173–180.

Renger, Ewald, Kriminalität, Preis und Lohn. Eine kriminalstatistische Untersuchung für Sachsen von 1882 bis 1929. Kriminalstatistische Abhandlungen. H. 19 (1933).

Roesner, Ernst, „Der Einfluß von Wirtschaftslage, Alkohol und Jahreszeit auf die Kriminalität". In: Bericht der Zentralstelle für das Gefangenenfürsorgewesen der Provinz Brandenburg, Berlin 1930.

Ronneberger, Franz, Rudolf Vogel, (Hrsg.), Gastarbeiterpolitik oder Immigrationspolitik. München und Wien 1982.

Rüstow, Hanns-Joachim, „Gastarbeiter — Gewinn oder Belastung für unsere Volkswirtschaft?" In: Wirtschaftsdienst, 40. Jg. (1965), S. 631–635.

Russel, Wh., Statistics of Crime in England and Wales, from 1839 to 1843. In: Journal of the Statistical Society of London, Bd. 10, London 1847.

Salowsky, Heinz, Sozialpolitische Aspekte der Ausländerbeschäftigung. Institut der deutschen Wirtschaft, Beiträge zur Wirtschafts- und Sozialpolitik, Nr. 116, Köln 1983.

Schäfer, Herbert, Jugendkriminalität. Hamburg 1965.

Schaffstein, F., ,,Die Jugendkriminalität in der industriellen Wohlstandsgesellschaft''. In: Monatszeitschrift für Kriminologie und Strafrechtsreform, Bd. 48 (1965), S. 53–67.

Scheele, Erwin, Der Trick mit den sozialen Grundrechten. Wie der Staat individuelle Freiheit weiter vernichtet. Frankfurter Allgemeine Zeitung (FAZ), 10. Juli 1982, S. 13.

Schieren, Marlies, ,,Urteile und Vorurteile — Meinungen und Einstellungen''. In: *Geißler* (Hrsg.), 1982, S. 137–147.

Schilling, Jürgen, Multikulturelle Gesellschaft oder Repatriierung? Ausländerpolitik im Widerstreit von christlicher Toleranz und Staatsräson. Manuskript des Referats auf der wissenschaftlichen Fachtagung der CDU, 20./21. Oktober 1982. (13 Seiten).

Schlaffke, Winfried, Rüdiger von Voss (Hrsg.), Vom Gastarbeiter zum Mitarbeiter. Ursachen, Folgen und Konsequenzen der Ausländerbeschäftigung in Deutschland. Köln 1982.

Schmidt, Klaus-Dieter, Zum Problem der Lehrerarbeitslosigkeit. Kieler Diskussionsbeiträge Nr. 87, März 1982.

—, ,,Die Bedürfnisse der Menschen in den achtziger Jahren''. In: Strukturwandel — Neue Chancen für die Unternehmen. Berlin 1977, S. 141–155.

Schmidt, Rainer, ,,Offene und verdeckte Arbeitslosigkeit bei Ausländern in der Bundesrepublik Deutschland''. In: Die Weltwirtschaft, 1983, Heft 1, S. 54–76.

Schmidt — Hackenberg, Dietrich, ‚Seiteneinsteiger' 1981. Statistik und Analyse eines ‚Störfaktors' der beruflichen Integration ausländischer Jugendlicher in der Bundesrepublik Deutschland. Bundesinstitut für Berufsbildung, Berlin 1982.

Schneider, Erich, Einführung in die Wirtschafttheorie. II. Teil, Wirtschaftspläne und wirtschaftliches Gleichgewicht in der Verkehrswirtschaft. 8. Aufl. 1963.

Schober, Karen, ,,Zur Ausbildungs- und Arbeitsmarktsituation ausländischer Jugendlicher in der Bundesrepublik Deutschland — gegenwärtige Lage und künftige Perspektiven''. In: Mitteilungen aus der Arbeitsmarkt- und Berufsforschung. 14. Jg. (1981), Heft 1, S. 11–21.

—, Ausländische Jugendliche (Teil II): Ausbildungssituation und Arbeitsmarktlage. Materialien aus der Arbeitsmarkt- und Berufsforschung. (Mat AB8/1980). Nürnberg 1980.

Schrader, Achim, Bruno W. Nikles, Hartmut M. Griese, Die zweite Generation. Sozialisation und Akkulturation ausländischer Kinder in der Bundesrepublik. 2. Aufl. Königstein/Ts. 1979.

Schultz, Theodore W. (Ed.), Investment in Education. The Equity-Efficiency Quandary. Chicago and London 1972.

Schumpeter, Joseph A., Business cycles. A theoretical, historical and statistical analysis of the capitalist process. New York, London 1939.

Schwind, H. D., N. Ciesinger, „Kriminalitätsanfall und Arbeitslosigkeit". In: Empirische Kriminalgeographie, Bestandsaufnahme und Weiterführung am Beispiel von Bochum. Hrsg. von *H. D. Schwind, W. Ahlhorn, R. Weiß.* BKA-Forschungsreihe, Bd. 8, Wiesbaden 1978.

Skomroch, Regina, Berufliche Integration junger Ausländer. Befunde — Perspektiven — Lösungen. Düsseldorf 1982.

Soltwedel, Rüdiger, Zur gesamtwirtschaftlichen Wirkung der Arbeitsmarktpolitik in der Bundesrepublik Deutschland, Österreich und Schweden — Ein Vergleich — Manuskript, Kiel im August 1982.

—, *Norbert Walter,* Arbeitszeitverkürzungen — Lösung für die wirtschaftlichen Probleme der 80er Jahre? Institut für Weltwirtschaft, Kieler Arbeitspapiere, Nr. 141, April 1982.

Spector, P. E., „Population density and unemployment. The effects of the incidence of violent crime in the American city". In: Criminology, 1977, Heft 12, S. 399–401.

Spiegel, Rudolf, Bildungsstand. „Die Sprach- und Schulprobleme ausländischer Kinder". In: *Schlaffke, Voss* (Hrsg.), 1982, S. 67–80.

—, „Kriminalität". In: *Schlaffke, Voss* (Hrsg.), 1982, S. 195–206.

Spies, Ulrich, Ausländerpolitik und Integration. Eine empirische Untersuchung der Rechtsprobleme von türkischen Arbeitnehmern und ihren Familienangehörigen. Frankfurt am Main, Bern 1982.

Statistisches Bundesamt (Hrsg.),
— Fachserie 1, Reihe 4.1.2: Beruf, Ausbildung und Arbeitsbedingungen der Erwerbstätigen;
— Fachserie 10, Reihe 3: Strafverfolgung;
— Fachserie 10, Reihe 4: Strafvollzug;
— Fachserie 13, Reihe 2: Sozialhilfe;
— Statistisches Jahrbuch;
— Wirtschaft und Statistik (WiSta).
Stuttgart und Mainz. lfd. Jgg.

Stegmann, Heinz, „Ausländische Jugendliche zwischen Beruf und Schule". In: Mitteilungen aus der Arbeitsmarkt- und Berufsforschung. 14. Jg. (1981), Heft 1, S. 1–20.

Steinhilper, Gernot, „Arbeitslosigkeit und Kriminalität. Läßt sich ein Zusammenhang statistisch belegen?" In: Kriminalstatistik, 30. Jg. (1976), Heft 9, S. 385–389.

Stützel, Wolfgang, „Der Klassenkampf um Wohnraum. Glückliche ‚Altsassen' gegen mobilitätshungrige ‚Einsteiger'". Frankfurter Allgemeine Zeitung (FAZ), 8. August 1981, S. 11.

Sweezy, Paul M., Theorie der kapitalistischen Entwicklung. Eine analytische Studie über die Prinzipien der Marxschen Sozialökonomie. Übersetz. nach der 4. amerik. Ausgabe (1956), Köln 1959.

Tuchtfeldt, Egon, ,,Das Problem der ausländischen Arbeitskräfte in der Schweiz''. In: Wirtschaftsdienst, 40. Jg. (1965), S. 643 – 647.

Verordnung zur Durchführung des Ausländergesetzes (DV Ausl G) i.d.F. vom 29. Juni 1976 (BGBl. I, S. 1717, zuletzt geändert durch die Vierzehnte Verordnung zur Änderung der Verordnung zur Durchführung des Ausländergesetzes vom 13. Dezember 1982 (BGBl. I, S. 1681).

Vogt, Winfried, ,,Einleitung'' sowie: ,,Zur Kritik der herrschenden Wirtschaftstheorie''. Beide in: *Winfried Vogt* (Hrsg.), Seminar: Politische Ökonomie. Zur Kritik der herrschenden Nationalökonomie. Frankfurt am Main 1973, S. 7 – 20 und 179 – 204.

Weber, Rolf, ,,Arbeitsmarkt''. In: *Schlaffke, Voss* (Hrsg.), 1982, S. 23 – 38.

Wirtschaftswoche, ,,Auslandsrenten: Von den Leistungen überfordert''. Nr. 40 vom 1. 10. 1982, S. 30.

Wölke, Gabriele, ,,Tradition''. In: *Schlaffke, Voss,* (Hrsg.), 1982, S. 277 – 293.

Zöllner, Detlev, ,,Die wirtschaftliche Bedeutung der Ausländer-Beschäftigung in der Bundesrepublik Deutschland aus der Sicht des Arbeitsmarktes''. In: Probleme der ausländischen Arbeitskräfte in der Bundesrepublik, 1966, S. 10 – 34.

Verzeichnis der Schaubilder

Verzeichnis der Texttabellen

Verzeichnis der Anhangtabellen

Stichwortverzeichnis